THE MAIDEN — DIE JUNGFRAU

DAS KLOSTER: BUCH EINS

CELIA AARON

Übersetzt von

GRIT SCHELLENBERG

GREY EAGLE PUBLICATIONS

Originaler Titel: *The Maiden*

greyeaglepublications.com

Covergestaltung : Alexandra McLaughlin
Grey Eagle Publications

Aus dem Amerikanischen von Grit Schellenberg
Lektorat: Fehler-Haft.de

ISBN: 978-1-64366-313-5
Print ISBN: 978-1-64366-314-2

KAPITEL EINS

TRANSPARENTER WEISSER STOFF bedeckt mich vom Hals bis zu den Zehen. Ich halte meine Augen auf den Feldweg vor mir gerichtet, während ich mich durch die Dunkelheit bewege und mein dünnes Gewand ein Leuchtfeuer in der Nacht ist, das jede Art von Raubtier zu mir ruft. Ich versuche, nicht zu zittern. Meine Schritte gleichmäßig zu halten wird meine Welt, mein einziger Fokus. Ein Schritt nach dem anderen.

Ich darf nicht an die knisternden Äste denken, an die hörbaren Schritte durch die trockenen Blätter, an den leisen Gesang, der durch die kalte Luft schwebt, oder an die Frauen vor oder hinter mir. Nein. Nur meine eigenen Schritte. Rechts, dann links. Die gefrorene Erde unter meinen nackten Füßen. Das Momentum, das mich immer tiefer und tiefer in die Wälder trägt.

Das Feuer wirft einen schwachen Lichtschein,

während wir uns mit Sehnsucht in unseren Herzen und Eifer in unseren Seelen weiter nach vorne auf den Käfig zubewegen. Wir wollen gefesselt sein, besessen, nur vom Geist unseres Gottes gelenkt werden. Und unser Gott hat einen auf Erden gesalbt, um Ihn zu verkörpern. Den Propheten Leon Monroe.

Der tiefe Gesang dröhnt durch meine Adern, während ich mich dem Feuerschein nähere und der orangefarbene Schimmer erst über meine schmutzigen Füße und dann nach oben flackert, um mit dem weichen Stoff meines Nachthemdes zu spielen. Obwohl ich bekleidet bin, bin ich nackt. Ich betrete den Kreis der Männer, von denen jeder eine weiße Hose und ein weißes Hemd trägt … heilige Männer, vom Propheten selbst handverlesen.

Ich folge dem Mädchen vor mir, bis wir alle einen inneren Kreis bilden, eingezwängt zwischen das Feuer und die Männer entlang der Außenseite. Es ist ein neuer Höllenkreis, der eine qualvolle Verbrennung verspricht, egal in welche Richtung ich mich wende.

Eine vollkommen in Schwarz gekleidete Frau geht die Reihe der Mädchen entlang und reicht jedem von uns einen kleinen Krug mit Wasser. Mein Kopf neigt sich, und ich sehe ihr nicht in die Augen, als sie sich nähert. Aber ich weiß bereits, wer sie ist: Rachel … die erste Frau des Propheten. Ihr Hinken verrät sie. Ich nehme meinen Krug, und das Gewicht des kalten Wassers beruhigt meine zitternden Hände.

Eine starke Stimme bringt den Gesang zum Schweigen. »Wir danken Gott für diese Ernte.«

»Amen«, singen die Männer im Chor.

»Wir erinnern uns an Sein Gebot: ›Seid fruchtbar und mehret euch.‹ Als ein Zeichen unseres Gehorsams gegenüber Seinem Willen nehmen wir diese Mädchen in unsere Obhut, unter unseren Schutz. Wir nehmen auch sie in unser Herz auf, um sie zu hegen und zu pflegen, als ob sie von unserem eigenen Blut wären.«

»Amen.«

Seine Stimme wird lauter, während er im Kreis herumläuft. »So wie Rebekka vom Herrn berufen wurde, einen Sohn Abrahams zu heiraten, so sind diese Mädchen gerufen worden, den gottesfürchtigen Männern zu dienen, die heute Abend hier versammelt sind.«

Ein Paar schwerer Stiefel bleibt vor mir stehen. Eine leichte Berührung unter meinem Kinn zieht meinen Blick nach oben, bis ich in ein Paar dunkler Augen schaue. Der Prophet blickt in meine Seele.

»Erinnerst du dich an die Geschichte von Rebekka, Schwester?«

»Ja, Prophet.«

»Ich bin mir sicher, dass ein Kind Gottes wie du alle Geschichten in der Bibel kennt.« Er lächelt, und seine weißen Zähne sind bleich wie die eines Skeletts.

»Ja, Prophet.«

»›Und das Mädchen war sehr schön, eine Jungfrau, die noch von keinem Manne wusste. Sie stieg hinab zur Quelle, füllte den Krug und stieg herauf.‹ Und was geschah dann mit Rebekka?«

»Sie wurde von Abrahams Diener genommen.«

»Das ist richtig.« Er lehnt sich näher zu mir, und sein Blick bohrt sich in meinen.

Ein Schauer läuft durch mich hindurch. Er blickt auf meine Brust, und ein Grinsen zuckt an seinen Mundwinkeln, als er meine harten Brustwarzen durch den hauchdünnen Stoff sieht.

Er lässt mein Kinn los, tritt zurück und setzt seinen Rundgang fort, während er über Rebekkas Schicksal spricht. Ich werfe einen Blick auf den Mann, der mir gegenübersteht. Blonde Haare, blaue Augen, ein ruhiger Gesichtsausdruck … der jüngste Sohn des Propheten. Etwas Ähnliches wie Erleichterung erfasst mich. Für Noah Monroe eine Jungfrau im Kloster zu sein wäre gar nicht so schlecht. Man munkelt, er sei freundlich, sogar sanft. Ich lasse meinen Blick zu dem Mann zu seiner Linken gleiten. Dunkles Haar, noch dunklere Augen und ein Grinsen wie das seines Vaters auf den Lippen, während er mich anstarrt … Adam Monroe. Ich senke den Blick und bemitleide schweigend die Jungfrau zu meiner Rechten.

»Wir werden euch beschützen. Weit weg von den Monstern dieser Welt, die versuchen würden, euch zu benutzen, um die unschuldige Perfektion zu zerstören, die jede von euch besitzt. Erinnert euch an die Geschichte von Dinah: ›Als Sichem, der Sohn des Hiwiters Hamor, des Landesfürsten, sie sah, packte und vergewaltigte er sie.‹ Und so ist es mit jedem Mann, der nicht in diesem Kreis steht. Sie würden euch nehmen, euch wehtun und euch wegwerfen, sobald sie euren Körper und euer Herz verdorben haben. Nur im Kloster kann man ein friedliches, angstfreies Leben führen.«

Ich frage mich, ob Georgia die gleiche Rede gehört hat. Das muss sie. Wie lange haben sie sie nach diesem Ritual am Leben gelassen? Der Gedanke wirbelt in mir auf, überraschend stark, und der Hass beginnt meine sanfte Persönlichkeit zu überdecken. Für den Bruchteil einer Sekunde falle ich aus der Rolle und schaue zurück zu Adam Monroe. War er derjenige, der ihr die Kehle aufgeschlitzt hat? Hatten seine großen Hände Georgia unsägliche Gewalt angetan, als sie noch lebte?

Er blickt die zitternde Jungfrau an, die vor ihm steht, und dann richtet sich sein Blick auf mich. Seine Augen nehmen jedes kleinste Detail auf, und ich richte meine Aufmerksamkeit wieder auf den Boden, bevor ich die Augen schließe. Ich hätte das nicht tun sollen. Ich schelte mich schweigend, während Leon … *nein, er ist der Prophet …* während *der Prophet* seine Lektion über die Sicherheit des Klosters fortsetzt. Ich spiele wieder meine Rolle. Ich bin eine gläubige Anhängerin des Propheten und eifrige Jungfrau des Klosters. Das Summen meiner Gedanken wird lauter, und ich merke, dass der Prophet aufgehört hat, zu reden.

Ich öffne die Augen und schaue auf die Jungfrau zu meiner Linken. Sie hat ihren Krug angehoben und ihre Augen immer noch nach unten gerichtet. Ich mache dasselbe.

»Das Wasser bedeutet eine Opfergabe der Jungfrau

an ihren Protektor. Einen rechtschaffenen Mann … einer, der sie lehren und sie im Licht des Herrn, unseres Gottes, führen wird. Der Protektor ist von Gott geheiligt, und seine Entscheidungen werden immer im besten Interesse der Jungfrau unter seinem Schutz getroffen werden. So wie Gott es in der Genesis anordnete, ist der Mann der Anführer, die Frau seine Gehilfin. Und so wird es hier sein. Der Protektor … mit Gott in seinem Herzen … wird seine Jungfrau führen und ihr die Wege der wahren Gläubigen zeigen.«

»Amen.« Die Stimmen der Männer scheinen lauter und hungriger geworden zu sein.

»Nun, Jungfrauen, bietet euch selbst als Gefäße, die dazu gemacht sind, das Wissen und Licht unseres Herrn zu tragen, eurem Protektor an.«

Mit zitternden Armen strecke ich meinen Krug aus. Ein kurzes Streichen von Fingern gegen meine, und das Gewicht hebt sich. Nach ein paar Augenblicken fliegen die leeren Krüge über unsere Köpfe und krachen in das Feuer hinter uns. Ein urtümliches Gebrüll ertönt von den Männern … Wölfen mit blutrünstigem Appetit.

»Protektoren, führt eure sanften Lämmer zurück zum Kloster, wo wir sie in der Herde willkommen heißen werden.«

Eine Hand erscheint, und die breite Handfläche ist erhoben. Ich atme tief ein und erinnere mich daran, dass ich es mit Noah gut erwischt habe. Ich schiebe meine Hand in seine, schaue langsam nach oben und sehe den völlig falschen Mann. Noah führt eine andere Frau vom Lagerfeuer weg.

Adams Grinsen wird dunkler, während er meine Hand zu fest ergreift. »Wollen wir, kleines Lamm?«

KAPITEL ZWEI

Adam

DAS KLOSTER … ein riesiger Blockhauskomplex … taucht zwischen den Bäumen auf. Ich ziehe die Jungfrau mit mir mit, und ihre nackten Füße schleifen über trockenes Laub und Kiefernnadeln. Sie beschwert sich nicht. Das tun sie nie. Die kleine Jungfrauenarmee meines Vaters verhält sich anfangs immer perfekt. Die Probleme werden erst später am Abend beginnen.

Wir verlassen den Wald, und sie beschleunigt ihre Schritte auf der Grasfläche. Die anderen Protektoren und Jungfrauen folgen uns, und keine der Frauen gibt einen Laut von sich, während die Männer grunzen und lachen.

Ich ziehe meine Jungfrau näher heran. »Beeil dich.«

Sie beginnt, gegen meinen Griff zu ziehen, bevor sie es sich anders zu überlegen scheint und mir erlaubt, sie weiter halb zum Kloster zu schleifen. Die Andeutung eines Funkens flammt in ihren Augen auf, aber erstirbt dann schnell. Ich habe ihn auch bei dem Feuerritual gesehen … das große Theater, das mein Vater jedes Jahr, wenn wir eine neue Jungfernernte haben, gerne inszeniert. Ich hatte mit Noah getauscht wegen dieses Hinweises, dass etwas in dieser versteckt sein könnte, aber das war wahrscheinlich eine dumme Entscheidung meinerseits. Schließlich hat sie sich als Jungfrau des Klosters gemeldet. Es gab kein Rückgrat in ihr, keinen scharfen Intellekt. Nur ein weiteres Lamm zum Schlachten. Der Gedanke lässt mich die Zähne zusammenbeißen, als ich sie durch die Tür zum Festsaal hineinziehe.

Ein paar Oberinnen knien an der Seite, und Schalen mit warmem Wasser stehen neben ihnen.

»Wasch dich« Ich schiebe meine Jungfrau auf sie zu und zeige auf ihre schmutzigen Füße.

Sie folgt meinem Befehl wie eine gehorsame kleine Bittstellerin, zieht ihre Robe hoch und erlaubt einer der Oberinnen, den Dreck mit dem Schwamm wegzuwischen. Als ich sie das erste Mal durch die Bäume laufen sah, stockte mein Atem. Eine Fee … ihr Haar weiß, ihre Haut blass … schien den Weg entlangzuschweben. Als ich sie jetzt betrachte, wird mir klar, dass sie graue Augen hat, die zu Feuersteinen verhärtet sind, als sie mich während des Rituals ansah. Ich dachte, ich hätte etwas mehr in ihr gespürt … eine Spur von Trotz. Aber das kann nicht sein. Wenn sie dumm genug war, auf den »Auserwählten«-Bullshit meines Vaters hereinzufallen und ihr Leben für das

Kloster zu geben, gibt es keine Chance, dass sich in ihrem Schädel echte Räder drehen. Nur blinde Hingabe, ignorante Anbetung und törichter Glaube.

Eine Oberin trocknet die Füße des Mädchens ab. Meine Jungfrau sieht jung aus, höchstens Anfang zwanzig. Die Gesichtszüge sind zu zart, um echt zu sein, leicht zu brechen. Mittelgroß, schlank, hellrosa Nippel unter ihrer Kleidung, und eine Taille, die sich verjüngt, bevor sie in volle Hüften übergeht. Licht dringt zwischen ihre Schenkel und legt für mich die Umrisse ihres Geschlechts frei. Dieser eine kleine Hinweis ist nicht genug. Ich will mehr.

»Komm.« Ich strecke meine Hand aus.

Sie blickt auf die Oberin, und in ihren Augen kann ich ein Zögern erkennen.

»Ich sagte *komm.*«

Da ist es wieder, das Aufflackern ihres Trotzes, aber sie unterdrückt es und schiebt ihre kleine Hand in meine. Etwas flattert in meiner Brust, mit trockenen und brüchigen Flügeln, verfaulten Federn und durchscheinenden Knochen. Interessant.

Die anderen beginnen einzutreten, die Oberinnen waschen den Mädchen die Füße, während die Männer warten, da ihre Klauen verzweifelt das neue, zarte Fleisch berühren wollen.

Ich ziehe meine Jungfrau in den Bankettsaal. Die Oberinnen haben es für die Zeremonie dekoriert. Weißer Stoff bedeckt die Tische, hängt an den Holzsparren und ist über die ganze Bühne an der Vorderseite des Raumes entlang drapiert. Der vertraute

Thron steht an einem Ende der Bühne, und die knallbunten Samtkissen passen besser in einen schäbigen Champagnerraum. Die Kerzen brennen in den schwarzen schmiedeeisernen Kronleuchtern über uns, die falschen Antiquitäten sind vermischt mit modernen Äquivalenten und elektrischem Licht. Schließlich ist dies eine Show.

Die dröhnende Stimme meines Vaters hallt durch den Raum, und die dunklen Ecken verschlingen gierig seine Worte. »Willkommen, Jungfrauen. Willkommen in eurem neuen Zuhause.« Er schreitet herein, und alle Augen sind auf ihn gerichtet, genau so, wie er es mag. »Jedes Bedürfnis, das ihr habt, wird erfüllt werden. Nur ihr, die Oberinnen und die Protektoren dürft das heilige Kloster betreten. Jeder von euch wird ein Raum zugewiesen und Aufgaben gegeben, um euren Dienst für Gott zu fördern. Aber dazu später mehr. Zuerst feiern wir eure Ankunft!«

Er stolziert den Mittelgang hinunter, und die Jungfrauen folgen ihm mit niedergeschlagen Augen. Meine Jungfrau scheint sich selbst zu vergessen, hebt ihr Kinn an und beobachtet die Szene, als ob sie nicht dazugehört. Ich befreie sie von dieser Illusion, indem ich sie in die Reihe der Jungfrauen dränge. Sie stolpert, dann richtet sie sich auf, reiht sich ein und geht zum vorderen Teil des Raumes.

Mein Vater nimmt die Hand des ersten Mädchens und führt es die drei Stufen auf die weiße Bühne hinauf. Er wartet, bis alle Jungfrauen hinaufgestiegen sind und ihre Plätze eingenommen haben. Lämmer, die geduldig darauf warten, dass man ihnen die Kehle durchschneidet. Ich stehe im Schatten, während die anderen Männer sich geordnet aufstellen und der Speichel in ihren Mündern praktisch überläuft.

»Warum hast du getauscht?« Noah schlängelt sich an mich heran.

»Ich bin mir nicht sicher.« Ich konzentriere mich auf meine Jungfrau, die ihre Hände vor sich gefaltet hat.

Mein Vater predigt über die Geschichte von Esther, und seine Stimme ist für mich längst zu nichts mehr als einem Hintergrundgeräusch geworden.

»Sie sieht seltsam aus.« Noah steckt seine Hände in die Taschen, da er sich mit der jährlichen Vorstellung unseres Vaters abgefunden hat. »Ich habe mich beinahe auf sie gefreut.«

»Sie ist nur eine weitere Idiotin. Wie sie alle. Sie fressen Vaters Lügen und bitten um eine weitere Portion.«

Er seufzt, aber er kommentiert meine Blasphemie nicht. »Ich weiß nicht, ob ich noch für ein weiteres Jahr dafür bereit bin. Ich verbringe so viel Zeit mit Geldgeschäften, und die Jungfrauenpflicht hindert mich daran.«

»Es gibt keinen Ausweg.« Ich schaue meinen Vater finster an, während er seine Geschichte über alte Könige webt, die junge Jungfrauen brauchen. »Er sagt, das ist ein Vorteil, weißt du? Uns solche Frauen zu geben. Aber es ist nur eine lästige Pflicht. Ein weiterer verdammter Job, der erledigt werden muss.«

»Einer, der sich nicht auszahlt. Zumindest nicht für uns.« Er schüttelt den Kopf.

»Auf keinen Fall.« Ich verschränke meine Arme vor der Brust, und mein Blick wandert zurück zu meiner Jungfrau. Ihr Haar bedeckt ihr Gesicht wie zarte Vorhänge, und ihre Hände sind verschlungen, so als wüsste sie, dass etwas Schlimmes auf sie zukommt.

Sie hat keine Ahnung.

»Und so werde ich, um den Herrn, unseren Gott, zu ehren, jeder von euch ihren neuen Namen geben. Im Licht der Liebe und der Wiedergeburt müsst ihr als Kinder zu mir kommen.« Mein Vater schreitet zum Thron und setzt sich mit einem nachsichtigen Lächeln auf seinem Gesicht. »Komm zu mir.« Er winkt das erste Mädchen zu ihm.

Sie geht hinüber, begierig darauf, ihm zu gefallen.

»Zieh dein Kleid aus, meine Liebe, und ich werde dich wie ein Kind aufnehmen und dir den Namen geben, den Gott für dich bestimmt hat.« Er leckt sich die Lippen. Die Wölfe drängen sich näher an der Bühne.

Das Mädchen blinzelt. »Nackt?«

»Ja. Du wirst wiedergeboren. Alle Kinder kommen unschuldig und nackt auf diese Welt.« Mein Vater sagt es, als ob es völlig normal wäre, eine junge Frau zu bitten, sich vor ihm und einem Haufen Fremder auszuziehen.

Aber das Mädchen steht unter seinem Bann. Sie glaubt ihm *wirklich*, was er sagt. Langsam hebt sie ihr Unterkleid an und enthüllt einen Fleck dunkles Haar zwischen ihren Oberschenkeln und volle Brüsten mit braunen Brustwarzen.

Das ist die Gabe meines Vaters … er kann zehntausend Menschen auffordern, keine Milch mehr zu trinken, keine Vitamine zu nehmen, ihre Kinder nicht mehr zu impfen, mehr Rosa zu tragen, und *sie werden es tun*. Er kann das Absurde vernünftig erscheinen lassen. Die Leute glauben, dass er einen direkten Draht zu Gott hat, und warum glauben sie das? Weil er es ihnen gesagt hat. Seine Gabe manifestiert sich auf vielerlei Weise, und die jährliche Ernte der Jungfrauen in der Himmlischen Mission ist eine davon.

»Mein Kind, du bist wirklich gesegnet.« Er wandert mit seinem lasziven Blick über ihren ganzen Körper. »Und deswegen wird dein Name …«

»Mary sein.« Noah rollt mit den Augen. Die Erste ist immer Mary.

»Mary sein«, verkündet mein Vater.

»Danke, Prophet.« Sie greift nach ihrem Gewand.

»Nein, meine Liebe. Stehe stolz bei deinen Schwestern.« Er zeigt auf das nächste Mädchen, dem eine Oberin das Unterkleid aus den Händen zieht.

Während der nächsten zehn Minuten muss sich jedes Mädchen ausziehen, und alle Körper werden entblößt, während die Männer zusehen. Die Anwerber haben dieses Jahr gut gewählt und vor allem attraktive Frauen mit dem Versprechen von Sicherheit, Frieden und Geschwisterlichkeit einer Gehirnwäsche für das Klosterprogramm unterzogen. Das Werbungsgespräch lässt ein paar Schlüsselelemente aus, aber sie werden sie alle bald genug erfahren.

Als meine Jungfrau an der Reihe ist, bin ich ein wenig zu interessiert.

Sie nähert sich meinem Vater und nimmt, im Gegensatz zu den anderen Mädchen, ihr Unterkleid ab, bevor er überhaupt fragt, und wirft es auf den Boden. Nun, ein Mann wie mein Vater würde das als ein Zeichen des Glaubens an ihn, der Hingabe an das Kloster, ansehen. Aber ich, ich nehme es als das, was es ist … ein offenes »Fick dich« für meinen Vater. Sie begegnet der Hässlichkeit der Scharade frontal. Der Vogel in mir schlägt wieder mit seinen knochigen Flügeln und erwacht aus einem langen Schlaf.

»Du, meine Liebe, bist heilig. Schau dich einfach an.« Er wirbelt mit dem Finger, und sie dreht sich auf seinen Befehl im Kreis. Ihr langes, weißes Haar fließt den Rücken hinunter, hellrosa Nippel versteifen sich in der kühlen Luft, und ein Hauch von blondem Haar lockt sich zwischen ihren Schenkeln. Ihre grauen Augen bleiben mir verborgen. Ich will sie sehen, *sie* sehen. Nicht ihren Körper, sondern das, was darin brodelt.

»Komm näher.« Mein Vater nimmt ihre Hand und zieht sie an sich heran, bis sich ihre Knie berühren. Er fährt sich mit der Zunge über die Lippen.

Meine Hände schließen sich zu Fäusten. Er ist jetzt nicht an der Reihe. Im Moment ist sie *meine*.

»Was ist denn mit dir los?« Noah muss zugesehen haben. »Du bist so angespannt.«

»Es ist alles in Ordnung.«

Ich löse meine Finger, als mein Vater fragt: »Und wer ist dein Protektor, süßes Mädchen?«

Sie wendet sich mir zu, und ihre Augen finden die meinen mit Leichtigkeit. Er folgt ihrem Blick.

»Noah? Adam?«

Ich nicke.

»Gut.« Er wendet seine Aufmerksamkeit wieder ihr zu, ergreift ihre Taille, und seine Hände entweihen ihre glatte Haut.

Sie zuckt nicht zurück.

»Ich glaube, hier muss ich ein bisschen abweichen. Ich gebe dir einen Namen, der zu jeder passt, die täglich mit Adam zu tun hat.« Er täuscht einen tröstenden Blick vor. »Nicht, dass er dir wehtun würde. Er ist schließlich ein Protektor. Hmmm.«

Es juckt mich noch mehr als sonst, ihm in sein selbstgefälliges Gesicht zu schlagen, was etwas zu sagen hat.

»Wie wäre es, wenn wir dich Delilah nennen?« Seine Hände gleiten tiefer und legen sich über ihre Hüften.

»Danke, Prophet.« Wenn jemand nicht genau darauf achten würde, könnte ihm das schwache Zittern in ihrer Stimme entgehen. Ich höre es sehr gut.

»Geh jetzt weiter.« Er lässt seine Hände fallen, und sie tritt zurück in die Reihe, zu all den anderen für die lüsternen Arschlöcher unter ihnen entblößten Mädchen.

»Gott ist gut.« Vater steht auf und gesellt sich zu

den Oberinnen. Sie eilen vorwärts, halten goldene Kleider in der Hand und helfen den Mädchen, sie anzuziehen.

Sobald die Show vorbei ist, zerstreuen sich die Männer, setzen sich an die Tische, und ihre rauen Stimmen übertönen das leise Geplapper auf der Bühne.

»Wann wird er damit aufhören?« Noah gähnt und winkt seine Jungfrau zu sich. Sie kommt wie ein gehorsames Hündchen, und ihr goldenes Kleid bedeckt ihre Knöchel.

»Ich nehme an, wann immer diese Mädchen aufhören, auf diesen Scheiß reinzufallen.«

Noahs Jungfrau wirft mir einen schockierten Blick zu, bevor sie wieder den Boden inspiziert.

Noah lehnt sich zu mir. »Lass Dad nichts von dem hören, das du sagst.«

»Ich bin vorsichtig.«

»Ich weiß. Aber wir können es nicht riskieren.«

»Ich weiß.« Ich lasse ihn stehen und ignoriere jede Warnung, die er hinzufügen will. Meine Jungfrau, Delilah, steht am Rand der Bühne, und das goldene Kleid lässt sie noch mehr aussehen, als sei sie nicht von dieser Welt.

»Komm.« Ich nehme ihre Hand und ziehe sie zum nächsten Tisch. Sie setzt sich mir gegenüber, und kein Wort kommt von ihren hellrosa Lippen.

Wer war sie, bevor sie hierherkam? Ich müsste in ihrer Akte nachforschen. Viele der Mädchen, die sich für das Kloster interessierten, kamen aus zerrütteten Familien und hatten vor allem intensive

Vaterprobleme. Etwas, was mein Vater voll ausnutzte. Ist das Delilah? Ein weiteres zerbrochenes Zahnrad in einem Rad, in das sie nie gepasst hat?

Das ist egal, erinnere ich mich selbst. Wer sie war, spielt keine Rolle. Denn jetzt ist sie im Kloster. Wahrscheinlich hat sie es nicht bemerkt, als wir hereinkamen, aber jede Tür mit Zugang nach draußen hat eine Tastatur, überall gibt es Kameras, und die Fenster werden ähnlich überwacht. Sobald die treuen Bittsteller in die Fänge meines Vaters geraten, gehen sie nicht mehr weg. Jedenfalls nicht zu ihren Bedingungen.

»Wie ist dein Name?« Die Frage kommt über meine Lippen, obwohl sie tief in mir vergraben sein sollte, genau wie all die anderen vergessenen Dinge in meinem Kopf.

»Delilah.« Das Geräusch erreicht kaum meine Ohren.

»Dein wirklicher Name.«

»Delilah.«

»Bullshit.« Ich lehne mich in meinem Stuhl zurück und starre sie an.

Sie begegnet meinem Blick nicht, und ihre Maske des Gehorsams sitzt fest an ihrem Platz.

»Wir haben noch eine kleine Zeremonie, bevor ihr Mädchen euch für die Nacht zurückziehen könnt.« Mein Vater schreitet mit Abigail an seiner Seite zu mir, die ein kleines grünes Gerät in ihrer Hand hält.

»Ich bin mir sicher, du bist bereit für den nächsten Schritt.« Er grinst mich an.

Ich halte Delilah meine Hand hin.

Sie schaut sie an, als sei sie eine Giftschlange.

»Nimm meine Hand.«

Sie blickt meinen Vater an.

»Sieh nicht ihn an. Sieh *mich* an.« Mein Ton ist ruhig, aber nicht weniger tödlich. Vor meinem Vater Schwäche zu zeigen ist keine Option.

Sie streckt eine zarte Hand aus. Ich nehme sie in meine, und bin mir dabei bewusst, dass jede Jungfrau im Raum zusieht.

Abigail, die ihr graues Haar zu einem festen Dutt gebunden hat, lädt die Plastikpistole. »Halte sie fest.«

Ich ziehe Delilah über den Tisch.

Sie schreit überrascht auf, aber ich lasse nicht los. Stattdessen erhebe ich mich und halte ihren Arm mit beiden Händen nach unten. Nach nur einer Sekunde des Kampfes wird sie wieder ruhig, so als ob jemand einen Schalter in ihr umgelegt hätte. Sie lernt schnell und passt sich der Gewalt an, die an diesem Ort herrscht. Die ich in mir habe.

»Es wird nur für eine Sekunde wehtun, Kleine.« Mein Vater fährt ihr mit der Hand durchs Haar und berührt, was mir gehört.

In diesem Moment hasse ich ihn mehr als je zuvor.

»Auf geht's.« Abigail legt das Ende der Waffe gegen Delilahs Oberarm. »Es wird brennen, aber das wird schnell vergehen.« Sie drückt den breiten Abzug, und der Mikrochip rutscht unter die blasse Haut. Dann nimmt Abigail eine Spritze aus einem Tablett, das von einer anderen Oberin gehalten wird. »Das ist dazu da, deinen monatlichen Fluch zu stoppen. Wir schätzen hier saubere Frauen.«

Delilah gibt keinen Laut von sich, und nur durch ihre Anspannung kann ich spüren, dass beide Injektionen schmerzen. Die Einstichstelle des Trackers blutet ein wenig, also klebt Abigail ein Pflaster darüber.

»Gut gemacht.« Papa gibt Delilah einen Klaps, als wäre sie ein treuer Hund, der ihm eine fette Ente gejagt hat.

Sie gehen zum nächsten Mädchen weiter, während Delilah sich hinsetzt und ihre Handfläche auf ihren Arm drückt.

Eine der Jungfrauen in der Nähe lehnt sich hinüber und flüstert einer anderen zu. Eine Oberin eilt von ihrem Platz an der Wand entlang und tritt mit einer tiefen Furche auf der Stirn zwischen sie. »Kein Sprechen, wenn der Prophet anwesend ist, außer wenn es darum geht, Bitte oder Danke zu sagen.« Sie zieht keinen kleinen Schlagstock hervor, um das Mädchen zu schlagen, das gesprochen hat.

Noch nicht.

KAPITEL DREI

Delilah

ICH FOLGE Adam einen langen Flur hinunter. In einigen Abständen gehen Türen nach links und rechts ab, und Oberinnen stehen neben einigen von ihnen, die Hände vor sich gefaltet, die Augen nach unten gerichtet. Ich brauche ihre Gesichter nicht zu sehen, um zu wissen, dass ich auf ein dunkles Schicksal zusteuere. Meine Instinkte schreien mich an, wegzurennen. Aber das tue ich nicht. Ich bin aus einem bestimmten Grund hier, und ich werde nicht gehen, bis ich bekomme, weswegen ich hier bin. Ich zwinge meine Angst dazu, meiner Entschlossenheit den Vorrang zu geben.

Nach einer Strecke, die sich wie hundert Meter anfühlt, wendet er sich nach rechts und schiebt uns durch eine Doppeltür. Eine Oberin steht in dem neuen Bereich. Sie ist jung, vielleicht nicht einmal fünfundzwanzig, und eine Narbe läuft über ihre Stirn und verschwindet unter ihrem blonden Haar.

»Welches ist ihres?«, fragt Adam, und Ungeduld quillt zwischen seinen Worten heraus.

Sie dreht sich um und führt uns den Flur entlang. Ich zähle ein Dutzend Türen, die jeweils nach einem Buch der Bibel benannt sind. Sie geht zur Tür der Psalmen, und Adam schiebt sich an ihr vorbei in den Raum.

Etwas Kaltes schlängelt sich um meine Wirbelsäule, drückt sie zusammen und klemmt mir meine Bewegungsfähigkeit ab. Wenn ich in diesen Raum gehe, was wird dann passieren? Nichts Gutes. Aber das ist es, wofür ich mich angemeldet habe. Ich mache mir keine Illusionen wie einige der anderen Mädchen. Das Kloster ist kein Zufluchtsort, es ist ein Gefängnis, und ich bin direkt hineingegangen. Das sind nur die Eisenstangen, die sich hinter mir schließen.

»Du solltest am besten folgen«, flüstert die Oberin.

Ich sehe sie an, aber sie gibt nichts preis.

»Delilah.« Adams leise Stimme trägt mehr als nur einen Hauch von Bedrohung in sich. »Komm rein.«

Ich stähle meine Nerven und betrete den Raum. Adam sitzt auf dem Bett, und seine Augen sind auf mich gerichtet. Der Raum ist größer als das, was ich gewohnt bin. Ein kleines Badezimmer schließt sich rechts an, und es gibt einen Schrank auf der linken Seite. Die Möbel sind einfach und passen zum Blockhausstil. Eine weiße Bettdecke bedeckt das Bett.

»Schließ die Tür.« Er hat seinen Blick nicht von mir genommen.

Ich tue, was er mir sagt, und drücke sie zu. Das Klicken des Schlosses trägt eine Endgültigkeit in sich, die mich erschreckt.

»Komm.« Er zeigt auf den Boden vor sich.

Ich schlucke und stelle mich vor ihn. Er schaut zu mir auf, und seine Augen sind dunkel und unergründlich. So sehr wie die seines Vaters, dass die Galle in meinem Magen wütet.

»Runter.« Er klopft mit dem Fuß auf den blassblauen Teppich.

Hitze überzieht meinen Hals und meine Wangen.

Er muss es sehen, denn er schmunzelt. »Ich hatte noch nie eine, die nicht tut, was man ihr sagt.«

Scheiße. Ich darf nicht auffallen. Nur wenn ich mich an die anderen Jungfrauen anpasse, kann das hier funktionieren.

Langsam sinke ich auf den Boden und halte meinen Blick auf den Teppich gerichtet.

»Näher.« Er streckt seine Hand aus, nimmt eine Locke meines Haares und reibt sie zwischen Daumen und Zeigefinger.

Ich rutsche näher. Er spreizt seine Knie weiter und reißt an meinen Haaren. »Näher.«

Ich beiße die Zähne zusammen, aber ich gehorche und bewege mich weiter, bis ich zwischen seinen Beinen bin, mit meinem Gesicht auf seiner Bauchhöhe. Ich schaue nicht nach unten.

»Wie heißt du?«

»Delilah.« Ich zucke zusammen, als er wieder an meinen Haaren zieht.

»Wie heißt du wirklich?«

Ich schaue zu ihm auf. »*Delilah*.«

Seine Nasenlöcher beben, und seine Augen weiten sich. Ich lasse meinen Blick schnell fallen.

»Du bist anders.« Er streicht mit beiden Händen über mein Haar. »Ich meine, offensichtlich siehst du anders aus. Albino oder so?«

Ich wurde seit der ersten Klasse von gemeinen Kindern so genannt. Dass er diesen Begriff gebraucht, perlt an mir ab wie Wasser auf dem Rücken einer Ente. Meine Haut und meine Haare sind das Ergebnis eines genetischen Defekts, einem engen Verwandten des Albinismus, aber das muss er nicht wissen. Ich habe mein ganzes Leben lang mit unhöflichen Kommentaren über mein seltsames Aussehen zu tun gehabt. Ich kann auch mit seinen umgehen.

»So weiß.« Er betrachtet mein Haar. »Wie eine Fee.«

Ich bleibe stehen und hoffe still und leise, dass er das Interesse verliert, dass das Betrachten meiner Haare das Ende des Abends sein wird und er mich in Frieden lässt.

Ein paar weitere Augenblicke vergehen, dann lehnt er sich zurück. »Zieh dein Kleid aus.«

Gott, es war so schwer gewesen, das das erste Mal in einem Raum voller gaffender Männer zu tun. Jetzt, in einem ruhigen Raum mit nur einem Mann, scheint es unendlich viel schwieriger zu sein.

Er klopft auf die kleine Schnalle an der Vorderseite seines Gürtels. »Du wirst lernen, dass du mir gehorchen musst. Jedes Mal. Sofort. Ich lasse es dir heute Abend durchgehen, da es unser erstes Mal zusammen ist, aber von jetzt an, wenn ich dir sage, dass du etwas tun sollst, dann tust du es. Kein Zögern. Jetzt zieh dein Kleid aus.«

Meine Lippe zittert, als ich nach unten greife und den goldenen Stoff von unter meinen Knien hochziehe, und ihn dann über meinen Kopf gleiten lasse. Gänsehaut breitet sich auf meinem ganzen Körper aus, als die kühle Luft mich an geheimen Orten trifft, aber ich werde nicht weinen. Ich lasse den Stoff neben mich fallen und starre dann wieder auf seinen Bauch, obwohl meine Augen jetzt auf die glänzende silberne Schnalle gerichtet sind.

»Gutes Lamm.« Er schiebt seinen Zeigefinger unter mein Kinn und zieht meinen Blick zu seinem Gesicht hinauf. Kantiger Kiefer, scharfe Nase, volle Lippen, dunkles Haar und diese unleserlichen Augen … er sieht gut aus. Ich nehme an, Satan auch.

»Wann immer ich zu Besuch komme, erwarte ich, dass du dich sofort ausziehst und vor mir niederkniest. Du stellst keine Fragen. Du zögerst nicht. Verstanden?« Sein Blick wandert zu meinen Lippen.

»Ja.«

»Gut.« Er lässt mein Kinn los, und ich richte meinen Blick wieder auf den Boden.

Er schnalzt mit der Zunge. »Versteck dich nicht vor

mir. Schau mir immer in die Augen, wenn ich zu dir spreche.«

»Aber die Oberinnen haben uns gesagt, dass wir niemals …«

»Wenn wir in diesem Raum sind, machen wir es auf meine Weise.« Er wirft einen Blick auf einen Luftschacht in der Decke, dann konzentriert er sich wieder auf mich. »Ich bin dein Protektor. Ich würde dich niemals in die Irre führen.«

Ich schaue ihn wieder an und fühle, wie sich sein Gewicht auf mich legt und mich in einen Abgrund voller dunkler Formen und beweglicher Schatten zieht.

»Gutes Lamm.« Ein Grinsen zuckt in seinen Mundwinkeln. »Jetzt öffne den Mund.«

Ich werde nicht weinen. Ich werde nicht weinen. Ich öffne meinen Mund.

Er runzelt die Stirn. »Nächstes Mal schneller. Und weiter.«

Ich spreize meine Kiefer und ziehe die Lippen von den Zähnen zurück.

»Besser.« Er schiebt zwei Finger in meinen Mund und drückt meine Zunge nach unten. »Hast du schon einmal einen Mann in den Mund genommen?«

Ich schüttele meinen Kopf leicht.

Sein Grinsen wird breiter. »Lügnerin.«

Panik droht mir die Kehle zuzuschnüren. Um in das Kloster zu gelangen, war Jungfräulichkeit erforderlich. Ich bin das im technischen Sinne, was angeblich während der für alle Bewerber erforderlichen Prüfung *bestätigt* wurde. Eine Jungfrau? Ja. Eine Heilige? Nein.

»Wie viele Schwänze hast du gelutscht, kleines Lamm?« Er drückt fester nach unten, und seine Finger gleiten näher an den hinteren Teil meiner Kehle.

Ich würge, aber er entfernt seine Finger nicht. Galle steigt in meinem Hals auf, mehr, wegen einer Erinnerung als dem, was er gerade mit mir macht.

»Wie viele?«

»Einen«, sage ich um seine Finger herum.

»Einen?« Anscheinend zufrieden, zieht er sich zurück. »Lass den Mund offen.«

Speichel sammelt sich auf meiner Zunge, aber ich kann nicht schlucken.

Er wirft mir einen harten Blick zu, einen mitleidslosen. »Hast du eine Ahnung, was dir bevorsteht? Was ein Jahr an diesem Ort mit dir machen wird? Was *ich* dir antun werde?«

Ich kann nicht antworten. Aber ich möchte ihm sagen, dass ich keine Angst habe. Dass ich alles tun werde, was nötig ist.

»Du bist ein Narr, dass du hierhergekommen bist.« Er seufzt. »Schließ den Mund.«

»Oberin!« Sein plötzlicher Ausruf lässt mich zusammenzucken.

Die Tür öffnet sich, und die vernarbte Blondine tritt ein. »Ja, Sir?«

»Beginne morgen mit dem Halstraining für diese. Ihr Würgereflex braucht Arbeit.«

Sie nickt. »Ja, Sir.«

»Raus hier.«

»Ja, Sir.«

Sie verschwindet, und die Tür klickt wieder zu.

»Geh auf das Bett und spreiz die Beine.«

Meine Knie werden schwach, aber ich versuche, stehen zu bleiben. Er hilft nicht, er schaut nur mit kalten Augen zu, denen nichts zu entgehen scheint. Die Erniedrigung überkommt mich, während er meine Nacktheit wie eine Banalität behandelt, als ob an *alldem* nichts falsch wäre.

»Delilah, du stellst mich auf die Probe.« Seine Hand wandert wieder zu seiner Gürtelschnalle.

Ich gehe auf die andere Seite des Bettes, setze mich und zwinge mich dann, mich zurückzulegen. Meinen Beinen zu sagen, dass sie sich öffnen sollen, ist eine Sache … dass sie tatsächlich dem Befehl folgen, ist eine andere.

Adam erhebt sich, steht am Fußende des Bettes, und sein Gesicht ist von einem Schatten überzogen. »Spreize sie.«

Mein Kinn zittert, und eine Sekunde lang glaube ich, dass ich das nicht mehr tun kann.

Er schnallt seinen Gürtel auf und zieht ihn langsam mit einem *schleifenden* Geräusch aus den Schlaufen, als ein Mädchen nebenan zu weinen beginnt. »Letzte Chance.«

Ich kneife die Augen zu und öffne meine Beine.

»Weiter.« Seine Stimme scheint eine Oktave tiefer zu fallen und eine rauere Note anzunehmen.

Meine Fersen schieben sich über die weiße Bettdecke, bis kühle Luft meine intimsten Stellen streichelt.

»Weiter«, sagt er noch rauer.

Ich öffne mich ganz, und eine Träne läuft aus meinem Auge und rollt in mein Ohr. Er sagt nichts weiter.

Das Mädchen nebenan weint, und ein anderes Mädchen weiter den Flur hinunter schreit.

Das Bett sinkt ein, als sich seine Knie zwischen meine Knöchel schieben. Ich umklammere den Quilt und kralle mich in den Stoff, als er sich über mich beugt. Ich kann meine Augen nicht öffnen.

Ein Schrei ertönt aus dem Flur. Ich zucke zusammen.

»Pst.« Sein warmer Atem bläst entlang meines Innenschenkels.

»Was machst du da?«

»Schau hin.«

Ich öffne die Augen. Er ist zwischen meinen Beinen, sein Mund schwebt auf meiner nackten Haut, bewegt sich immer weiter auf meinen Schenkeln nach oben. Sein Blick verbindet sich mit meinem, und seine Pupillen sind weit geöffnet, als er nur einen Zentimeter vor dem Teil von mir innehält, den noch kein Mensch je gesehen hat.

»Schmeckst du so gut, wie du aussiehst, *Delilah*?« Sein warmer Atem kitzelt über meine empfindliche Haut.

Jeder rationale Gedanke in meinem Kopf kommt zum Stillstand.

Er atmet tief ein, und ich greife den Quilt so fest, dass meine Finger schmerzen.

»Ich glaube schon.« Seine Zunge fährt über seine Lippen. »Ich glaube, du wirst mich anflehen, dich zu kosten. Bald.«

Mein Herz pocht unregelmäßig, als er mich einatmet, während sein Blick mich gefangen hält. Er berührt mich nicht, aber er erhebt trotzdem Anspruch. Ich kann mich nicht entspannen, kann nicht denken, kann nichts anderes als ihn anschauen. Seine leichten Atemzüge entzünden kleine Funken auf meiner Haut, und ich bin entsetzt darüber, wie ich auf ihn reagiere. Etwas Warmes entfaltet sich tief in meinem Unterleib, ein schwaches Verlangen, das dort nicht sein sollte. Nicht an diesem Ort. Nicht mit diesem Mann.

Er leckt sich über die Lippen, und ich schnappe nach Luft. Mit einem Grinsen lehnt er sich zurück, stellt sich hin und hebt seinen Gürtel vom Bett auf. Er geht zur Tür und hält dann inne. »Öffne die Tür für niemanden außer eine Oberin oder mich. Verstanden?«

Ich kann nicht einmal nicken.

»Gute Nacht.« Er geht, und ich atme endlich durch.

KAPITEL VIER

Adam

ICH LEHNE mich in meinem Stuhl zurück und nehme einen langen Zug aus meinem Glas.

»So schlimm?« Noah kommt herein und wirft seine Jacke auf den Billardtisch.

»Wie war deine?« Ich will nicht an Delilah denken. Vom ersten Moment an, als ich sie sah, kreisten meine Gedanken um sie wie ein Geier um Aas, und das muss aufhören.

»Gut.« Er zuckt mit den Schultern. »Sie hatte kein Problem damit, zu gehorchen. Andererseits bin ich nie hart zu ihnen, auch wenn sie nicht so schnell gehorsam sind.«

»Was zu Schwierigkeiten führt.«

»Vielleicht.« Er macht sich einen Drink und plumpst neben mir in seinen Lieblingsledersessel. »Aber ich will sie nicht verletzen.«

»Du bist der Einzige.«

»Ich weiß.« Er runzelt die Stirn. »Ich wünschte, Dad würde Craig oder Newell nicht in ihre Nähe lassen. Sie sollten keine Protektoren sein.«

»Es hat Vorteile, im inneren Kreis des Propheten zu sein.« Ich schnaufe und leere mein Glas, dann erhebe ich mich, um mir noch eines einzuschenken.

Noahs Telefon klingelt.

»Scheiße.« Ich knalle zwei Eiswürfel in das Glas. »Er ist es, nicht wahr?«

Noah schaut auf sein Telefon. »Ja. Er will uns sehen. Oben.«

Ich kippe mein Getränk hinunter und folge Noah die geschwungene Treppe hinauf, die zur Hauptetage des Hauses des Propheten führt. Alles hier oben glänzt … die Böden, die Kronleuchter, die unbezahlbaren Kunstwerke. Wie viele Staatsoberhäupter waren schon in der Monroe-Villa auf dem Grundstück der Himmlischen Mission und haben mit dem Geschmack von Geld auf der Zunge tief Luft geholt?

»Büro.« Castro lehnt an der Wand neben den französischen Türen zur Höhle meines Vaters. Er ist schon seit ein paar Jahren bei uns, hat sich aber noch nicht genug bewiesen, um ein Protektor zu sein und seine eigene Jungfrau zum Spielen zu bekommen. Vielleicht nächstes Jahr. Die Bitterkeit in seinen Augen sagt mir, dass er sich sehr wohl bewusst ist, was Noah und ich in unseren dummen weißen Outfits gemacht haben.

Er öffnet uns die Tür, wir gehen ins Büro, und der vertraute Zigarrengeruch verpestet die Luft, während mein Vater uns durch den Rauch hindurch mustert.

»Seid ihr zwei dieses Jahr mit euren Jungfrauen zufrieden?«

»Sicher.« Noah sinkt auf die getuftete Ledercouch, während ich neben dem Kamin stehen bleibe.

»Und du, Adam? Was hast du über das strahlend weiße Mädchen zu sagen, das du hast?« Er öffnet eine kreuzförmige Schachtel, die von einem seiner Kongreganten handgefertigt wurde, schaufelt sich einen Haufen Koks auf seinen rosa Nagel und schnupft es dann.

»Sie erfüllt ihren Zweck.«

Mein Vater lacht, und auf seiner Stirn erscheinen keine Falten, in den Augenwinkeln keine Krähenfüße. Botox ist eine höllisch gute Droge. »Erfüllt ihren Zweck?« Er lacht. »Ist dies das Jahr, in dem du dir eine für dich selbst nimmst?«

»Ist es das, was du willst?« Mein Tonfall bleibt ruhig.

Seine Augen verengen sich. »Wenn du mich herausfordern willst, Junge, dann am besten mit allem, was du hast. Wenn du es nicht tust, werde ich dich töten.«

»Papa.« Noahs sanfte Stimme schwebt durch die Bitterkeit und fällt wie ein sanfter Schnee auf den Zorn meines Vaters. »Er ist einfach noch nicht bereit.«

»Er ist dreißig Jahre alt. Mehr als bereit!« Er schnupft eine weitere Ladung puderigen Mutes.

»Sicher, aber er ist für unsere Operationen verantwortlich. Sein Fokus ist …«

»Ich kann mich gut verteidigen, Noah.« Ich schaue meinen Vater wütend an. »Ich werde mir keine dieser Närrinnen zur Frau nehmen. Wenn sie dumm genug sind, auf dein Theater hereinzufallen, dann will ich nichts mit ihnen zu tun haben.«

Papa fährt mit seinem Finger durch die Luft. »Ich bin der Prophet des Herrn, Adam. Gott hat mich dafür auserwählt. Und Er hat sie auserwählt, mir zu dienen.«

Von den vielen Wahnvorstellungen meines Vaters ist dies sein Favorit. Ich könnte widersprechen, könnte es ihm buchstabieren, dass er ein Hurenbock epischen Ausmaßes ist. Aber das tue ich nicht. Alles was ich will, ist, ins Bett zu gehen und zu vergessen, dass dieser Tag passiert ist. Das ist nicht wirklich eine Option. In der Sekunde, in der ich morgens aufwache, werde ich mit meiner abgefuckten Realität konfrontiert. Aber die Glückseligkeit des Schlafes … Stunden des Schlafes, in denen nichts als völlige Dunkelheit herrscht … ist meine einzige verbliebene Freude.

Sein Zorn weicht plötzlich Heiterkeit, was nie ein gutes Zeichen ist. »Ich wollte euch eurer Mutter gute Nacht sagen lassen, aber da ihr beide unbedingt stur sein wollt, denke ich, dass ich passen werde.«

Noah streckt eine Hand aus. »Papa, bitte.« Ihm ist nicht klar, dass Bitten die Weigerung meines Vaters nur nähren wird.

Außerdem ist es ein Trick. Papa hat uns seit Jahren

nicht in die Nähe unserer Mutter gelassen. Sie wird noch genauer überwacht als die Jungfrauen.

»Das ist in Ordnung.« Ich stehe auf, strecke mich und verstecke geübt meinen Hass in Ungerührtheit. »Ich bin sowieso bereit fürs Bett.«

Als mein Vater merkt, dass er mich nicht zum Aufbrausen bringen kann, kehrt sein Zorn dreifach zurück. »Verschwindet von hier! Alle beide. Gottesdienst am Morgen. Dieser wird in unserem neuen Gotteshaus in Indien ausgestrahlt werden. Sicherlich können einige dieser Idioten mit dem Punkt auf der Stirn Rupien sammeln, um sie hierherzuschicken. Gottlose Heiden.« Er drückt seine Zigarre in einem kristallenen Aschenbecher aus, und seine dunklen Augen brennen sich mir in den Rücken, während ich weggehe.

ICH LIEGE IM BETT, und meine Gedanken wandern zurück zu dem Ritual, zu Delilah. Ihre dünne Akte ruht auf dem Kissen neben mir, und eine Momentaufnahme ihres ovalen Gesichtes ist obendrauf befestigt. Sie ist einundzwanzig, ging aufs College, stammt aus Nord-Louisiana, wo ihre Eltern immer noch leben. Sie fing vor etwa einem Jahr an, Gottesdienste der Himmlischen Mission zu besuchen, kurz nach dem Mordskandal.

Sie kam jedes Mal in die Kirche, wenn die Türen geöffnet wurden. Immer allein, trotz einer Handvoll

Annäherungsversuche einiger männlicher Gemeindemitglieder. Perfekt für das Kloster … ein makelloser Lebenslauf und weit entfernt lebende Eltern. Sie war wegen der Universität nach Alabama gekommen, aber wie so viele andere auch, war sie dem Sirenengesang des Propheten verfallen.

Ich trommele mit den Fingern auf meine nackte Brust, und ihr Bild klebt auf der Rückseite meiner Augenlider. So wie sie auf dem Bett ausgesehen hat. *Verdammt.*

Ich habe in den letzten fünf Jahren jedes Jahr eine Jungfrau trainiert, und ich habe nie auf eine so reagiert, wie ich auf sie reagierte. Ich habe es zu weit getrieben, sie gezwungen, mir in die Augen zu schauen und mir mehr von sich zu geben, als ich haben darf. Und ich war hart zu ihr, aber nicht so hart, wie ich sein werde. Sie zu schonen, wie Noah es mit seinen Jungfrauen macht, würde nur in Schwierigkeiten enden. Meine Hand wandert unter dem Laken zu meinem nackten Schwanz. Er ist schon hart … allein der Gedanke an sie, mit gespreizten Beinen und kleinen Händen, die sich in den Quilt krallen … das ist alles, was nötig ist. Ich beginne, mich zu streicheln, stelle mir vor, wie mich ihre süße Höhle verschlingt, während sie sich windet, gegen das Vergnügen ankämpft und dann nachgibt. Als sie auf meinem Gesicht kommt, schieße ich mir eine dicke Ladung auf den ganzen Bauch.

Als ich wieder von der Euphorie herunterkomme, wird mir klar, dass ich das nicht noch einmal zulassen darf. Fantasien über sie werden nur meinen Verstand vernebeln, mich all den Scheiß überdenken lassen, den ich tun muss, um sie vorzubereiten. Ich säubere mich und werfe das Laken auf den Boden.

Sie wird bereit sein.

Ich werde nicht versagen.

Diesmal nicht.

KAPITEL FÜNF

Delilah

DIE GEMEINDE SUMMT, jede Stimme wird der anderen hinzugefügt, bis das Auditorium mit zwanzigtausend Sitzplätzen vor Energie knistert. Ich knie mit gesenktem Kopf, gefalteten Händen und einem weißen Schleier über dem Gesicht nieder. Meine Mitjungfrauen zu meinen Seiten tun dasselbe. Zwölf Unschuldige auf einem Podest, damit die Menge zuschauen und sie begehren kann.

Der Prophet ist nichts anderes als ein Angeber. Der vergoldete Boden seiner Bühne sagt dies aus, und als er mit seinen glänzenden schwarzen Schuhen hinausgeht, verwandelt sich die Menge in ein lebendiges Monster, und das Gebrüll der Zustimmung übertönt das ständige Summen der Sünde.

Er grinst, das Lächeln einer freundlichen Vaterfigur, und winkt der Versammlung zu. Sein Bild wird auf den riesigen Monitoren auf beiden Seiten der Bühne vergrößert. Das Mädchen neben mir zittert, obwohl ich bezweifele, dass es aus Angst ist. Religiöse Verzückung, eine Heldenverehrung, die trotz aller Schrecken, die ihr in der Nacht zuvor widerfahren sein mögen, andauert.

»Danke, danke. Die Ehre gebührt Gott, nicht mir.« Der Prophet spricht durch ein kleines Mikrofon, das sich um seine Wange wölbt und vor seinen Lippen schwebt.

Ich kann mich nicht umdrehen. Von den Jungfrauen wird verlangt, dass sie knien, dass sie während des Gottesdienstes das perfekte Bild frommer Weiblichkeit sind. Unsere Schleier tünchen alles und verbergen einige der blauen Flecken. Heute Morgen wurde mir klar, dass ich zu den Glücklichen gehöre ... viele der Mädchen haben in der Nacht gelitten, während ich mit den Armen um die Waden geschlungen in einer Ecke hin- und herschaukelte.

Auch wenn ich nicht hinter mich sehen kann, weiß ich, dass das Heiligtum voller frommer Gläubiger ist. Hinter uns sind die Kinder aus dem Kindergarten hereingebracht worden, alle in weißen Pullovern. Während des Gottesdienstes darf nicht geredet werden, und ich habe bei vielen Gelegenheiten gesehen, wie die Frauen, die für die Kinderbetreuung zuständig sind, ein Kind aus dem Heiligtum herausgezerrt haben. Ich zuckte zusammen, aber niemand sonst hat auch nur geblinzelt.

Eine Reihe von Himmlischen Polizisten säumen die

Seiten der Gänge. Der Staat gewährte dem Gelände der Himmlischen vor einigen Jahren den Status einer Gemeinde, so dass der Prophet seine eigene Polizei und Regierung bilden konnte. Sein Einfluss breitet sich von Tag zu Tag mehr aus, wie eine alles verzehrende Fäulnis.

»Wir haben eine neue Ernte von Jungfrauen, gelobt sei Gott.« Er bewegt sich zu uns, weiteren zwölf Spielfiguren in seinem Spiel der Macht. Bühnenlichter lassen ihn leuchten. Die Menge applaudiert. Ihr Hunger ist ein rauer Wind in unserem Rücken.

»Diese begehrten Plätze sind von jungen Frauen eingenommen worden, die die Zukunft unserer Kirche sein werden. Zwölf Monate intensiven Trainings in den Wegen des Vaters, des Sohnes und des Heiligen Geistes werden eine Reihe von Frauen hervorbringen, die im Licht und in der Liebe unseres Erlösers wandeln.« Er richtet seine Hand auf uns. Der Applaus wächst.

Er hält seine Hand hoch, und alle Geräusche verstummen. »Als Belohnung für unsere neuen Jungfrauen und für euch alle haben wir heute Morgen einen ganz besonderen Gast bei uns. Eine Frau, die alles verkörpert, was eine junge Frau sein sollte. Sie ist das leuchtende Beispiel, die Zukunft, die wir uns für alle unsere Klosterjungfrauen wünschen, zumal sie selbst eine war. Bitte begrüßen Sie unsere First Lady von Alabama, Mrs. Miriam Williams.«

Die Menge brüllt, als Williams die Bühne betritt, mit ihren rosafarbenen Absatzschuhen, langen Beinen und ihrem makellosen cremefarbenen Kleid, das ihr wallendes blondes Haar betont. Sie winkt und hat das strahlende Lächeln einer Schönheitskönigin auf dem Gesicht, während sie den Propheten umarmt und ihn auf jede Wange küsst.

Als sie fertig sind, sich gegenseitig anzustrahlen, hebt sie ein Mikrofon, tritt vor, und ihr Blick schweift über die Jungfrauen zu ihren Füßen.

»Gesegnet seid ihr unter den Frauen.« Ihre Stimme, die perfekte Mischung aus hoch und tief, hallt über die Menge. »Denn ihr seid die Hoffnung auf eine bessere Zukunft.«

Ein weiterer Ausbruch von Applaus, und dann wird die Menge ruhig.

Ihre klaren blauen Augen sind fast so scharf wie ihr Lächeln, während sie uns betrachtet. »Der Herr hat euch zum Propheten gebracht, genau wie Er es bei mir getan hat. Ich preise Gott jeden Tag für diesen Segen, und ich habe keinen Zweifel daran, dass ihr alle dasselbe tut. Der Prophet kennt eure Herzen, eure Gedanken, eure Wünsche und eure Träume. Und nur durch ihn werdet ihr euer volles Potenzial als göttliche Frau in einer gefallenen Welt erreichen.«

Ein Chor von »Amen« erhebt sich von den Zuschauern.

»Vertraut ihm. Hört ihm zu. Nur der Prophet kennt den Plan Gottes für euer Leben.« Sie erhebt die Augen und blickt mit ihrem theatralischen Ausdruck über die Menge. »Die Klosterjungfrauen sind gesegnet, in der Obhut des Propheten zu sein. So wie wir alle. Möge

Gott weiterhin sein Licht auf und durch Seinen einen wahren Vertreter hier auf Erden scheinen lassen.« Sie dreht sich um und knickst tief vor dem Propheten. Er nickt, dann schreitet er zu ihr, nimmt ihre Hand und zieht sie hoch.

»Eine wahre Frau Gottes, nicht wahr?«

Die Kirchgänger brechen wie ein Vulkan der Zustimmung sowohl für den Propheten als auch für Miriam aus. Winkend stolziert sie von der Bühne, und ihre weißen Zähne glitzern wie die Bühnenlichter in ihren Augen.

Ich werfe einen schnellen Blick auf den Propheten, während er seine Predigt beginnt, aber mein Blick wird nach rechts abgelenkt. Adam steht an der Seite der Bühne, verdeckt von der Menge, aber sichtbar für einige der Jungfrauen. Es ist schwierig, durch den Schleier zu sehen, aber seine Aufmerksamkeit scheint auf mich gerichtet zu sein. Seine dunklen Augen fixieren mich mit so etwas wie Neugierde … oder vielleicht Ekel. Es sollte mir egal sein, was es ist, aber irgendwie ist es das nicht. Adam ist kein Mann, für den ich mich interessieren sollte; er ist nur ein weiteres Hindernis auf meinem Weg zur Wahrheit.

Ich senke den Blick und konzentriere mich auf den Rand der Bühne. Ich höre dem Propheten nicht zu. Das habe ich nie getan. Dafür bin ich nicht hier.

ICH NEHME meinen Teller mit Gemüse und eine winzige Portion Fleisch und setze mich an einen der Tische im Speisesaal. Dieser Saal ist kleiner als der Bankettsaal und ausschließlich zweckmäßig eingerichtet ... Metalltische und -stühle, Fliesenböden und eine Küche voller Oberinnen. Wir essen hier zu Mittag und zu Abend. Die Priorin sagte uns, dass der Prophet glaubt, dass frühstücken nur etwas für die Schwachen ist. Deshalb lassen wir es im Kloster ausfallen. Ich vermute, dass der Mangel an Frühstück und die niedrige Qualität des Essens eher den Zweck hat, dass wir müde und gefügig ... oder attraktiv dünn ... werden. Vielleicht beides.

Eine andere Jungfrau setzt sich neben mich und öffnet ihre Milchtüte. »Hi.«

»Hallo.« Ich spieße ein Stück schlaffen Brokkoli auf und schiebe ihn mir in den Mund.

»Ich bin Melin ... ich meine, ich bin Sarah.« Sie lächelt, und ihr dunkles Haar fällt in Locken um ihre Stirn. Sie sieht kaum alt genug aus, um Auto zu fahren.

»Delilah.«

»Wo kommst du her?« Sie schneidet eine Ecke ihres Fleischstücks ab und steckt es sich vorsichtig in den Mund.

»Louisiana. Und du?«

»Birmingham.« Sie rümpft die Nase, aber schluckt.

»Wie alt bist du?«

Sie lächelt und spießt eine grüne Bohne auf. »Alt genug.«

Ich schaue auf und sehe eine andere Jungfrau, die uns beobachtet. »Hallo.«

Sie lässt ihre Augen zum Boden wandern … eines davon mit einem schwarzen Halbmond darunter … und stochert in ihrem Essen.

»Das ist Eve. Sie war …«

Ich zucke zusammen, als Sarah aufschreit.

Eine Oberin steht mit einem kurzen Schlagstock in der Hand neben ihr. »Kein Sprechen während der Mahlzeiten.«

Sarah umklammert ihren nackten Hals, wo sie geschlagen wurde, und krümmt sich gegen mich. Ich lege meinen Arm um sie. Die Oberin bäumt sich wieder auf. Ich zucke zusammen, als der Schlagstock seitlich auf meinem Hals landet.

»Kein Kontakt zwischen Jungfrauen!« Sie blickt finster drein, als ich Sarah loslasse.

»Es geht mir gut«, schnieft Sarah, und eine Träne läuft über ihre hellbraune Wange.

Mein Hals brennt, aber ich weigere mich, die wunde Stelle zu berühren. Ich werde der Oberin nicht diese Genugtuung geben.

Sie fädelt ihren Schlagstock durch eine Schlaufe am Gürtel ihres Rockes und geht auf die Küche zu, wobei ihr langer, schwarzer Rock fast den Boden berührt.

Ich greife unter den Tisch und drücke Sarahs Knie. Sie nickt mir kurz zu und fängt dann wieder an zu essen.

Ich wundere mich über die Frauen, die in dem Wahn, dass das Kloster eine Art

Schwesternschaftparadies sein würde, hierhergekommen sind. Haben sie sich damit arrangiert, was es wirklich ist? Nach der letzten Nacht kann ich mir nicht vorstellen, dass eine von ihnen noch an den Propheten glaubt, an die Sicherheit, die ihnen versprochen wurde. Aber als ich zu einer der Jungfrauen aufblicke, sagt mir die selbstgefällige Befriedigung in ihren Augen, als sie auf den Striemen blickt, der sich an meinem Hals bildet, dass einige dieser Frauen genau dort sind, wo sie sein wollen.

»Das Training beginnt in fünf Minuten.« Eine andere Oberin steht an der Tür zum Korridor, und ihre Stimme ist ein raues Bellen. Sie sieht keinen Tag älter als dreißig aus, aber angesichts ihrer Autorität scheint sie das Sagen zu haben. Ihr Haar ist unter einem schwarzen Habit verborgen, und ihre Augen scheinen sich durch jeden zu bohren, der sie zu direkt ansieht. Ich senke meinen Blick, damit sie nicht mein wahres Ich sieht.

Ich esse so viel von meinem faden Essen, wie ich kann. Als ich fertig bin, sind die restlichen Jungfrauen schon zur Tür hinausgegangen. Ich schließe mich der Reihe an, während wir uns durch die Gänge schlängeln und den Kreuzgang wie eine Honigwabe erscheinen lassen. Als wir in einen großen Raum kommen, keuchen einige der Frauen.

Drei hohe Tische … wie man sie in Arztpraxen sieht … stehen rechts, und an jedem wartet eine Oberin. Dann weitere drei Tische mit einer Art seltsamer Infusionsbeutel an ihren Ecken und einem großen Waschbecken an ihrer Rückseite. Hinter den Tischen befindet sich eine Wand, die mit einem dunklen Gitter bedeckt ist. In Abständen baumeln Peitschen, Klammern, Gerten, Ketten und eine große Auswahl an Dildos. In der Ecke steht ein großes Holzgerüst in Form eines X, und die Riemen oben und unten daran sagen mir, dass es nicht nur zur Dekoration dient.

»Gott lächelt Frauen an, die ihren Meistern gefallen. Ihr müsst in Seinen Augen kostbar sein.« Die Priorin breitet ihre Arme weit aus. »Dies ist euer Trainingsraum. Hier werdet ihr jeden Morgen einen Großteil eurer Zeit verbringen. Die Nachmittage werden im Gebet oder mit Hausarbeiten verbracht. Und eure Nächte gehören eurem Protektor.«

Ein Mädchen macht ein leises Geräusch, so als ob ihre Kehle ein ängstliches Stöhnen verschluckt.

Die Priorin schlägt ihren Schlagstock in ihre Handfläche. »Zieht eure Kleidung aus. Alle.«

Ich habe mich schon an das erzwungene Ausziehen gewöhnt, also lasse ich mein Kleid klaglos auf den Boden fallen. Sie geben uns hier keine Unterwäsche.

Die Priorin geht zum ersten Mädchen in der Reihe und benutzt ihren Schlagstock, um das Kinn des Mädchens nach oben zu neigen. »Alle Körperbehaarung ist unziemlich im Angesicht des Herrn.«

Und welcher Bibelvers genau sagt das? Porno 1:69? Ich behalte meine Gedanken für mich.

Sie schiebt ihren Schlagstock über den Körper des

nackten Mädchens und verweilt an der Stelle, an der sich die Haare zwischen ihren Schenkeln befinden. »Schändlich. Ihr alle. Eure Körper sind schändlich. Wir haben zwölf Monate Zeit, um zu versuchen, euch zu Frauen zu formen, auf die Gott und der Prophet stolz sein können.« Sie seufzt und geht zum nächsten Mädchen. »Aber ich hatte in den letzten fünf Jahren noch nie so eine Unterklasse von Jungfrauen.« Sie benutzt ihren Schlagstock, um an Eves kurviger Taille zu stochern. »Diese hier ist ein Bigfoot, die muss abnehmen.« Sie setzt die Reihe fort, bis sie zu mir kommt. »Nun, hier ist eine, die vielversprechend ist. Netter Körper, gute Haare … natürlich müssen wir die Unordnung zwischen deinen Beinen entfernen.« Sie drückt den Schlagstock unter mein Kinn und hebt mein Gesicht zu ihrem. »Oh, Liebes.« Sie runzelt die Stirn. »Diese Augen sind nicht gut genug.« Sie schnalzt mit der Zunge. »Da ist etwas in ihnen, was ich nicht haben möchte. Etwas, was dem Herrn missfällt.« Sie zögert noch einen Moment lang, bevor sie die Reihe hinuntergeht und Haare, Gewicht, Grübchen, Zellulitis, Hautfarbe und sogar die Lage der Muttermale kritisiert. »Ist das eine Tätowierung?« Ihr Ekel überzieht die Luft wie ein Ölfilm Wasser. »Wie um alles in der Welt hast du es mit diesem bösen Zeichen der gefallenen Welt auf deinem Körper in das Kloster geschafft?«

Bis sie wieder an den Anfang der Schlange zurückkehrt, sind wir alle um zehn Zentimeter geschrumpft, und ich höre Schniefen hinter mir.

Sie schlägt den Schlagstock in ihre Handfläche. »Das Kloster wurde vom Propheten geschaffen, um junge Frauen wie euch auszubilden, damit sie den Lehren des Herrn folgen und Seinem Willen gehorchen. Manche Dinge, die hier geschehen, könnten euch vielleicht verwirren.« Der Hauch eines Lächelns kriecht über ihre dünnen Lippen. »Vielleicht erschrecken sie euch sogar, aber seid versichert, dass alles nach dem Plan des Propheten für euer Leben geschieht. Ihr werdet es mit der Zeit verstehen.«

Sie spricht mit einer Sicherheit, die ich bisher nur bei Verkäufern und Politikern gesehen habe. Sie lässt meine Haut kribbeln.

»Ihr drei Jungfrauen, hier.« Sie zeigt auf den ersten Satz Tische.

»Die nächsten drei, hier.« Sie zeigt mit ihrem Schlagstock auf den zweiten Bereich.

Ich bin die Letzte, die einen der Tische mit den seltsamen Infusionsbeuteln nehmen muss.

»Hoch.« Die nächste Oberin klopft auf meinen Tisch.

Ich klettere hoch und setze mich, mit den Armen um die Knie geschlungen. Angst pulsiert mit jedem Schlag meines Herzens durch mich hindurch.

»Der Rest von euch kommt mit mir.« Die Priorin führt die übrigen Frauen zur Gitterwand.

»Ich brauche euch drei auf allen vieren.« Eine der Oberinnen hinter den Tischen schnappt sich einen Infusionsbeutel, dreht das Wasser auf und testet seine Wärme mit den Fingerspitzen.

Da merke ich, dass es keine Infusionsbeutel sind. Zu groß. Zu nicht-ganz-medizinisch.

Ich sah einen von diesen hinter der Tür im Badezimmer meiner Großeltern hängen und dachte, es sei eine Art besonderer Ballon. Lustig, nicht wahr? Nein. Das sind Klistierbeutel.

Kranke Wichser.

Ich tausche einen Blick mit Sarah auf dem Tisch neben mir aus. Ihre Brauen sind zusammengezogen, während sie auf den Beutel starrt, der an dem Haken über ihrem Tisch hängt. Ich sage schweigend das Wort »Einlauf« zu ihr.

Sie versteht es nicht.

Ich forme das Wort erneut mit meinem Mund.

Als sich ihre braunen Augen weiten, weiß ich, dass sie das Wort verstanden hat.

»Auf alle viere, sagte ich«, schnauzt uns die Oberin am Spülbecken an.

Wir drehen uns alle um und gehen auf die Knie. Ein schrecklicher Strom der Erniedrigung überspült mich. Ich grabe meine Nägel in die Oberseite des gepolsterten Tisches. Ein weiterer Gedanke gesellt sich zu meinem Schamcocktail: Gibt es hier drin eine Kamera, wie die in der Lüftung meiner Decke? Es muss eine geben. Vielleicht schaut Adam gerade jetzt zu und erregt sich an meinen Qualen.

Ein Aufjaulen lenkt meine Aufmerksamkeit auf die anderen drei Tische. Eine der Oberinnen wachst Eve, reißt ihr die dunklen Schamhaare aus und wirft die Streifen beiseite. Ein anderes Mädchen ist auf Händen und Knien, während eine Oberin etwas zwischen ihre Backen schiebt. Sie reißt es nicht weg. Das muss etwas anderes als Wachs sein. Eine Erinnerung an Georgia und mich, wie wir *Brautjungfern* sahen und miteinander kicherten, schwebt durch meinen Kopf. Bleichen sie ihr Poloch?

Ich wette, meines wird weiß glühen, bevor der Tag … Dieser Gedanke wird unterbrochen, als ich kalte Hände auf meinem Hintern spüre, und dann das unverkennbare Einführen eines Schlauchs in meinen Po. Meine Reaktion ist, ihn herauszudrücken.

Ein scharfer Hieb auf meine Seite sagt mir, dass das nicht die richtige Reaktion ist. »Nicht drücken!«

Die Priorin erscheint mit einem Knebel in der Hand vor mir. Statt einem Ball, wie ich ihn im Film gesehen hatte, hat dieser einen Dildo. »Sie braucht laut Protektor Adam früher als sonst Halstraining.«

»Ja, Ma'am.« Die Klistieroberin greift nach dem Apparat.

»Ich möchte mich selbst darum kümmern.« Die Priorin hält mir den schwarzen Dildo vor das Gesicht. »Aufmachen.«

Das will ich nicht. Aber ich habe keine andere Wahl. Ich öffne den Mund.

Die Priorin schiebt mir das Ding in den Mund.

Ich würge, aber sie legt mir die Gurte um den Kopf und schnallt sie am Hinterkopf fest. Mit den Zähnen versuche ich, hineinzubeißen und mit der Zunge zu drücken, aber das lässt mich nur noch mehr würgen. Ein seltsames Gefühl von Klaustrophobie überkommt mich. Ich könnte so sterben. Mich an meiner Spucke verschlucken. Ersticken. Die ganze Zeit über starrt mich die Priorin mit einer Kälte in ihrem Blick an, die mir Angst macht.

Ich schließe die Augen und konzentriere mich darauf, durch die Nase zu atmen. Ein, aus. Ein, aus. Die Röhre schlängelt sich weiter in meinen Arsch, Wärme füllt den Raum, und ich zwinge mich, meine Backen zusammenzukneifen, damit alles drin bleibt.

»Ich möchte gehen«, sagt eine leise Stimme von einem der Tische zu meiner Rechten.

Ich schaue nicht nach oben. Ich muss mich auf meine Atmung konzentrieren, oder ich werde sterben. Ich weiß es. Der Druck baut sich in meinem Arsch auf, während Spucke mein Kinn hinuntertropft.

»Bitte, lasst mich gehen.«

Ich will sie warnen. Ihr sagen, dass es dafür zu spät ist. Es gibt keinen Weg hier heraus. Das hier ist eine Falle, und sobald sie sich um seine Opfer schließt, sind die Gitterstäbe unverrückbar. Als ich einen dumpfen Aufschlag höre und sie anfängt zu schreien, halte ich meine Atemzüge ruhig. *Ein, aus.* Ein weiterer Schrei, und jemand anderes weint. *Ein, aus.*

»Du bist hier, um dem Herrn zu dienen. Du hast einen Schwur geleistet, und ich und meine Schwestern Oberinnen sind hier, um dafür zu sorgen, dass du ihn einhältst.« Die Stimme der Priorin ist seltsam heiter. »Wir werden dich trotz deiner selbst vor den Feuern der Hölle retten. Jetzt hör auf zu schluchzen und leg dich wieder auf den Tisch.«

»Warum? Ich dachte, wir wären hier, um …«

Ein weiterer dumpfer Aufschlag und ein schmerzgeladener Aufschrei. »Du bist hier, um das zu tun, was wir sagen, so wie es der Prophet befohlen hat!«

Einige der Mädchen weinen, und ihre Augen sind entsetzt. Sie glaubten wirklich, dass sie im Kloster sicher sein würden, dass sie unberührt und unversehrt bleiben würden. Närrinnen.

Ich ging in diese Falle, mir der Gitterstäbe und rostigen Metallteile bewusst, die Schmerz und Verzweiflung versprachen. Ich habe es für Georgia getan.

Ich werde ihren Mörder finden. Und dann werde ich das, was ihr passiert ist, mit Blut zurückzahlen.

KAPITEL SECHS

Adam

SIE SITZT mit dem Blick nach unten gerichtet auf dem Bett, als ich den Raum betrete. Rote Linien verlaufen entlang ihrer beider Wangen. Die Oberinnen machten das Halstraining, wie ich es angewiesen hatte.

Ich schließe die Tür hinter mir und lege das Schloss vor.

Sie bewegt sich nicht, zieht sich nicht aus und fällt nicht auf die Knie, wie ich es ihr befohlen habe.

Ich seufze und ziehe meinen Gürtel aus den Schlaufen. Das erregt ihre Aufmerksamkeit. Sie schaut auf, mit demselben Feuer in den Augen, das ich gestern gesehen habe.

»Zieh es aus.«

Sie weiß, dass ich ihr weißes Kleid meine. Ich trage eine schwarze Hose und ein dunkelblaues Button-

Down-Hemd … meine Geschäftskleidung. Die ganze weiße Scharade ist für mich beendet. Aber nicht für sie.

»Warum?« Das Wort ist kaum ein Hauch von ihren rosa Lippen.

»Haben dir die Oberinnen nicht gesagt, dass du keine Fragen stellen sollst?« Ich ziehe den Gürtel durch meine Handfläche. Er ist aus Spitzennarbenleder und weich wie Butter, wenn er sich langsam bewegt. Schnell ist er eine ganz andere Geschichte.

»Was wirst du tun?« Ihre Augen verbinden sich mit meinen.

»Heute Abend muss ich dir eine Lektion in Gehorsam erteilen. Danach werden wir sehen.«

»Ich bin kein Hund.«

Die Herausforderung in ihrer Stimme schickt eine Stromladung durch mich hindurch, die in meinem Schwanz endet. Er versteift sich und stößt gegen die Vorderseite meiner Hose.

»Du hast dir schon drei Schläge für heute verdient.« Ich lasse den Gürtel an meiner Seite hängen. »Möchtest du noch einen?«

Sie schluckt schwer.

»Zieh dein Kleid aus und geh auf Hände und Knie wie ein guter Hund.« Mein Herz schlägt gegen meine Rippen, und ich bin high von dem Gedanken an ihr nacktes Fleisch, das von meinem Gürtel gerötet ist.

Mit einem weiteren Blick, der einen reinen, unverdünnten Hass telegrafiert, steht sie auf und zieht ihr Kleid aus. Zentimeter für Zentimeter nehme ich jedes leckere Stück Haut in mich auf.

»Ich sehe, dass die Oberinnen gleich mit der Wachsbehandlung begonnen haben.« Ich starre auf die Kahlheit zwischen ihren Beinen, wo ihre Haut immer noch rosa und gereizt ist. Ich möchte mit meinen Lippen, meiner Zunge und meinem Schwanz darüberfahren.

Sie sagt nichts, klettert auf das Bett, hält die Oberschenkel zusammengepresst, überkreuzt die Knöchel und stößt einen Atemzug aus. Ihr Haar fällt kaskadenartig auf beiden Seiten ihres Gesichts nach unten und versteckt sie vor mir.

Ich gehe einen Schritt, um mich hinter sie zu stellen. Als ich den vollen Blick auf ihr nacktes Geschlecht bekomme, läuft mir das Wasser im Mund zusammen. Es ist eine perfekte rosa Tulpe, die wahrscheinlich süßeste unberührte Mitte, die ich je probiert habe. Ich umfasse den Gürtel fester und konzentriere mich darauf, sie zu disziplinieren. Sie ist ein Ding, keine Person. Ich fing an, mir dieses kleine Mantra einzureden, als ich zum allerersten Mal Protektor wurde. Nur so konnte ich tun, was nötig war. Jetzt wird mir klar, wie hohl es ist, wie krank ich geworden bin. Ich *will* sie schlagen. Bei dem Gedanken daran läuft mir das Wasser im Mund zusammen.

Früher habe ich mich selbst belogen … *ich tue das nur zu ihrem eigenen Wohl. Sie wird es später noch viel, viel schlimmer haben, wenn ich sie jetzt nicht breche.* Diese Worte sind genauso hohl wie mein krankes Herz. Ich habe ihnen wehgetan, weil ich es will, weil ich mich verdammt danach sehne, weil ich das Monster geworden bin, das mein Vater immer wollte. Dasselbe Monster wie er.

Ich ziehe mich zurück und genieße den Moment vor dem Schlag. Die Vorspeise. Mit einem bösartigen Schwung male ich einen roten Streifen über ihren Arsch.

Sie schreit und zuckt, und ihre Knöchel schieben sich auseinander, während ihr Kopf hängt. Ich gebe ihr keinen Moment zum Ausruhen. Meine Bestie muss gefüttert werden. Ich schlage wieder zu, und ihre Qual erreicht meine Ohren mit einem exquisiten Schrei. Ich hole wieder aus, lege noch mehr Kraft in den letzten Schlag und lasse das Leder etwas tiefer über ihr zartestes Fleisch laufen. Ihr Aufheulen lässt jeden Lustempfänger in meinem Gehirn aufleuchten, und mein Schwanz drückt gegen meinen Reißverschluss.

Sie sackt zusammen und rollt sich in die Fötusstellung.

»Wir sind noch nicht fertig mit dieser Lektion.« Ich zeige auf den Teppich.

Sie schaut mich unter ihrem Vorhang aus Engelshaar an, dann rutscht sie vom Bett, und ihre Knie schlagen mit einem hässlichen dumpfen Geräusch auf dem Boden auf.

Ich schnalle meinen Gürtel wieder um und setze mich vor sie, während sie auf den Boden starrt. »So wie jetzt jede Nacht, verstanden?«

Sie nickt.

»Du kannst das besser.« Ich möchte ihr Haar berühren, sie beruhigen. Das sollte ich nicht. Dieser

Wunsch ist unpassend. Er ist eine sanfte Kurve in einem Meer aus Glasscherben. Ich schüttele ihn ab. »Delilah.«

Sie schaut auf, und Tränen glänzen in ihren hellgrauen Augen. »Verstanden.«

»So ist es besser.« Ich ziehe meinen Finger über die roten Striemen auf ihrer Wange.

Ich frage mich, wie viel Selbstbeherrschung sie aufwendet, um nicht vor meiner Berührung zurückzuschrecken. Ihre Augen bleiben auf meinen haften, obwohl sie mir keinen Einblick in sie geben. Sie sind keine Fenster, sondern eine stählerne Wand, hinter der sie sich versteckt. Nicht, dass ich ihr einen Vorwurf machen könnte.

»Wie ist dein Würgereflextraining heute gelaufen, kleines Lamm?«

Sie zuckt mit den Schultern, und ihre schmalen Schultern heben sich dabei kaum. »Ich würge immer noch.«

Ich ergreife ihr Kinn. »Mach auf.«

Sie tut es, und ich drücke meine Finger ganz hinten gegen ihre weiche Zunge und den Hals. Als sie würgt, ziehe ich mich zurück und mache es dann immer und immer wieder. Spucke sammelt sich und tropft ihr das Kinn herunter.

Ich ziehe meine Finger zurück und bewundere einfach den leicht ruinierten Anblick ihrer tränenden Augen und ihres saftig roten Mundes. »Du bist besser als gestern. Es wird Zeit brauchen. Aber es ist notwendig.«

»Warum?«

»Da bist du wieder mit deinen Fragen.« Ich ziehe meine Finger über meine Gürtelschnalle. Sie schaut nicht nach unten, aber ich weiß, dass sie die Bedrohung sehen kann. »Außerdem weißt du, warum.«

»Der Prophet sagte, wir werden hier sicher sein, dass wir …«

Ich grinse. »Und du hast es geglaubt?«

Ich weiß nicht, warum, aber ich habe das Gefühl, dass sie mit mir spielt. Es ist beispiellos, und ich kann nicht sagen, ob es mir gefällt oder nicht. Ich vermute, dass es das tut.

Ich beuge mich vor, greife mit der Hand in ihre Haare, ziehe ihren Kopf zurück und krümme ihren Rücken, damit sie mich direkt ansieht. »Ich glaube, du wusstest, dass die Verheißungen des Propheten Lügen waren.« Ein Hauch von Paranoia flüstert in meinem Kopf. »Bist du ein Bulle?«

»Nein.«

Ich weiß, dass sie es nicht ist. Wir haben den County Sheriff auf unserer Gehaltsliste und seine Familie jeden Sonntag in der reservierten ersten Reihe. Aber *etwas* an ihr ist anders. Falsch.

»Eine Art Reporterin?« Ich schüttele sie und genieße, dass sie vor Schmerz zusammenzuckt.

»Nein.«

Die Kirche hat genug Verbindungen zu nationalen und lokalen Medien, um herauszufinden, ob jemand einen Maulwurf geschickt hat. Also, das ist es nicht. Aber was dann?

»Warum sollte jemand, der weiß, was das Kloster wirklich ist, sich freiwillig als Jungfrau melden?« Ich stelle die Frage, die mich seit der letzten Nacht beschäftigt. Meine anderen Jungfrauen glaubten tatsächlich an die Zirkusvorstellung meines Vaters. Aber Delilah ist nicht wie sie. Die Tatsache, dass ich nicht genau sagen kann, was sie anders macht, ist ein Dorn, der sich langsam in meine grauen Zellen hineinarbeitet.

»Gott hat mich hierhergeführt.«

Ich lasse sie los und lehne mich zurück. »Schwachsinn.«

Sie verliert fast das Gleichgewicht und kniet sich dann wieder hin, wobei sie die ganze Zeit diese ätherischen Augen auf meine gerichtet hält. »Der Prophet wird seine Versprechen halten. Ich bin da, wo Gott mich haben möchte.«

Wenn sie eine Ahnung davon hätte, was der Prophet wirklich mit ihr vorhat, würde sie sich nicht mit dieser Scharade herumschlagen.

»Welche andere Ausbildung hast du heute bekommen?«

»Sie führten ein …« Ihr Blick schwankt fast, aber sie hält ihn fest auf mich gerichtet. »Klistier ein.«

»Weißt du, warum sie das tun?«

Sie schüttelt den Kopf, und echte Neugierde liegt in ihren Augen. Der dunkelste Teil von mir hungert nach dem, was sie als Nächstes offenbaren wird. Schock, Ekel, vielleicht sogar Interesse?

»Falls ich deinen Arsch nehme.«

Ihre Augenbrauen ziehen sich zusammen. »Was?«

»Sie bereiten dich vor, falls ich entscheide, dass es für dich an der Zeit ist, mich tief in deinem Arsch zu spüren.« Ich habe ein bisschen zu viel Freude an der Erklärung.

»Aber, ich dachte … ich bin eine Jungfrau, und ich dachte, deshalb hat der Prophet …«

»Oh, du wirst danach immer noch rein sein.« Ich will auch noch den letzten Tropfen der Verzweiflung verschlingen, den sie durchschlüpfen lässt. »Immer noch eine Jungfrau.«

Ein Schauer durchfährt sie, und sie verschränkt die Arme ihrer Brust. »Ich werde niemals zustimmen.«

»Nein?« Ich lächele, vielleicht, weil ich spüre, dass es sie wütend macht.

»Du kannst mich nicht zwingen.« Ihr Feuer peitscht aus und verbrennt mich auf die nachsichtigste Weise.

»Kann ich nicht?« Ich greife wieder in ihre Haare und ziehe sie hoch.

Sie schreit auf, als ich sie auf das Bett werfe und ihren Körper mit meinem bedecke. Auf allen vieren versucht sie, mich abzuwerfen, indem sie buckelt, aber es gelingt ihr nicht. Sie schlägt um sich, als ich mit meiner Hand über ihren Rücken und ihren Arsch gleite.

»Siehst du?« Ich spreize ihre Beine und schiebe mich zwischen ihre Knie.

Sie kämpft immer noch, als sie schreit: »Stopp!«

Aber das tue ich nicht.

Ich fahre mit meinem Finger ihren Po hinunter und drücke ihn gegen das Loch. »Ich kann mit dir machen, was ich will, Delilah. Ich könnte sofort dein Gesicht ficken. In deinen Arsch eintauchen. In deine Muschi beißen und dieses enge kleine Loch lecken.« Ich drücke nur ein wenig und verletze sie fast.

»Stopp!« Ihr Schrei wird von der Decke gedämpft.

Ich schiebe mich zurück und stehe auf, während sie sich umdreht und wegkrabbelt, bis sie gegen das Kopfteil stößt.

»Bleib weg von mir!« Sie atmet schwer, ihre Brüste heben und senken sich, Rosa kriecht ihren Hals hinauf und in ihre Wangen. Wunderschön.

»Ich kann nicht.« Ich schenke ihr ein weiteres Grinsen. »Aber das ist alles für heute Abend.«

Als ich ihre Tür schließe und abschließe, fühle ich ihr Schluchzen, bevor ich es höre.

»WO SIND DIE RESTLICHEN QUITTUNGEN?« Ich durchstöbere den Haufen an Informationen auf meinem Schreibtisch, die der wohl dümmste Bote, den wir je angeheuert haben, dort abgelegt hat.

»Oh, ich schätze, sie müssen immer noch im Auto sein.« Er dreht sich um, und sein Redneck-*Duck-Dynasty*-T-Shirt ist noch offensiver von hinten.

Sobald er mein Büro verlassen hat, drücke ich einen Knopf und schalte den Flachbildschirm an der Wand ein. Da sitzt sie, Delilah, auf ihrem Bett und kaut an einem Daumennagel. Das macht sie oft. Manchmal umarmt sie ihre Knie und wiegt sich hin und her. Ich beobachte alles. Früher habe ich höchstens einmal im Monat nach meiner Jungfrau gesehen. Bei Delilah kann ich nicht aufhören, hinzusehen.

Ich habe sie heute Nacht erschreckt. Das musste ich tun. Nein, ich *wollte* es. Die Angst in ihr war wie der Geruch von frischem Blut für einen Hund. Ich sehne mich danach.

Ein Klopfen ertönt an meiner Tür, und Franklin kommt herein.

Ich schaue finster und schalte den Fernsehbildschirm aus. »Was willst du?«

»Ich und die Jungs sind auf dem Weg zur Kapelle.«

»Und?«

Er tritt von einem Fuß auf den anderen, und sein kahler Kopf glänzt vor Öl. »Der Prophet sagte, dass wir dich erst fragen müssen, bevor wir …«

»Geh.« Ich winke ihn weg. »Aber hinterlass keinen bleibenden Schaden wie beim letzten Mal. Das kostet uns Geld.«

Sein Lächeln macht ihn irgendwie noch hässlicher. »Das werde ich nicht.«

»Verpiss dich.« Ich schalte die Leinwand wieder ein, während er durch den Flur huscht, bereit, seinen Abend damit zu verbringen, sich einen blasen und seinen dreckigen Schwanz nass machen zu lassen.

Als ich meine Aufmerksamkeit wieder auf Delilah richte, starre ich auf die Wölbung ihres Halses, wo er in ihrem weißen Gewand verschwindet. Würde sie in der

Kapelle enden? Der Gedanke verfault in meinem Bauch, während ich ihre zarten Züge betrachte.

»Ich habe sie.« Der Duck-Dynasty-Depp kommt mit einem zerfledderten Notizbuch in der Hand zurück. »Habe alles aufgeschrieben, genau wie Sie es mir gesagt haben.«

»Leg es dorthin.« Ich zeige auf eine leere Stelle auf der vernarbten Holzoberfläche.

Er legt es dorthin, dann schaut er zum Fernseher. »Sie ist ein Hingucker.«

»Verpiss dich!« Ich greife nach der Pistole im Holster unter meinem Schreibtisch, da meine Kontrolle an einem seidenen Faden hängt. Dieses niedere Leben auszuschalten würde einen großen Beitrag zu meinem Stressabbau leisten.

»Tut mir leid, Boss.« Er hält seine Hände hoch und weicht zurück. Je weiter er sich von mir entfernt, desto leichter fühle ich mich. Ich lasse die Pistole los und rücke mich auf meinem Stuhl zurecht.

Ich schnappe mir das Notizbuch und blättere es durch, um nachzusehen, welche Summen er von unserem reinen Bargeldgeschäft erhalten hat. Es ist für uns nicht schwierig, die Geldwäscheseite des Geschäfts zu decken. Der bei weitem einfachste Ort, um Geld zu waschen, ist die Kirche. Keine Steuern, alles bar, keine Probleme mit dem Finanzamt. Wir haben darauf ein Imperium errichtet, zusammen mit einigen anderen skrupellosen Unternehmungen.

Ich zähle die Zahlen zusammen und summiere sie mit einer Handvoll Tabellenkalkulationen. Der

Frondienst frisst mich auf. Aber ich kann ihm nicht entkommen. Meine Würfel sind vor langer Zeit gefallen. Ich bin fast so gefangen wie meine Jungfrau. Bei dem Gedanken schaue ich auf den Bildschirm.

Die Wut verdrängt alle Gedanken, die ich gerade habe, und ich greife nach der Pistole, während ich zur Tür hinausstürme.

KAPITEL SIEBEN

Delilah

EIN LEISES KLOPFEN an meiner Tür reißt meine Aufmerksamkeit von dem Daumennagel fort, auf dem ich eine halbe Stunde lang gekaut habe.

»Ich bin es.« Eine leise Stimme … die Oberin mit der Narbe entlang ihrer Stirn. Oberin Chastity nennen sie sie, glaube ich.

Ich gehe hinüber und drehe das Schloss um. Die Tür schiebt sich nach vorne und stößt mich zurück. Chastity sieht mich mit großen Augen an, bevor sie der Protektor, der sie gepackt hat, beiseite schiebt, mein Zimmer betritt und die Tür hinter sich zuschlägt und abschließt.

»Steig auf das Bett.« Er kommt mir nicht bekannt vor … ich kann mich an seine braunen Augen, seine braunen Haare und seine pockennarbige Haut nicht erinnern.

Ich laufe zurück über den Boden, bis mein Rücken gegen die Wand neben dem Badezimmer stößt. »Du darfst hier nicht reinkommen.« Mir dreht sich der Magen um, und Säure steigt in meinem Hals auf.

»Ich bin ein Protektor, Schlampe. Ich kann verdammt nochmal machen, was ich will.« Er funkelt mich an. »Bis auf die eine verdammte Sache, die ich am meisten will. Aber ich werde mit allem anderen vorliebnehmen.«

»Bitte …«

Er eilt vorwärts, greift mir in die Haare und zieht mich dann vom Boden hoch. Ich schreie und klatsche ihm auf den Unterarm, als er mich zum Bett zerrt.

»Schlampe.« Er nimmt eine Hand zurück und ohrfeigt mich.

Meine Ohren klingeln, aber ich kämpfe weiter, kralle mich an seinen Armen fest.

Er ohrfeigt mich wieder, und diesmal schmecke ich Blut. Er zerrt an meiner Kleidung und versucht, mir das Kleid vom Leib zu reißen. Ich schreie immer wieder, in der Hoffnung, dass Chastity oder sogar die Priorin durch die Tür platzen wird. Aber das tun sie nicht. Das Kleid reißt an den Nähten, und der Stoff schneidet in meine Haut, während es zerfetzt wird.

»Verdammte Schlampe!«, schreit er, während ich sein Gesicht zerkratze, und dann schlingt er seine Hände um meine Kehle.

Ich versuche, seine Finger wegzuziehen, als meine Kehle brennt, meine Augen tränen und ich keinen Atemzug mehr machen kann. Er setzt sich auf mich, und sein schwerer Körper verstärkt den Druck auf meinen Hals nur noch.

So werde ich sterben. Der Hass in seinen Augen sagt mir, dass das die Wahrheit ist. Ich werde durch seine Gewalt enden. Er drückt fester zu, und ich spüre nichts außer dem Brennen in meiner Lunge und dem Schmerz in meinem Hals.

Ein Knall zerschmettert meine Qual, und er bricht über mir zusammen. Wärme strömt über mein Gesicht, während ich erst einen Atemzug, dann noch einen weiteren nehme.

Sein Gewicht hebt sich, als Adam ihn zu Boden wirft, dann feuert Adam einen weiteren Schuss in seinen daliegenden Körper. Ohne mir auch nur einen Blick zuzuwerfen, geht er aus dem Zimmer.

»Räum dieses Chaos auf.« Er spuckt die Worte der Priorin zu, die direkt vor der Tür erscheint.

Sie runzelt die Stirn, erst über die Leiche, dann über mich, als sie hereinstürmt. »Das ist deine Schuld. Du hast ihn mit deinem Verhalten wie eine Hure hierhergelockt, und jetzt ist er deinetwegen tot.«

Ich kann nicht die Energie beschwören, die ich brauche, um mit Ungläubigkeit zu reagieren. Alles, was ich tun kann, ist, den Sauerstoff zu genießen, der in meine Lungen zurückkehrt, trotz des Brennens, das damit einhergeht. Ist es das, was mit Georgia passiert ist? Ist sie an idiotischer Wut gestorben? Nein. Das kann es nicht gewesen sein. Die Erinnerung an die Tatortfotos taucht wieder auf … die in ihren Körper geritzten Spuren, die aufwendige Art und Weise, wie sie inszeniert wurde. Ihr Tod war keine gedankenlose Tat. Es war ein gut geplantes Opfer.

Die Priorin schnippt mit den Fingern. »Hörst du mir zu, Delilah?« Ihre Stimme ist auf einen tödlichen Tonfall gesunken.

»Das tue ich.«

»Gut. Ich erwarte, dass du den Körper von Protektor Newell gereinigt und ordentlich auf deinem Bett aufgebahrt hast, wenn ich in ein paar Stunden zurückkomme.«

»Was?«, krächze ich.

»An die Arbeit.« Sie schwingt die Tür hinter sich zu, und ich werde mit dem Toten allein gelassen.

Ich liege für ein paar lange Minuten einfach nur da und atme. Lebe. Mein Hals schwillt an, und die Haut wird bei Berührung heiß, als ich vorsichtig die Verletzungen abtaste. Meine Hände zittern, und ab und zu schießt ein Beben durch mich hindurch. Mein Gehirn versucht, das Geschehene zusammenzufügen, denn meine Erinnerung ist durcheinander. Wann ist Adam hereingekommen? Konzentriert gehe ich den Angriff Schritt für Schritt durch. Adam erschien am Ende. Er tötete den Mann, der mir wehgetan hat. Die Szene setzte sich zusammen wie ein Film, in dem ich nur Zuschauer war … ein Staubkorn, das faul in der Ecke schwebte. Adam tötete einen Mann, ohne zu zögern. Aber hat er für *mich* getötet?

Das Sitzen scheint mir beim Atmen zu helfen, und ich muss tief ein- und ausatmen, um die schwarzen Punkte, die in meinem Blickfeld wirbeln, zum

Verschwinden zu bringen. Ich berühre meine Wange mit meinen Fingerspitzen. Sie kommen rot zurück. Der Schleier beginnt sich zu lichten. Das Bett ist mit Blut bespritzt, und die Wand ist karmesinrot gesprenkelt, durchsetzt von Brocken einer grauen Substanz.

Mein Magen krampft. Ich beiße mir in den Handrücken und versuche, mich nicht zu übergeben. Das wäre nur eine weitere Sache, die mich die Priorin säubern lassen würde.

Ein sanftes Klopfen an meine Tür lässt mich zusammenzucken. Ich stehe mit wackeligen Beinen auf, umrunde die Stiefel des Toten und öffne dann die Tür.

Tränen laufen über Chastitys Gesicht. »Es tut mir so leid.«

»Es ist nicht deine Schuld.« Meine Stimme ist rau, und das Sprechen schmerzt.

»Kann ich reinkommen?« Sie hat Handtücher auf einem Arm gestapelt und einen Behälter mit Clorox in dem anderen. »Bitte.«

Ich nicke und trete zurück, als sie hereinhuscht und die Tür schließt. »Ich soll nicht helfen, aber Priorin Grace wird es nicht bemerken.« Sie schluckt sichtbar. »Hoffe ich.«

»Der Name der Priorin ist Grace?«

Sie zuckt mit den Schultern. »Der Prophet weist uns unsere Namen zu.« Sie kniet sich hin und beugt sich über den Körper. »Bringen wir ihn in die Wanne. Wir können ihn dort ausziehen und waschen.«

Ich möchte sie darauf hinweisen, dass ein Viertel seines Kopfes weg ist, dass das Blut überall ist, dass es keine Möglichkeit gibt, das Blut jemals von ihm zu entfernen. Oder mir. Stattdessen folge ich ihr auf den Boden … meine Hände zittern immer noch, mein Körper wird kalt … und helfe ihr, seine noch warme Leiche ins Bad zu schleppen. Sein Blut sickert auf die weißen Kacheln und hinterlässt eine glitschige Spur menschlichen Gemetzels.

»Du scheinst an den Umgang mit Leichen gewöhnt zu sein.« Ich kann mich selbst kaum verstehen, und mein Hals macht ein hässliches klickendes Geräusch, während ich spreche.

Sie erstarrt für eine Sekunde, dann arbeitet sie ohne Antwort weiter. Wie viele Leichen hat sie an diesem Ort gesehen? Hat sie Georgias gesehen? Das brennende Bedürfnis, etwas zu erfahren, übersteigt fast meine Vorsicht, aber ich halte meine Lippen fest geschlossen. Sie wird mir nichts sagen. Nicht, bevor ich mehr Zeit hatte, sie zu bearbeiten.

»Auf drei.« Sie greift einen seiner Arme und tritt zur Seite, damit ich den anderen nehme. »Eins, zwei, drei.«

Ich hebe so hart, wie ich kann. Der Körper kippt in die Wanne, wobei die Oberfläche und die Wand mit grellem Purpur verunstaltet werden. Mir dreht sich wieder der Magen um, und selbst Chastity scheint zu erblassen.

Sie wischt sich die Hände an einem der Handtücher ab und wirft mir dann einen entschlossenen Blick zu. »Jetzt müssen wir ihm die Kleidung ausziehen.«

Ich zucke zusammen.

»Wir schaffen das.« Sie greift herüber und drückt mein Handgelenk. »Wir müssen es tun.«

»Okay.« Ich lehne mich über die Badewanne und greife nach dem Saum seines T-Shirts. Die Flagge der Konföderierten auf der Vorderseite ist ein eher modernes Kunstwerk geworden, da Rot durch die weißen Teile sickert. Mit einem Ruck ziehe ich es ihm bis zur Brust, und seine blasse Haut hat den kränklichen Ton eines Fischbauches.

»Ich nehme seine Arme.« Sie nickt und ermutigt mich, weiterzumachen.

Nach einer Stunde harter Arbeit lehnen wir uns zurück und starren den Mann in der Wanne an. Er ist nackt und wird blau, aber bis auf die Wunden an seinem Kopf und Rücken ist er sauber. Sie bluten nicht mehr, aber als wir ihn bewegen, triefen immer noch kleine rote Rinnsale heraus.

»Besser können wir ihn nicht hinkriegen.« Sie steht auf und legt ihre Hände auf ihre Hüften, streckt ihren Rücken und lässt ihren Hals knacken. »Legen wir ihn auf die Handtücher. Dann kannst du dich duschen, während ich das Zimmer putze.«

Bevor ich weiß, wie mir geschieht, fühle ich Tränen auf meinen Wangen. Irgendein Damm bricht plötzlich in mir. Ich bin schon am Auseinanderbrechen, und ich bin erst seit zwei Tagen in dieser Hölle.

Ihre Augen werden weich, und sie zieht mich in

ihre Arme. »Du hast überlebt. Schscht, jetzt. Psst. Du hast überlebt. Das ist es, was wichtig ist. Du bist am Leben. Er ist tot. Er wird dir oder jemand anderem nie wieder wehtun.« Sie streichelt meinen Rücken, langsam und stetig, während ich auf ihre Schulter schluchze.

»Bin ich in schlimmen Schwierigkeiten?«, flüstere ich.

»Du?« Sie schüttelt den Kopf. »Nein. Aber Protektor Adam. Ich bin mir ziemlich sicher, dass das Konsequenzen haben wird.«

Ich kann im Moment nicht über ihn nachdenken. Über das, was er getan hat oder seine Gründe dafür. Er hat mich vor nicht einmal vier Stunden bedroht. Dann hat er mich beschützt. Ich dachte, ich wüsste, worauf ich mich einließ, als ich mich freiwillig für das Kloster meldete.

Ich verstehe das nicht. Mir wird wieder übel, und ich werfe mich von Chastity weg und spucke meinen gesamten Mageninhalt in die Toilette.

Ich hatte hier schon Angst, als ich *wusste,* was als Nächstes kommen würde.

Jetzt, wo ich im Dunkeln tappe? Jetzt habe ich schreckliche Angst.

KAPITEL ACHT

VOR FÜNF JAHREN

Delilah

»DARIN SEHE ich doch gut aus, nicht wahr?« Georgia dreht sich in einem blauen Kleid herum, und der Stoff fließt in einem Himmelsbogen um ihre Knie herum.

»Nein.« Ich liege auf ihrem Bett, mein Kinn ist auf meine Hände gestützt und meine Füße baumeln in der Luft. »Du siehst aus wie eine Glam Queen.«

»Ach, hör auf.« Sie winkt mit einer Hand in meine Richtung, dann überlegt sie es sich noch einmal. »Nein, mach weiter. Sag mir, wie hübsch ich bin.«

»Du bist die Schlimmste.« Ich lege meinen Kopf wieder aufs Kissen und blicke aus dem Fenster ihres Schlafzimmers in der zweiten Etage. Hier ist alles so weich … die Bettdecke, der Teppich, die Stimmen ihrer Eltern, wenn sie ihr Wochenende in dem Haus unten verbringen. Ganz anders als mein Zuhause.

»Ich würde für dein Platinhaar töten, weißt du

das?« Sie setzt sich neben mich und fährt mit ihren Fingern durch meine langen Strähnen.

Viele Leute machen meinem Haar Komplimente. Aber Georgia trifft genau das Problem mit dem, was sie nicht sagt. Sie will meine Haare, klar. Aber sie will nicht die blasse Haut und die grauen Augen, die damit einhergehen. Während Georgia nur aus blonden Locken, brauner Haut und strahlend blauen Augen besteht, bin ich der Geist des Mädchens, das ich sein sollte. So denke ich von mir selbst, als wäre ich ein schwarz-weißer Geist, während mein wahres Ich jemand Buntes ist, wie Dorothy hinter dem Regenbogen.

»Wenigstens habe ich deine Nase.« Sie zeigt auf die leicht nach oben gebogene Spitze. »Die Jungs wissen nicht, dass es die Nase ist, die ihre Aufmerksamkeit auf uns zieht, wenn es um Babes wie uns geht.«

»Du hast Wahnvorstellungen.« Ich lächele immer noch. Georgia hat immer einen Weg, die tief verborgene Ader des Glücklichseins in mir anzuzapfen. Vielleicht weil wir einen Vater teilen. Oder vielleicht wegen dem, was sie ist … eine übersprudelnde Schönheitskönigin, die ihre Highschool mit einer wohlwollenden, aber festen Hand regiert.

Georgia Evans ist ein Teenager-Traum, und ich fantasiere davon, auf ihre Schule zu gehen und in ihrem inneren Kreis zu leben. Aber ich bin eine Barnes, und ich gehöre nicht hierher in diese saubere, helle Welt. Das heißt nicht, dass ich mir nicht vorstellen kann, wie anders die Dinge wären, wenn ich einen Stiefvater hätte, der sich genug sorgte, um mir seinen Namen zu geben, oder eine Mutter, die nicht drei Jobs haben müsste, nur um uns zusammenzuhalten.

»Mädchen, Zeit für die Kirche«, ruft ihre Mutter vom Fuß der Treppe aus.

Ich schiebe mich vom Bett hoch und schaue auf das Kleid, das Georgia für mich ausgesucht hat … eine rosa A-Linie, von der ich bereits weiß, dass sie um meine Brüste herum zu weit sein wird.

»Das kann ich nicht tragen.«

»Das kannst du.« Sie schwebt zu ihrem Schrank und beugt sich vor, um ein Paar weiße Mary Janes herauszuziehen.

»Darin werde ich wie ein kleines Mädchen aussehen.« Ich runzele die Stirn und ziehe ihr langes Nachthemd aus, auf dem Taylor Swifts Gesicht prangt.

Georgia weiß, dass ich schüchtern bin, also schaut sie weg, während ich meinen kaum benötigten BH zurechtrücke und dann das Kleid über meinen Kopf ziehe.

»Müssen wir wirklich in die Kirche gehen?« Ich rolle mit den Augen, als ich einen Blick auf mich in ihrem Garderobenspiegel erhasche. Genau wie ich dachte, ist das Oberteil für Georgias Brüste geschnitten, nicht für meine. Es hängt, und das Kleid trägt mich statt umgekehrt. Ich bin so blass wie ein weißes Kaninchen, das in Zuckerwatte gefangen ist.

Sie runzelt die Stirn, dann hellt sich ihr Gesichtsausdruck auf, so wie es immer geschieht. »Ich hab's.« Sie dreht sich um und stöbert durch den Stapel der Plastikschubladen an der Seite ihres Schranks, dann reißt sie eine weiße Strickjacke von einem Kleiderbügel. »Hier.« Sie dreht mich um und fummelt dann an der Rückseite meines Kleides. Die Vorderseite strafft sich.

Plötzlich erscheint ein echter Teenager im Spiegel, nicht das geisterhafte Mädchen, das ich normalerweise sehe. Das Kleid passt sich den kleinen Rundungen, die ich habe, an, und … obwohl es nicht perfekt sitzt … ist einfach das Beste, was ich je getragen habe.

»Jetzt ist es«, sie hilft mir mit der Strickjacke, »perfekt!«

Ich drehe mich um, und was auch immer sie benutzt hat, um den Kleiderstoff zusammenzuziehen, ist unter der weichen Strickjacke versteckt. Ich möchte »Wow« sagen, aber meine Kehle fühlt sich zu eng an.

Sie grinst und schubst mich, so dass ich auf das Bett falle, dann kniet sie sich hin und zieht mir die zu großen Schuhe an. »Du bist so schön, wenn du dich von mir dazu zwingen lässt.«

Die Enge schwindet, während ich auf ihren Heiligenschein aus goldenen Locken hinunterstarre, und die Vertrautheit mit ihr die zu rauen Emotionen der letzten Momente beruhigt. »Ich weiß nicht, warum ich mich dieses Mal schick machen muss. Deine Eltern haben sich vorher nie darum gekümmert, was ich getragen habe … außer das eine Mal, als ich das Kinks-T-Shirt wechseln musste.«

Sie taucht auf und lächelt über ihr Werk. »Oh, heute gibt es einen besonderen Anlass.«

»Welchen?« Ich folge ihr in den Flur, und meine Knöchel sind wackelig, als wir die Treppe hinuntergehen.

Sie dreht sich um, ihre großen blauen Augen schauen zu mir hoch. »Weil der Prophet heute kommt.«

KAPITEL NEUN

Adam

ICH WERFE mein Hemd auf den Boden, als ich den heiligen Kreis betrete. Kreuze … manche verkehrt herum, manche rechts oben … Pentagramme und verschiedene andere Symbole grüßen mich von allen Seiten.

Noah geht an der runden Mauer entlang und zündet Kerzen an. Papa und seine verdammte Liebe zum Spektakel.

»Warum?« Noah kommt zu mir hinüber, und seine nackten Füße zerstören den Salzkreis.

»Sie gehört mir.«

»Und?« Er runzelt die Stirn. »Der Grund ist nicht gut genug.«

»Newell war eine Fotze. Was spielt das für eine Rolle?« Sein schmutziges Blut an meinen Händen kratzt kaum an der Oberfläche dessen, wozu ich fähig bin. Newell zu töten ist die leichteste meiner Übertretungen, vielleicht sogar etwas, was für mich spricht.

»*Deswegen.*« Er zeigt auf meinen nackten Rücken und die kreuz und quer verlaufenden Narben, die dort prangen. »Ich hasse das verdammt nochmal.«

»Er hätte sie getötet.« Ich zucke mit den Schultern, strecke mich nach oben und schlinge meine Handgelenke durch das Holzkreuz in der Mitte des Raumes.

»Nein, er wusste es besser. Er hätte …« Er schüttelt den Kopf. »Aber sie würde leben. Und Newell auch.«

»Verdammt, Noah!« Ich ziehe an den selbstspannenden Fesseln. »Manchmal müssen wir eine Wahl treffen. Ich habe meine getroffen. Ich werde die Strafe dafür hinnehmen. Ende der Geschichte. Jetzt zünde die Kerzen an und genieß die Show.«

Ich liebe meinen Bruder. So sehr, dass ich die verdammte Scheiße aus ihm herausschütteln möchte. Er ist von der Kultur der Himmlischen Mission durchdrungen, da er zu jung war, um es anders zu kennen, und das merkt man verdammt nochmal. Das Böse ist nichts Schlechtes, wenn es alles ist, was man je gekannt hat. Es ist eine bequeme Decke, eine warme Sonne, der Kuss eines Liebhabers. Für ihn ergibt das alles Sinn.

Aber ich erinnere mich an eine Zeit, als mein Vater nur ein weiterer Prediger in einer der größeren Baptistengemeinden in Birmingham war. Ich ging in die religiöse Schule, führte ein fast normales Leben und gab vor, an all den Mist zu glauben, den mein Vater verbreitete. Mit der Zeit wurde er der Hauptprediger. Und damit hat sich alles geändert. Die Macht erlaubte meinem Vater, eine neue Botschaft zu predigen. Eine der Angst, von einer kommenden Apokalypse, von der Notwendigkeit, dass die Gemeinde mehr und mehr geben muss, um die Kirche zu unterstützen. Um ihn *zu unterstützen*.

Ich schüttele die Erinnerungen ab, als die Protektoren in den Raum kommen und sich im Kreis um mich herum aufstellen. Keiner von ihnen sieht allzu glücklich darüber aus, dass ich Newell getötet habe. Ich grinse und hoffe, dass sie wissen, dass ich das Gleiche mit ihnen machen würde.

»Sohn.« Die Stimme meines Vaters schlängelt sich in den Raum. »Warum hast du mich wieder einmal enttäuscht?«

»Ich schätze, alte Gewohnheiten lassen sich nur schwer ablegen.« Ich sehe Noah von dem Sarkasmus in meinem Ton zurückzucken.

»Denkst du, das ist ein Witz?« Mein Vater kommt näher.

»Ich glaube, ich habe jemanden getötet, der es verdient hatte.«

»Es verdient hatte?« Er scheint aufrichtig verwirrt zu sein.

»Ich dachte, du wärst voll und ganz einverstanden mit dem, was ich getan habe, wenn man bedenkt, dass Newell dabei war, dein Gebot Nummer eins zu brechen.«

»Dafür hast du keinen Beweis.«

Mir ist klar, dass es keinen Sinn hat, zu widersprechen. Ich greife das Holzkreuz und stähle mich für das, was als Nächstes kommt.

»Oh, mein Sohn.« Die falsche Bestürzung in der Stimme meines Vaters ist lächerlich. »Ich genieße das nicht. Du weißt das, nicht wahr? Aber ich habe keine andere Wahl. Du hast einen meiner göttlichen Protektoren getötet. Es kann keine andere Konsequenz geben.«

Zustimmendes Murmeln pulsiert durch den Kreis.

»Mach es einfach.«

Er seufzt schwer, so als ob er sich nicht auf das Blut und den Schmerz freut. Aber ich kenne das Monster zu gut, um es zu glauben. Er genießt das.

»Genau wie in der Geschichte Abrahams muss ich meinen eigenen Sohn nehmen und ihn auf den Altar des Herrn legen. Ein Opfer, um meine Zugehörigkeit zu Gott zu zeigen. Und genau wie Abrahams schmerzt auch mein Herz, wenn ich meinen Sohn zum Altar peitsche.« Er geht herum und prüft meine Handgelenke, um sicherzustellen, dass sie festgehalten werden, dann nimmt er die Peitsche von einem finsteren Noah. »Und ich muss standhaft bleiben in meinem Opfer, denn wenn ich es bin, sagt der Herr: ›Ich werde dich segnen und deine Nachkommenschaft so zahlreich machen wie die Sterne am Himmel und wie der Sand am Meeresufer. Deine Nachkommen werden die Städte ihrer Feinde in Besitz nehmen, und durch deine Nachkommen werden alle Völker auf Erden gesegnet werden, weil du mir gehorcht hast.‹«

Die Protektoren antworten mit einem kräftigen »Amen«, als mein Vater sich zurückzieht.

Ich möchte sagen, dass in der Geschichte Abrahams er seinen Sohn überhaupt nicht opfert. Der Sohn wird von Gott begnadigt, von seinem Vater nicht geschädigt. Aber dieser Gedanke wird mit dem ersten Peitschenhieb weggebrannt. Weitere folgen in rascher Folge.

Ich schreie nicht, nicht einmal, als ich das Blut meinen Rücken herunterlaufen spüre. Meine Zähne knirschen gegeneinander, sind möglicherweise kurz davor, zu brechen, als mein Vater alles, was er hat, in den letzten Schlag steckt. Schwärze flimmert vor meinen Augen, aber ich weigere mich, ohnmächtig zu werden, weigere mich, nachzugeben.

Als er fertig ist, ist er außer Atem, und seine Stimme ein Keuchen. »Für den Verlust von Protektor Newell wurde Buße getan.«

Noch ein »Amen«, und die Männer machen sich auf den Weg, und einige von ihnen schenken mir ein zufriedenes Grinsen, als sie vorbeigehen. Trotz des überwältigenden Feuers, das auf meinem Rücken brennt, will ich mich auf sie stürzen. Um diese Monster auf die gleiche Weise zur Strecke zu bringen, wie ich es mit Newell gemacht habe. Aber dieser Gedanke ignoriert das Offensichtliche.

Ich bin schließlich auch ein Monster.

ICH LIEGE AUF DER SEITE, und Rauch von meinem Joint kringelt sich vor meinem Gesicht, während ich auf den breiten Fernsehschirm an der Wand starre.

Delilah sitzt in einer Ecke ihres jetzt sauberen Zimmers. Sie schaukelt hin und her, und ihre großen Augen sind auf die Tür gerichtet. Sie ist das Abbild des Terrors, die Art, die, sobald sie einen Menschen berührt, eine Spur hinterlässt.

»Das sind nicht die schlimmsten, die du je hattest.« Noah versorgt meine aufgeplatzte Haut, Wunden, die heilen und das Narbengewebe auf meinem Rücken vergrößern werden.

Ich nehme einen weiteren Zug von dem Joint und halte den Rauch in meinen Lungen, während er mich in eine sitzende Position zieht und anfängt, einen Verband um meinen Oberkörper zu wickeln.

Ich atme aus und beobachte, wie ihr Kopf langsam auf die Knie fällt, bevor er wieder hochschnippt und ihr Blick sich auf die Tür richtet. Hat sie Angst, dass ich durch die Tür kommen könnte? Oder vielleicht ein anderer Protektor?

Angst ist das Beste für sie. Je früher sie bricht, desto leichter wird es für mich. In der Vergangenheit hatte ich einige Jungfrauen, die … trotz der krassen Realität des Klosters … immer noch glaubten, dass mein Vater der Prophet sei. Die Rituale halfen, diese Vorstellung aufrechtzuerhalten. Und ich musste sie nicht brechen.

Stattdessen waren sie begierig darauf, zu gefallen, zu lernen, der Liebling des Propheten zu werden.

Am Ende glauben sie alle … die wahren Gläubigen und die Gebrochenen …, dass der Prophet sie bevorzugt, dass sie auserwählt sind, dass Gott ihnen sein Zeichen der Gunst gegeben hat. Ich versuche mir vorzustellen, wie es sich anfühlen muss, wenn sie in der Kapelle oder der Kathedrale enden, anstatt am Arm eines Politikers oder eines Millionärs des Südens. Verraten. Dieses Gefühl ist mir sehr vertraut.

Ihr Kopf nickt wieder nach vorne und ruht auf ihren Knie. Dieses Mal ist sie eingeschlafen. Tief und fest.

»Du hast noch nie eine angeschaut.« Noah steckt das Ende des Verbands in die engen Bänder um meine Brust.

Ich blase noch eine weitere Rauchwolke aus, und das Gras gibt mir endlich das perfekte Gefühl einer sanften Abtrennung. »Sie ist anders.«

»Warum?« Er überprüft sein Werk.

»Ich weiß es nicht.«

»Wird sie ein Problem werden?« Er nimmt mir den Joint aus den Fingern und zieht lange daran. »Ich meine, mehr, als sie schon ist?«

»Sie wird sich einreihen. Das tun meine immer.« Die wenigen Male, die ich meine Jungfrauen brechen musste, schaffte ich es immer vor den Prüfungen, die bei der Sechsmonatsmarke beginnen. Vielleicht, weil ich methodisch bin. Vielleicht wegen der

Konsequenzen, wenn ich versage. Oder, was wahrscheinlicher ist, weil ich es genieße.

»Sie sieht so seltsam aus. Mit den Haaren und der weißen Haut.« Er schüttelt den Kopf.

Ich greife nach der Fernbedienung. Er sollte sie nicht anschauen. Sie gehört mir. Und seine Kritik durchschneidet den rauchigen Dunst meines Highs. Ich schalte den Bildschirm aus.

»Empfindlich.«

»Verpiss dich.« Ich lege mich wieder hin, und die Feuerlinien auf meinem Rücken entlocken mir ein Stöhnen.

»Nach Newell, wie viele sind es jetzt?«, fragt er leise.

»Wie viele was?« Ich weiß, was er fragt, aber der Sadist in mir will hören, dass er es sagt.

»Wie viele … du weißt schon … Menschen hast du …«

»Getötet?«, bohre ich das Messer tiefer hinein.

Er zuckt zusammen.

Ich sollte etwas fühlen. Vielleicht Reue. Aber da ist nichts. Nicht einmal die Leere stört mich noch. »Nach aktueller Zählung sieben.« Ich grinse. »Aber es gibt immer ein Morgen.«

»Gott wird dir verzeihen.« Er drückt den Joint aus. »Du hast das alles zu Seiner Ehre getan.« Er schluckt. »Sogar Newell, denn er könnte die Absicht gehabt haben, eine der auserwählten Jungfrauen zu beschmutzen.«

Ich öffne die oberste Schublade meines Nachttisches und ziehe eine Flasche Whisky heraus. Der blinde Glaube meines Bruders trägt mehr dazu bei, mein High abzuschwächen, als der Schmerz in meinem Rücken.

»Welcher Gott?« Ich nehme einen Schluck, und die Hitze ergießt sich in meine Kehle. »Der oben oder der unten?«

»Sie sind beide eins.« Er zieht mir die Decke bis zur Taille hoch. »Das weißt du. Es kann kein Licht ohne Dunkelheit geben. Unser Himmlischer Vater und unser Vater des Feuers haben dir bereits vergeben. Sogar Mama glaubt …«

»Woher weißt du, was sie glaubt?«

Er presst die Lippen zusammen, dann lenkt er ein. »Ich vermute es nur.« Er seufzt. »Ich weiß es nicht. Wie auch immer, ich bin mir sicher, dass dir vergeben wird. Dinge zu tun, die falsch erscheinen, werden rechtschaffen, wenn sie für den Himmlischen Vater oder den Vater des Feuers getan werden.«

Ich nehme noch einen tiefen Schluck aus der Flasche. Ich mache mir keine Vorwürfe, dass Noah ist, wie er ist. Nicht mehr. Er ist zu durchdrungen von der Scheiße meines Vaters, zu sehr ein wahrer Gläubiger, als dass ich ihn jemals herausziehen könnte. Vielleicht habe ich ihn enttäuscht, oder vielleicht war es schon immer so vorgesehen, dass es so sein sollte.

»Schlaf ein wenig.« Er packt die Flasche weg. »Morgen Abend haben wir das Ritual.«

»Ich weiß.« Ich lege mich auf mein Kissen, als er

das Licht ausmacht. »Jetzt wird der echte Mindfuck beginnen.«

Er schüttelt den Kopf. »Es ist für …«

»Seine Herrlichkeit. Ja, ich hab's verstanden.« Ich will ihn nicht einmal mehr schütteln. Er ist zu weit hineingezogen worden, um es zu verstehen.

Er schließt die Tür, und ich greife nach der Fernbedienung. Der Bildschirm erleuchtet zum Leben, und da ist sie. Ihr Feenhaar fällt um ihre Schultern, während sie zusammengerollt schläft. Ich hoffe, sie träumt von mir, auch wenn es ein Alptraum ist. Wie könnte es etwas anderes sein?

»Das darf nicht sein«, antworte ich mir selbst. Wie ein Verrückter.

Sie rührt sich und hebt den Kopf, als ob sie mich hören könnte. Das kann sie nicht. Aber sie dreht sich um, schaut direkt in die Kamera, zu mir, und ihre Augen leuchten im schwachen Licht.

»Warum?«, frage ich sie. Warum habe ich für sie getötet? Warum ist sie anders? *Oder,* antwortet mein Verstand, *sie ist überhaupt nicht anders. Du suchst einfach verzweifelt nach etwas Neuem. Nach jemand anderem als den üblichen gehirngewaschenen Akolythen.*

»Warum?«, frage ich sie noch einmal, diesmal fordernder.

Entdecke ich ein leichtes Zucken ihrer Lippen, einen Hauch von Feuer in ihrem Blick? Ich blinzele heftig, und als ich die Augen öffne, ist sie wieder vor mir verborgen, ihr Kopf ruht auf ihren Knien, und ihr Atem geht langsam und gleichmäßig.

KAPITEL ZEHN

Delilah

»DELILAH.« Die Priorin nähert sich, während ich in der Schlange für das »Training« stehe.

Ich drehe mich zu ihr um, die Augen nach unten, die Hände vor mir gefaltet. Das Bild der sittsamen Reinheit, trotz der Tatsache, dass ich völlig nackt bin.

Mit einer trügerisch leichten Stimme sagt sie: »Du wirst heute mit mir trainieren.« Sie geht weiter, und ich trete aus der Reihe und folge ihr. Sarah wirft mir einen besorgten Blick zu, sagt aber nichts, während ich vorbeilaufe.

Gänsehaut rast meinen Körper hinunter, als die Priorin direkt auf das große hölzerne X zuhält, das von der Decke hängt. Das mit den Riemen.

Sie bleibt abrupt stehen, und ihr schwarzer Rock schaukelt an ihren Knöcheln nach vorne. »Tritt davor.«

Ich möchte mich umdrehen und weglaufen, aber es

gibt keinen Ausweg. Ich zwinge meinen Körper zur Kooperation, und trete trotz der lähmenden Angst nach vorne. Ich gehe an ihr vorbei und stelle mich vor das X, dann hebe ich meine Arme.

»Dreh dich um.«

Ich drehe mich und schaue in den Raum mit den Jungfrauen in verschiedenen Trainingszuständen … einige mit Dildos im Mund, andere auf allen vieren mit Stöpseln im Arsch, wieder andere mit festgebundenen Beinen auf Sitzen, während Oberinnen mit Strap-ons sie in den Mund ficken. Eine Oberin demonstriert die unterschiedlich großen Dildos mit einem metallenen Lineal, das sie auch benutzt, um jede Jungfrau zu disziplinieren, die ihrer Meinung nach nicht perfekt aufpasst.

Die Priorin greift nach oben und befestigt zuerst mein rechtes Handgelenk und dann mein linkes und zieht die Lederriemen fest. Sie hält einen Moment inne, um die Blutergüsse an meinem Hals zu untersuchen, dann tritt sie zurück.

Ich wackele mit den Fingern, in denen sich die Blutzirkulation bereits verlangsamt. In ein paar Minuten werden sie taub sein, und vielleicht ist das eine gute Sache.

Es gibt Lederfesseln für meine Knöchel an der Unterseite des X, aber sie befestigt sie nicht. Ich stoße einen kleinen Seufzer der Erleichterung aus. Hätte sie meine Beine gespreizt und mich völlig freigelegt, hätte mich der Terror vielleicht verschlungen.

Sie schiebt sich am X vorbei und greift dann nach

einem grünen, industriell aussehenden Knopf an der nahen Wand. Die Vorahnung umhüllt meine Zunge wie ein saurer Geschmack. Ein lautes mechanisches Klicken ertönt von oben. Ich schaue auf und sehe, wie die Kette durch ein kleines Loch in der Decke verschwindet. Das X erhebt sich, zieht meine Arme straff und zieht das Leder an meinen Handgelenken noch fester.

Ich kämpfe, versuche die Bindungen zu lockern und den Schmerz zu lindern, aber das Leder greift nur fester. Mein Rücken wird gegen das X gedrückt, eine Kreuzigung vor einer Audienz von Jungfrauen und Oberinnen.

Sie verlangsamt meinen Aufstieg, gerade als ich auf die Zehenspitzen steige, die allerletzte Chance, wenigstens etwas von meinem Gewicht auf dem Boden zu halten. Die Maschine beruhigt sich, aber ich werde größtenteils hängen gelassen. Mein Körper protestiert gegen die Anstrengung, mein Verstand schreit mich an, mich auf etwas anderes zu konzentrieren als auf die Angst, die Folter, die selbstgefällige Priorin.

»Dies ist eine wichtige Lektion, und ich bin froh, diejenige zu sein, die sie lehrt.« Sie geht um mich herum, bis ich sie wieder sehen kann.

Der Raum ist still, das gesamte übrige Training wurde gestoppt.

Sie hebt ihre Hand und drückt sie auf meine Brust. Ich kann ihrer Berührung nicht entkommen. Sie lässt ihre Finger zwischen dem Tal meiner Brüste, meinen Bauch hinunter und dann tiefer wandern.

Ihre Augen glitzern, während sie mein Geschlecht mit ihrer Hand bedeckt. »Das passiert mit Schlampen, die den Befehlen des Herrn nicht gehorchen«, flüstert sie so leise, dass nur ich sie hören kann.

Ich zittere und presse meine Beine zusammen, obwohl es meine Handgelenke mehr belastet. Sie löst ihren Griff und weicht zurück.

»Der Prophet verlangt euren Gehorsam.« Ihre Stimme erhebt sich, der Tonfall durchdringt jede Frau im Raum. »Gott verlangt Opfer von allen seinen Auserwählten. Und wenn ihr euch nicht so verhaltet, wie die göttlichen Frauen, die ihr sein solltet, hat das Konsequenzen.«

»Amen.« Die Oberinnen im Raum sind wie eine Stimme.

»Das Klostermädchen Delilah hat den Tod eines Protektors verursacht. Sein Blut klebt an ihren Händen. Wegen ihrer hurenhaften Isebel-Art hat sie das Gesetz des Propheten gebrochen. Verdient sie eine Bestrafung?«

»Ja!«, rufen die Oberinnen.

»Ich habe euch alle gefragt, ob sie Strafe verdient hat!« Ihre Stimme ist wie eine Peitsche.

Die Jungfrauen reagieren, sogar Sarah sagt Ja unter dem strengen Blick der Priorin. Einige der Mädchen schauen mit erwartungsvollen, hungrigen Augen zu, aber andere scheinen in ihrem eigenen Entsetzen gefangen zu sein. Allerdings kann ich nicht sagen, ob es ihre Angst um mich oder um ihrer selbst willen ist.

»Besser.« Die Priorin geht zur Wand der

Werkzeuge und wählt eine Gerte mit einem langen und dünnen Griff, an deren Ende ein Stück flaches, schwarzes Leder hängt.

»Das Buch Jesaja sagt uns, was mit den Bösen unter uns geschieht. ›Ich werde die Welt für ihr Böses bestrafen, die Gottlosen für ihre Sünden. Ich werde der Arroganz der Hochmütigen ein Ende setzen‹«. Sie stellt sich vor mich und fährt mit der Gerte über ihre Handfläche. »Deine Arroganz ist eine Beleidigung für den Propheten. Du musst lernen, wo dein Platz ist. Er ist zu seinen Füßen. Zu den Füßen deines Protektors. Zu den Füßen unseres mächtigen Propheten. Und zu den Füßen unseres Herrn.« Inbrunst steigt in ihrer Stimme auf. »Hier, bei deinen Schwestern, wirst du lernen, ein weibliches Vorbild zu sein, eine, die den Segen Gottes trägt, wohin sie auch geht. Aber zuerst musst du bestraft werden.«

Ich kann nicht von ihr wegschauen, von dem wahnsinnigen Funkeln in ihren Augen, dem schieren Gewicht des Glaubens in ihrer Stimme und der Gewalt in ihrem Arm, während sie die Gerte direkt auf mein verletzliches Geschlecht schwingt.

Mein Schrei rast durch den Raum, als der intensivste Schmerz, den ich je gefühlt habe, durch mich hindurchrauscht. Ich kreuze meine Beine, aber meine Handgelenke fühlen sich an, als würden sie zerreißen, während das Leder sich eingräbt. Ich muss meine Füße wieder aufsetzen und mich selbst verletzlich machen. Tränen steigen auf, obwohl ich versuche, sie zu unterdrücken.

»Seht ihr, Jungfrauen? Ungehorsam, Bosheit oder eine Rückkehr zu euren gefallenen Wegen werden nicht toleriert.« Sie schwingt die Peitsche erneut.

Ich bekomme nicht genug Luft und ziehe meine Knie hoch, um zu versuchen, mich zu verteidigen, obwohl ich bereits Blut von meinen Handgelenken an meinen Unterarmen herunterlaufen spüre.

»Bald wirst du die Wahrheit des Propheten aussprechen! ›Meine Seele müsse sterben des Todes der Gerechten, und mein Ende werde wie dieser Ende!‹«

»Amen!«, schreien die Oberinnen.

Meine Beine geben nach, alles in mir vibriert in der Frequenz der Qualen, und die Priorin zieht sich zurück. Als ihr Arm nach vorne fliegt, kommt mein Wehklagen aus einer tiefen Reserve von Leiden irgendwo in mir. Einer, von der ich nicht wusste, dass sie da war. Eine Urquelle des Schreckens und des Schmerzes.

»Der *Herr* aber wird einem jeglichen vergelten nach seiner Gerechtigkeit und seinem Glauben.« Die Stimme der Priorin ist voller Verzückung. »Ich werde jede von euch aufrichtig und treu machen.« Sie zieht mein Kinn hoch und zwingt mich, ihrem steinernen Blick zu begegnen. »Auch dich, sündige Delilah.«

Sie lässt mich los und Tränen laufen ungebremst über mein Gesicht, während mein Körper erschlafft. Ich lehne mich nach vorne, und meine Schultern drehen sich, während ich das Leder in meine Handgelenke schneiden lasse. Tiefe Schluchzer erschüttern mich. Ich weiß nicht, wie lange ich dort hänge und meine Tränen auf den Boden tropfen, aber ich spüre irgendwann, dass mich jemand mit seiner Schulter unter meinem Bauch anhebt. Dann lösen Hände sanft das Leder an meinen Handgelenken.

Jemand trägt mich zu einem der Wachstische hinüber. Ich blinzele meine Tränen weg und sehe eine ältere, stämmige Frau, die über mich gebeugt ist. Ich erkenne sie von dem Mikrochip. Sie ist Abigail, die älteste Oberin, die ich bis jetzt gesehen habe.

»Ich werde mich um deine Handgelenke und deine Jungfräulichkeit kümmern.«

Ich schaue mich hektisch um und suche durch den Schleier der Tränen nach der Priorin.

»Sie ist weg.« Abigail blickt finster drein. »Wahrscheinlich eine Art hohes und mächtiges Geschäft machen. Wer weiß. Jetzt lieg einfach still, und ich werde dich wieder in Ordnung bringen.«

Sarah steht mit einem blassen Gesicht neben mir. Chastity hilft Abigail mit den Verbänden, während die anderen Oberinnen die Frauen anfahren, mit ihrem *Training* weiterzumachen.

»Ich werde bleiben.« Sarah schiebt mir die Haare aus der Stirn.

»Ich habe nichts getan.« Die Worte sprudeln aus mir heraus, als ob meine Schuld oder Unschuld auch nur im Geringsten zählte.

»Ich weiß. Ich weiß, dass du nichts getan hast.« Sie wischt mir mit ihren Handflächen über die Wangen. »Es ist nicht deine Schuld.«

»Sarah!«, fährt eine Oberin sie an. »Brauchst du eine weitere Demonstration, was mit denen passiert, die nicht gehorchen?«

»Los. Bitte geh.« Ich schließe die Augen.

»Es tut mir leid«, flüstert sie.

»Es ist in Ordnung.« Ich will nicht, dass sie leidet. Mein Schmerz ist ausreichend.

Ihre Wärme schwindet, als sie geht, und dann fällt Abigails Schatten über mich. Sie murmelt etwas vor sich hin, und keines ihrer Worte ist besonders oberinnentauglich. Ich möchte sie fragen, wie sie hierhergekommen ist. Sie ist eindeutig keine ehemalige Jungfrau des Klosters, wie so viele der anderen zu sein scheinen. Sie ist zu alt, zu klug, zu hellsichtig.

»Das wird brennen.« Sie drückt etwas Kaltes gegen mein Handgelenk. Dann setzt das Brennen ein. Ich schließe die Augen fest.

»Du bist nicht allzu schlecht dran. Das Leder hat deine Haut nur an ein paar Stellen aufgerissen. Mit ein wenig Salbe wirst du nicht einmal eine Narbe haben. Gott sei Dank. Narben würden dich direkt in die Kapelle schicken, sobald dein Jahr vorbei ist.« Sie murrt weiter. »Hätte eine andere benutzen können … und es gibt gepolsterte Manschetten … verdammte Sadistin.«

Sie reinigt zuerst ein Handgelenk und dann das andere, während ich mich frage, was die Kapelle ist, und versuche, nicht zu schreien. Ich starre auf die rustikalen Baumstämme, von denen jeder einzelne ein kunstvolles Gitter über mir bildet. Geplant, perfekt und von Menschenhand gebaut. Genau wie das Kloster. Aber anstatt ein Gebäude hochzuhalten, ist das Kloster so konzipiert, dass es eine Person bis auf das barbarischste Fundament herunterreißt.

»Deine Jungfräulichkeit wird gut genesen.« Sie beugt sich über meinen Schritt.

Noch vor einer Woche hätte ich mich unbehaglich gefühlt, wenn sich jemand so nahe an meinem Intimbereich aufgehalten hätte. Jetzt seufze ich erleichtert auf, als sie eine Art kühlendes Gel auf meine Haut aufträgt, um das Brennen vom Leder zu lindern.

»Geht es dir gut?« Chastity betrachtet mich, und ihre Stimme ist kaum ein Flüstern.

»Ich denke schon. Und … danke für …« Dafür, dass du mir mit dem Toten geholfen hast. Die Worte sind da, aber ich kann sie anscheinend nicht aussprechen.

»Gern geschehen.« Sie bewegt sich den Tisch hinunter und beginnt, meine Handgelenke zu umwickeln.

Der Rest des Raumes fährt mit dem Training fort, während Abigail und Chastity sich um mich kümmern.

Meine Gedanken spulen meine Erinnerungen zurück, schweifen an der Bestrafung vorbei und halten in dem Moment an, als Adam in mein Zimmer platzt. Er tötete, ohne einen zweiten Gedanken daran zu verschwenden. Die Sicherheit in seinem Schuss, die Kälte in seiner Stimme … all das sagt mir, dass es nicht sein erster Mord war.

War er es gewesen? Hatte er Georgias Leben mit

der gleichen tödlichen Ruhe genommen? Und würde er eines Tages meines nehmen?

DER SCHLAFSAAL des Klosters ist schaurig still, als die Nacht hereinbricht. Keine schweren Schritte von Protektoren, keine flüsternden Oberinnen vor der Tür.

Ich warte auf Adam. Ich habe Angst vor ihm, aber ich frage mich auch, ob er über den Mord sprechen wird. Es ist komisch, wie schnell ich das akzeptiert habe. Erst vor wenigen Stunden hat ein Mann versucht, mich zu töten, und jetzt ist er tot. Einfach wie einen Schalter umgelegt. So einfach war es sicherlich für Adam.

Ich zittere. Er nahm ein Leben, als wäre es alltäglich, etwas, was er so leicht tat wie eine Tür zu schließen oder eine Toilettenspülung zu betätigen.

Er wird mich auf meinen Knien haben wollen, meine Nacktheit zur Schau gestellt. Aber ich ziehe mich noch nicht aus. Nicht, bevor ich es muss. Mein letztes kleines Stückchen Rebellion, nehme ich an. Obwohl es dumm ist. Ich wusste, dass es so sein würde, was ich tun müsste, wenn ich ein Teil des Klosters sein wollte. Die Reden des Propheten zu den Hoffnungsvollen … darüber, dass sie ein reines Kind Gottes und ein Beispiel für eine gefallene Welt seien … haben mich nicht getäuscht.

Ich zupfe an der Bandage an meinem rechten Handgelenk. Wird Adam fragen, was passiert ist? Wird es ihn überhaupt interessieren? Was wäre, wenn er die roten Flecken auf meiner …

Die Tür öffnet sich ohne ein Klopfen. Ich schaue auf, aber es ist nicht Adam. Chastity bittet mich, zu kommen, und ich sehe mehrere Jungfrauen in der Halle aufgereiht, und ihre weißen Kleider sehen gespenstisch aus.

»Was geht hier vor?«, flüstere ich, als ich an ihr vorbeikomme.

Sie reagiert nicht. Ich nehme meinen Platz am Ende der Schlange ein. Sarah und Eve kommen aus ihren Zimmern heraus, gerade als die Priorin durch die Doppeltüren zum Rest des Klosterkomplexes erscheint.

»Gott wird diejenigen segnen, die gehorsam sind, diejenigen, die ihn mit Furcht und Zittern empfangen.« Die Priorin geht die Linie hinunter, und ihre scharfen Augen betrachten jede Jungfrau mit großer Aufmerksamkeit. »Nur diejenigen, die sich vor dem Herrn und seinem Propheten verneigen, werden einen Platz im himmlischen Reich jenseits dieses haben.« Sie zögert, als sie neben mich tritt.

Eine Welle der Angst fließt durch mein Blut, aber sie fährt mit lauter und sicherer Stimme fort. »Einmal in der Woche lässt der Prophet euch dreckige Isebels in seine Gegenwart. Ich erwarte von euch allen, dass ihr euch von eurer besten Seite zeigt. Ihr werdet nicht sprechen, es sei denn, der Prophet befiehlt es euch. Ihr werdet dem Propheten nicht in die Augen sehen. Haltet eure Augen niedergeschlagen für seine

Heiligkeit. Versucht, eure selbstsüchtigen, weltlichen Herzen von anderem zu befreien, um Ihm zu gefallen.« Sie geht die Linie zurück, ihren schwarzen Schlagstock in der Handfläche. »Wenn eine von euch sich nicht angemessen verhält, könnt ihr sicher sein, dass die Bestrafung unvergesslich sein wird.« Mit einem Wink ihrer Hand beginnt die vorne stehende Oberin aus den Schlafsälen heraus in den Flur zu marschieren.

Wir folgen, die Augen nach unten gerichtet, die Hände vor uns gefaltet. Die langen Korridore hinunter und dann in einen Flur, den wir noch nie betreten haben. Wir machen so lange weiter, bis eine Oberin einen Code auf einer Tastatur eingibt und eine Reihe von Außentüren öffnet, wobei ein Hauch kühler Luft hineinweht und getrocknete Blätter auf den Fliesenboden fallen.

Ein weißer Bus wartet draußen, dessen Motor im Leerlauf ist und weiße Abgase aus dem Auspuff in die sternenlose Nacht schickt. Wir müssen im hinteren Teil des Klosters sein … der einzige Bereich, in dem eine Straße es mit dem Rest des Geländes der Himmlischen Mission verbindet. Obwohl die Satellitenbilder davon dank eines Deals, den der Prophet mit den Technikfirmen gemacht hat, verdeckt sind, hatte eine gut gesteuerte Drohne kein Problem damit, mir den genauen Grundriss des Geländes zu verraten. Das Kloster ist zwar groß, aber nicht das größte Gebäude auf dem Gelände. Die Hauptkirche befindet sich auf der Vorderseite des Grundstücks, gegenüber der Hauptstraße. Sie ist größer als einige der Fußballstadien im Staat. Dahinter ist der Rest des Geländes von einem großen schmiedeeisernen Zaun mit Spitzen am oberen Ende und, in den bewaldeten Gebieten, von drei Meter hohen Maschendrahtzäunen mit schlingenförmig verlaufendem Stacheldraht umgeben.

Der einzige Weg hinein und hinaus führt durch ein bewachtes Torhaus direkt an der Hauptstraße. Das Haus des Propheten befindet sich innerhalb des Zauns in der Nähe der Kirche. Es besteht aus drei Etagen Überfluss, die einen Pharisäer erröten lassen würden. Auf beiden Seiten des Geländes befinden sich kleinere Häuser in der gleichen georgischen Architektur ... die größten gehören den Söhnen des Propheten, und die anderen den bevorzugten Protektoren und ihren Familien. Darüber hinaus verdeckt eine Reihe von Bäumen und ein Wall den Rest der Gebäude vor den Augen der Öffentlichkeit.

Wofür sind die Gebäude? Darüber kann man nur Vermutungen anstellen. Aber es gibt mehrere von ihnen, und jedes ist groß und oft von Fahrzeugen umgeben. Der gesamte Campus ist ein summender Bienenstock, obwohl jede Arbeiterbiene in einem Affront gegen die Natur versucht, dem König und nicht der Königin zu gefallen. Der Prophet herrscht über alles und nimmt viel mehr, als er jemals gegeben hat.

»Beweg dich!« Eine Oberin schubst mich leicht an, und ich klettere in den Bus. Es ist ein kleiner Schulbus, bei dem jede einzelne Oberfläche weiß gestrichen wurde. Der harte Sitz ist kühl an meiner Haut, als ich Platz nehme. Sarah setzt sich neben mich.

»Geht es dir gut?«, flüstert sie. Ihre Augen sind auf den Protektor auf dem Fahrersitz gerichtet, der wiederum über einen breiten Spiegel über der Windschutzscheibe auf die Jungfrauen blickt.

»Ich werde es überleben.«

In einer Geste reiner Rebellion nimmt sie meine Hand in ihre, drückt sie und lässt sie fallen, als die Priorin in den Bus steigt. Sie greift nach den Griffen auf beiden Seiten des Ganges, und dann starten wir, fahren über die glatte, gepflasterte Straße, die als Arterie zwischen den verschiedenen Teilen des Geländes dient.

Die weißen Fenster geben keinen Hinweis darauf, was auf beiden Seiten der Straße liegt. Der einzige Blick, den ich bekomme, ist durch die Windschutzscheibe, aber ich kann nur hin und wieder einen Blick darauf werfen.

Wir fahren ein paar Minuten lang einen steilen Hang hinauf, erklimmen seine Spitze, und dann rollen wir auf der anderen Seite hinunter. Ich konsultiere meine geistige Landkarte und versuche herauszufinden, wo ich mich gerade befinde. Es hilft nichts. Wir könnten an einem der drei Kämme auf dem weitläufigen Gelände sein. Der Boden ebnet sich wieder, und der Fahrer lenkt nach rechts. Noch eine Minute, dann verlangsamt er und bleibt stehen.

»Denkt an das, was ich gesagt habe, Jungfrauen.« Die Priorin öffnet die Bustüren. »Bestes Benehmen.«

Sie tritt heraus, wir folgen ihr, und zwei andere Oberinnen treiben uns in einer Reihe, während wir in die Nacht hinausgehen und dann durch eine weitere Reihe von Doppeltüren, nicht unähnlich denen im Kloster. Aber dieses Gebäude ist anders. Der Flur, den wir hinuntergehen, ist gesäumt von Gemälden und Fotos des Propheten. Er schaut uns aus jedem Blickwinkel an, manchmal lächelnd, manchmal mit steinerner Miene, aber immer nach unten blickend. Im Gegensatz zum Blockhaus-Look des Klosters hat dieses Gebäude goldene Tapeten in einem verschlungenen Muster und ausgefallene Kronleuchter, die in einigem Abstand zueinander aufgehängt sind.

Ein leises Summen lädt die Luft auf, und es wird lauter, während wir uns tiefer in das Gebäude winden und schlängeln.

Die Priorin bleibt vor einer Reihe goldener Türen stehen und hebt eine Hand. »Ihr betretet gleich einen der heiligsten Orte auf dem Campus. Dies ist der Tempel. Hier seid ihr wie Kinder vor eurem Herrn. Zieht eure Kleidung aus.« Sie schnippt mit den Fingern, und wir gehorchen pflichtbewusst, da wir uns zu diesem Zeitpunkt bereits an die entmenschlichende ständige Nacktheit gewöhnt haben. »Wenn ihr an diesem Ort, in Seiner Gegenwart, seid, seid ihr mehr als ihr selbst. Ihr seid heilig geworden, aber nur durch die Gnade des Propheten.« Sie fügt einen unnötigen Hinweis mit einem warnenden Unterton hinzu. »Benehmt euch entsprechend.«

Wir starren auf den Boden wie brave kleine Jungfrauen, während die anderen Oberinnen unsere Kleidung einsammeln. Das Summen nimmt zu, und leise Stimmen hallen durch meine Brust, während sie im Einklang singen. Ich verstehe nicht, was sie sagen. Ich will es nicht wissen.

Die Türen öffnen sich, und wir gehen in einen riesigen, kreisförmigen Raum. Die Decke wirbelt über uns. Goldadern treffen auf ein goldenes Emblem in der Mitte, ein vergoldetes umgedrehtes Kreuz, das im Licht der Kandelaber glänzt. Ein Dutzend Männer kniet am Rande des Kreises, mit dem Rücken zu den goldenen Wänden. Die Männer singen mit nacktem Oberkörper. Ich suche Adam. Er sitzt im hinteren Teil des Raumes, und seine Augen sind auf mich gerichtet, während der Rest die Köpfe nach unten beugt. Ein weißer Verband ist um seinen gemeißelten Torso gewickelt, aber ich kann keine Verletzung entdecken. Ich muss meinen Blick senken, bevor die Priorin es bemerkt.

»Willkommen.« Der Prophet sitzt auf einem riesigen purpurroten Podest … für einen Riesen, nicht für einen Menschen geschaffen … in der Mitte des Raumes. Er trägt ein weißes Gewand und eine Krone aus goldenem Lorbeer auf dem Kopf. Der kreisförmige Boden ist von Linien durchzogen, die ein Pentagramm bilden. Der Prophet sitzt in der Mitte auf seinem blutroten Thron.

»Lasst die Kinder zu mir kommen, hindert sie nicht daran! Denn Menschen wie ihnen gehört das

Himmelreich.« Er lächelt, und sein eckiges Gesicht ist immer noch schön, trotz der Verderbnis, die ihm innewohnt.

Die Oberinnen führen uns weiter nach vorne, bis wir zwei Reihen vor dem Propheten bilden. Er bittet uns, auf den Kissen zu knien, die zu seinen Füßen verstreut sind.

Ich sinke auf ein smaragdgrünes Kissen, dessen Samtbezug sich weich unter meinen Knien anfühlt, aber das hilft nicht, die Kälteschauer zu stoppen, die meine Haut überziehen. Eine andere Jungfrau kniet direkt vor mir nieder, die mit der Tätowierung auf der Hüfte. Hannah heißt sie, glaube ich.

Der Gesang der Männer endet langsam, ein stürmischer Wasserfall, der in einen Bach übergeht.

Schweigen.

Alles im Raum konzentriert sich auf den selbsternannten Gott auf dem Thron, seine christlichen und heidnischen Insignien, die nach einem besonderen Cocktail der Gotteslästerung stinken.

»Setzt euch, meine Täubchen. Setzt euch und entspannt euch.« Er schnippt mit den Fingern.

Die Priorin geht schnell zur Tür hinaus und kehrt mit einer Brigade von Oberinnen zurück. Jede von ihnen trägt Tabletts mit Obst, Käse, Wein, Schokolade und allem, was uns in den letzten Tagen im Kloster verboten wurde.

Ist das ein Trick? Ich werfe einen kurzen Blick auf die Jungfrauen zu meiner Rechten. Wie ich schauen sie auf die reiche Fülle um sie herum. Eine dicke lila

Traube, die ich aus meinem Augenwinkel sehe, lockt mich, aber ich traue mich nicht, danach zu greifen. Nicht mit der Priorin in Schlagstockreichweite.

»Sehr schön.« Der Prophet nimmt eine Erdbeere von dem Teller zu seiner Rechten. »Meine geliebten Oberinnen, für diesen besonderen Abend möchte ich euch alle bitten, euch zu verabschieden und die Zeit in stiller Besinnung zu verbringen.«

Die Priorin macht einen Schritt nach vorne. »Aber die Oberinnen bleiben immer …«

»Grace!« Das Brüllen des Propheten lässt jede von uns zusammenzucken. Dann beruhigt sich seine Stimme: »Siehst du diese kostbaren Kinder, die zu meinen Füßen versammelt sind, Grace?«

»Ja, Prophet.« Ihre Stimme zittert, und ich ziehe aus dieser kleinen Tatsache so viel Befriedigung, wie ich kann.

»Siehst du, wie gehorsam sie sind?«

Sie lässt den Kopf hängen. »Ja, Prophet.«

»Geh und verbringe den Rest des Abends damit, zum Herrn zu beten, dass du mehr wie sie sein wirst. Demütiger. *Gütiger.*« Das Wort trieft vor Giftigkeit. »Und sicherlich eher bereit, in Harmonie mit deinem Propheten zu sein.«

»Ja, Prophet.« Sie schlurft rückwärts, dreht sich dann um, geht hinaus, und der Rest der Oberinnen folgt ihr.

Als sich die Türen schließen, verschwindet das tiefe Knurren des Propheten, und er lächelt wieder. »Esst und trinkt, meine schönen Jungfrauen.«

Ich schaue auf die Jungfrau neben mir. Sie greift nach einem Käsewürfel, nimmt ihn mit zitternden Fingern und steckt ihn sich in den Mund. Während sie kaut, warte ich darauf, dass etwas Schlimmes passiert. Als sie schluckt und ein weiteres Stück nimmt, riskiere ich eine Traube. Als ich sie in meinen Mund stecke, zerplatzt sie süß auf meiner Zunge.

Als uns nichts Schreckliches widerfährt, beginnen wir, entspannter zu essen. Der Prophet lächelt von seinem Thron, während die Männer am Rand auf den Knien bleiben. Ich nehme einen Schluck Wein und schaue Adam an. Sein Blick durchdringt mich, und ich bezweifele, dass er seit Beginn dieses seltsamen Rituals irgendwo anders hingeschaut hat.

Es ist beunruhigend, aber auch … irgendwie beruhigend? Ich spüre in diesem Moment keine Bedrohung von ihm ausgehen, aber ich weiß, dass sie da ist.

»Warum können wir im Kloster nicht so essen?«, zischt Sarah, während sie ein dickes Stück Melone von meinem Tablett isst.

Ein paar der anderen Jungfrauen flüstern, aber niemand tadelt sie. Der Prophet bittet die Jungfrau, die ihm am nächsten ist, sich zu ihm zu setzen.

Wir verstummen und schauen zu.

Er zieht sie an seine Seite, steckt ihr eine grüne Traube in den Mund, und dann flüstert er ihr ins Ohr. Ihre Wangen glühen, und sie lächelt. Seine Hand bleibt an ihrer Seite, verlässt niemals die glatte Haut ihrer

Taille, während sie ein paar Minuten lang leise miteinander sprechen.

Ich habe keine Ahnung, was hier vor sich geht, aber ich werde mir nicht die Chance entgehen lassen, endlich einmal gut zu essen, seit ich hier bin. Ich verschlinge den Rest der roten Trauben auf dem silbernen Tablett zu meiner Rechten, während der Prophet die erste Jungfrau zurückschickt und die nächste auf seinen Schoß nimmt. Noch mehr Flüstern und Lächeln, als er sie mit einer süßen Brombeere füttert.

Sarah beugt sich vor. »Ich denke, das ist echt. Also wirklich gut.« Sie kaut gerade auf einem mit Brie bedeckten Cracker.

»Wir werden sehen.« Ich kann anscheinend nicht aufhören, Adam anzuschauen. Jedes Mal, wenn sich unsere Blicke verbinden, ertönt tief in mir eine Warnung. Aber sagt sie, mir seinetwegen oder wegen dem Propheten oder der Oberinnen wegen Sorgen zu machen? Es gibt zu viele Gefahren, als dass ich es herausfinden könnte. Stattdessen trinke ich meinen Wein und entspanne mich auf dem Kissen. Die anderen Jungfrauen haben sich schon hingelegt, essen und flüstern. Wenn uns jetzt jemand malen würde, sähen wir aus wie Sünderinnen beim Gelage des Dionysos oder einem ähnlichen heidnischen Ritus voller Nacktheit und Ausschweifung.

Ich trinke mein Glas aus und stelle es zur Seite, während Eve eine Locke meines Haares zwischen ihren Fingern dreht. Der Bluterguss an ihrem Auge hat sich in ein tiefes Violett verwandelt, aber das scheint sie nicht zu stören.

Mit verträumter Stimme sagt sie: »Dein Haar hat die Farbe des Lichts. Reinen, weißen Lichts.«

Ich kichere. Dann höre ich auf und erkenne, was ich getan habe. Ich starre auf das Weinglas. Ich war schon einmal betrunken, aber das ist es nicht, was hier passiert. Dies ist etwas Tieferes, das an Euphorie grenzt, eine gefährliche Selbstvergessenheit, die mich nach unten zu ziehen droht.

»Der Wein.« Ich klopfe Sarah auf die Schulter. Sie schaut mit großen braunen Augen, die wirbeln und funkeln, zu mir auf.

Als sie lächelt, schimmert ihre sprudelnde Seele zwischen ihren Lippen. »Ich will mehr.«

»Ich glaube, er wurde mit …«

»Delilah, mein Kind. Komm.« Der Prophet krümmt seinen Finger nach mir, und das breite Lächeln ist wieder an seinem Platz, blendend wie in einer Zahnpastawerbung.

Ich stehe mit wackeligen Füßen auf, gehe zu ihm und plumpse neben ihn. Er zieht mich zu sich heran.

»Du bist auserwählt. Besser als jede andere Frau auf der Welt. Wirklich besonders und gesegnet. Wenn die Welt endet und ich zum himmlischen Thron aufsteige, wirst du an meiner Seite sein, denn du bist die kostbarste aller meiner Jungfrauen, heilig im Licht deines Propheten.«

Ich schließe die Augen, während seine Worte in mir versinken wie seine Fingerspitzen in das Fleisch meiner Taille. Oder hat er Krallen? Ich kippe meinen Kopf nach hinten, öffne die Augen und starre auf das goldene Kreuz über mir, das auf dem Kopf steht und auf mich zeigt. Die Verdammnis hängt über meinem Kopf. Ist es nicht das, was das hier ist?

»Dein ganzes Leben lang haben dich die Menschen dafür verachtet.« Er streicht mir über die Wange, dann lässt er mein langes Haar zwischen seinen Fingern hindurchlaufen. »Stimmt das nicht, Delilah?«

Ich konzentriere mich wieder auf ihn, und seine dunklen Augen verschlingen mich wie eine bodenlose Leere. »Ja. Früher nannten sie mich Casper, oder Powder, oder fragten mich, ob ich zu spät zur Party der Herzkönigin käme.«

Er streichelt meine Wange sanft mit einer Wärme, die meine Sinne umhüllt. »Sie waren eifersüchtig auf dich. Sie konnten den himmlischen Funken sehen, der hier lebt.« Er streichelt meine linke Brust nur einmal, dann kehrt er mit seinen Fingerspitzen in mein Gesicht zurück, und seine Stimme ist hypnotisierend. »Und sie wollten es für sich selbst. Aber du hast dich für den Propheten aufbewahrt. Ist das nicht richtig?«

»Für den Propheten.« Ich nicke, und mein Gehirn wabert durch meinen Schädel.

»Hier wirst du geliebt, geliebt und beschützt. Die dreckigen Männer da draußen, die dir wehtun wollen, dir deinen Funken nehmen wollen, deine Reinheit missbrauchen wollen, sie können dich hier nicht berühren. Ich werde alle deine Feinde in Schach halten und sie zwingen, vor dir zu kriechen. Denn du bist meine Geliebte.« Er küsst meine Stirn. »Nun gehe mit dem Wissen, dass du von deinem Propheten auserwählt wurdest und in seinen Augen heilig bist.«

Ich erhebe mich und schaffe es, zu meinem Kissen zurückzukehren, während Sarah meinen Platz auf dem purpurroten Thron einnimmt. Aber das karmesinrote Podium ist nicht mehr statisch. Es pulsiert. Wie ein schlagendes Herz. Und Ranken aus Licht strömen von ihm zu jeder Jungfrau und berühren ihre Brust. Eine kitzelt an meiner linken Brust, dringt in meinen Körper ein und umschlingt mein Herz in einer sanften Umarmung.

Ich bin auserwählt. Ich werde geliebt. Ich bin durch den Willen des Propheten vollkommen geworden.

Georgia huscht in mein Blickfeld hinein und aus ihm heraus, und ihr goldenes Haar fließt hinter ihr wie ein Fluss des Himmels. Sie tanzt, schwebt und dreht sich. Ich möchte ihr folgen, ihr sagen, wie sehr ich sie vermisse. Sie bewegt sich weiter weg, ihr Licht verblasst, aber ihre Verbindung zu mir leuchtet immer noch hell. Wir werden immer verbunden sein, immer füreinander da sein. Meine Augenlider werden schwer, aber etwas zieht meinen Blick in die Finsternis, die den vom Propheten geschaffenen Lichtkreis umgibt.

Ein Mann beobachtet mich. Ich kenne ihn. Adam. Er wartet in der äußeren Finsternis, seine Zähne sind gefletscht, seine Seele ist verdorben und sein Herz schreit nach meinem Blut.

KAPITEL ELF

Adam

DER AUSDRUCK auf ihrem Gesicht lässt mich bis auf die Knochen erschaudern, was etwas zu bedeuten hat.

Sie ist in den Fängen des LSD, und ihre Pupillen sind riesig, während sie mich betrachtet. Ich frage mich, was sie sieht, welches Bild mein Vater für sie gemalt hat, als sie an seiner Seite saß und seine lüsternen Hände ihre helle Haut streichelten.

Ich kenne die Litanei, die Lügen, die Versprechen, die Auserwählte zu sein. Aber warum schaut sie mich an, als wäre ich eine Bedrohung, wenn es doch offensichtlich die Schlange ist, die ihr vor wenigen Augenblicken noch ins Ohr geflüstert hat?

Noah kichert. »Siehst du meine?«

Seine Jungfrau scheint unsichtbare Schmetterlinge zu jagen, ihr Körper schwankt, während sie nach allem, was sie sieht, wirbelt und greift. Aber ich kann meine

Augen nicht lange von Delilah abwenden. Sie ist überwältigend, wie eine Prinzessin aus irgendeinem Märchen, das normale Kinder zur Schlafenszeit gehört haben. Jede Bewegung, jeder Blick von ihr versetzt mich in Alarmbereitschaft. Meine Handflächen schwitzen von dem Bedürfnis, sie zu berühren, sie von dem drogenbedingten Hochgefühl wegzuziehen. Aber dies ist nur der erste von vielen Besuchen im Tempel, und ich bin wie angewurzelt an Ort und Stelle, wie immer erstarrt.

Sie entspannt sich auf ihrem Kissen, ihre großen Augen nehmen alles auf, aber immer wenn sie in meine Richtung schaut, ziehen sich ihre zarten Brauen zusammen.

Mein Vater endet mit der letzten Jungfrau und schickt sie kichernd zu ihren Schwesternjungfrauen.

»Gesegnet sind meine Jungfrauen, die Auserwählten Gottes.« Er erhebt sein Glas. Obwohl er mir den Rücken zuwendet, bin ich mir sicher, dass ein selbstgefälliges Grinsen auf seinen Lippen ruht. *Arschloch.*

Er nickt der Tür zu, und Gray erhebt sich, öffnet sie und lässt die Oberinnen wieder hinein. Grace lässt ihren Blick auf den Boden gerichtet, da ihr die Züchtigung wahrscheinlich immer noch in den Ohren klingelt.

»Füllt die Teller meiner Auserwählten nach.« Mein Vater steht auf und beobachtet den Festschmaus des Fleisches auf dem Boden vor ihm. Manche Jungfrauen schlafen, andere lachen, wieder andere ziehen ihre

Finger durchs Haar und an der Haut ihrer Schwestern entlang. Die Drogen machen alles neu und schicken einen Strom von Elektrizität durch ihr kollektives Bewusstsein.

Mein Blick kehrt zu Delilah zurück. Eines der Mädchen flechtet ihr langes weißes Haar. Jetzt ist sie eine Waldnymphe, völlig entspannt. Sogar offen.

Die Oberinnen sausen wieder hinaus und kommen mit frischen Platten voller Essen zurück, aber zu diesem Zeitpunkt sind die Jungfrauen viel zu high, um es zu bemerken.

»Sind wir fertig?«, flüstert Noah laut. »Ich habe ein paar Mädchen aus der Kapelle, die vorbeikommen.«

Ich seufze. »Nicht bevor er sagt, dass wir fertig sind. Das weißt du doch.« Außerdem werde ich nicht gehen, bevor ich weiß, dass Delilah vor meinem Vater in Sicherheit ist.

»Wir dürfen nicht einmal etwas tun.« Er zeigt auf seine Jungfrau, die immer noch Schmetterlingen hinterherjagt und ihren nackten Körper voll zur Schau stellt. »Ich kann das nicht anfassen, also warum bin ich hier?«

»Um Gott zu dienen.« Die Stimme meines Vaters durchschneidet das Summen des Kicherns, und sein Blick richtet sich auf Noah. »Und um mir zu gefallen. Hast du ein Problem damit?«

Noah richtet sich auf und verschränkt seine Hände hinter dem Rücken. »Nein, Sir.«

»Gut.« Mein Vater wirft mir einen verächtlichen Blick zu, als ob ich derjenige wäre, der ihn in Frage gestellt hat, und erhebt sich dann. »Meine guten und treuen Jungfrauen, unser Abend ist zu Ende. Ihr könnt ins Kloster zurückkehren. Geht mit Liebe und dem Wissen, dass ihr die Juwelen auf der himmlischen Krone des Herrn seid.«

Noch mehr Kichern, und dann treten die Oberinnen mit der Kleidung der Mädchen ein.

Ich stehe auf, und meine Knie stöhnen von der ganzen Zeit, die ich auf dem Holzboden verbracht habe. Die Protektoren stehen stramm, während die Jungfrauen angezogen und aus dem Raum getrieben werden. Die Oberinnen behandeln sie sanft unter den wachsamen Augen meines Vaters, obwohl ich vermute, dass die Samthandschuhe ausgezogen werden, wenn sie wieder im Kloster ankommen.

Sobald sich die Türen schließen, wirbelt mein Vater zu Noah herum. »Wenn du ein Problem mit unseren Ritualen hast …«

»Das habe ich nicht.« Noah zuckt zusammen. Unterbrechen ist eine der schlimmsten Sünden, die man gegenüber einem Propheten begehen kann.

Mein Vater nähert sich ihm mit einem angespannten Kinn … und das nicht nur von seinem letzten kosmetischen Eingriff. »Kehre in dein Haus zurück. Bete zum Herrn, dass er dir Vergebung für deine fehlerhaften Wegc gewährt.«

Noah nickt, und Erleichterung überkommt ihn wie eine Welle über den trockenen Sand. »Ja, Sir.«

Mein Vater schmunzelt, mit Grausamkeit in jeder Zeile seines Gesichts. »Hast du immer noch diese

Echse, die Adam dir vor zehn Jahren an deinem Geburtstag geschenkt hat … dem Geburtstag, von dem ich dir sagte, dass wir ihn nicht mehr feiern, aber Adam mir nicht gehorchte?«

Meine Hände ballen sich hinter mir zu Fäusten. Ich erinnere mich an die Peitschenhiebe dafür. Tatsächlich erinnere ich mich an alle, die ich jemals bekommen habe. Es war vor neun Jahren, an Noahs sechzehntem Geburtstag. Papa hatte Geburtstage für seine Gläubigen verboten und verlangt, dass wir diesen Tag in der Kontemplation der ultimativen Göttlichkeit des Propheten verbringen sollten.

Aber Noah würde nur einmal sechzehn werden. Ich war ein Risiko eingegangen, und ich habe dafür bezahlt. Noah durfte die Echse, Gregory, behalten, aber erst nachdem mein Rücken so schlimm zugerichtet worden war, dass ich ins Krankenhaus musste.

»Ja, ich habe ihn immer noch.« Noahs Worte triefen vor Besorgnis.

»Und hattest du nicht auch ein Kätzchen oder einen Welpen oder so was?«

»Nein.« Noah ist schlau genug, über seine Katze Felix zu lügen.

»Die Echse wird reichen müssen. Opfere sie dem Vater des Feuers. Zeige ihm deine Reue.«

Noah verwelkt an meiner Seite, obwohl er seinen Gesichtsausdruck neutral hält. »Ja, Sir.«

»Du kennst die Regeln, Noah. Stelle sicher, dass du sie *lebendig* verbrennst. Dann bring die Asche und die

Knochen ins Haus. Ich werde sie vor dem Schlafengehen inspizieren.«

»Ja, Sir.«

Er richtet seinen Blick auf mich. »Augen auf den Boden, Adam. Oder musst du die Lektion der Ehrerbietung neu lernen?«

»Nein, Sir.« Ich richte meinen Blick auf die Kurve des Pentagramms unter meinen Füßen, während in meinen Adern Lava brodelt. Noah mag verdreht und ruiniert sein, aber irgendwie hat ein Teil von ihm überlebt. Von dem Moment an, als ich ihm diese Bartagame geschenkt habe, hat er sich darum gekümmert. Fütterte sie, pflegte sie, nahm sie sogar heraus und trug sie auf seiner Schulter herum. Als er Felix auf dem Gelände herumirren sah, nahm er die Katze auf und tat dasselbe.

Noah stellt sich auf die Seite meines Vaters, und er hat viele Dinge getan, die normale Menschen zittern lassen würden, aber er hat immer noch einen Streifen Menschlichkeit, der sich quer durch sein Herz zieht. Mein Vater ist entschlossen, genau diesen auszumerzen. Vielleicht ist es das Beste, wenn er es tut.

»Protektoren.« Er fordert alle auf, einen Kreis um ihn herum zu bilden. »Wir sind mit vollem Herzen bei unserer Arbeit. Fahrt fort, alle Dinge nach meinem Willen zu tun, und ihr werdet belohnt werden. Gehorcht ihr mir nicht«, er wirft mir einen bösen Blick zu, »müsst ihr euch den Konsequenzen stellen.«

»Ja, Sir.« Alle antworten im Einklang.

»Wir haben das Thema Protektor Newell zu

besprechen.« Er verschränkt seine Hände vor sich und schaut nachdenklich drein, obwohl ich weiß, dass er sich bereits entschieden hat, mit wem er die Stelle besetzen will. »Gott und der Vater des Feuers haben mir beide mitgeteilt, dass Trey Reynolds … einer unserer langjährigen assoziierten Pastoren und ein ergebener Diener der Himmlischen Mission … die richtige Wahl ist. Er wird Newells Jungfrau übernehmen. Parker?«

»Ja, Sir.« Zion Parker tritt vor, und seine Glatze glänzt im Kerzenschein. Viele der Protektoren sind fast doppelt so alt wie ich, und ihre hemdlosen Körper sind dicklich und blass. Wenn sie neben den jungen, heiratsfähigen Jungfrauen stehen, dreht sich mir der Magen um.

»Hilf ihm und seiner Familie, sich auf dem Campus einzurichten, und sorge dafür, dass seine Töchter in der Schule eingeschrieben sind. Wir brauchen nicht noch mehr weltliche Einflüsse, die ihren Verstand beschmutzen.«

Mein Vater … obwohl ein Scharlatan durch und durch … ist auch eine Art kluger Visionär. Anstatt Jungfrauen aus der Gesellschaft zu reißen, hat er beschlossen, die Zukunft der Himmlischen Mission durch seine getrennten Schulen für Jungen und Mädchen zu gestalten. Die Schulen, obwohl sie neu sind, wachsen schnell und festigen den Würgegriff des Propheten auf die Gemeinschaft. Ganz zu schweigen von all den Neuzugängen aus der Kathedrale.

»Ich mache mich sofort daran.«

»Guter Mann.« Mein Vater klopft ihm auf den Arm, dann dreht er sich zu mir um. »Wie du weißt, war Newell für die Feierlichkeiten zur Wintersonnenwende in einem Monat verantwortlich. Der Vater des Feuers wird verärgert sein, wenn wir ihn nicht durch unseren Ritus ehren. Da du der Grund dafür bist, dass Newell nicht mehr unter uns weilt, fallen die Vorbereitungen nun dir zu.«

Gottverdammte Scheiße.

»Ich erwarte, dass die diesjährige Feier die beste sein wird, die wir je gesehen haben. Du musst eng mit Grace zusammenarbeiten, um dies zu erreichen. Ich nehme an, das wird kein Problem sein?«

»Nein, Sir.« Kein Problem, nein. Wahrscheinlich eine verdammt große Katastrophe. Aber ein Problem? Ganz und gar nicht.

Er betrachtet mich mit einem wissenden Grinsen. »Gut. Und damit ist das Geschäftliche abgeschlossen. Ich erwarte von euch allen, dass ihr die Jungfrauen weiterhin erzieht, wie es eure Pflicht ist. Meldet mir alle Probleme. Wir haben bereits großes Interesse an der diesjährigen Ernte, und die Prüfungen werden kommen, bevor wir es wissen. Ansonsten … genießt eure Beute.« Er grinst, und der Wolf scheint endlich durch.

»Ja, Sir.« Ein weiterer Chor der Zustimmung hallt durch den Raum, als wir entlassen werden.

Noah eilt zur Tür, und ich folge ihm.

Sobald wir draußen in der Nacht sind und eine kühle Brise mit Leichtigkeit durch unsere Kleider schneidet, dreht er sich um und schaut mich an. »Nicht Gregory. Er ist wie ein Freund.«

»Er ist eine Echse.«

»Er gehört mir.« Das Wort endet mit einem erstickten Geräusch aus seiner Kehle.

Gott, sein Gesicht erinnert mich an die Zeit, als wir noch Kinder waren. Oder vielleicht war auch nur er noch ein Kind. Ich wurde schnell erwachsen, als mein Vater sich zum Propheten salbte und mit der Himmlischen Mission begann. Fünf Jahre trennen Noah und mich, aber es könnte genauso gut ein Leben sein. Die Qual in seinen Augen verwandelt sich in Zorn, während er auf unsere Häuser zustürmt.

»Noah, komm schon.« Ich zeige auf einen der vielen Golfcarts auf dem Grundstück. »Lass uns hinfahren. Es ist eiskalt.«

»Und es schneller machen? Gregory schneller töten?« Jeder seiner Schritte hämmert hart auf den Bürgersteig.

»Nein.« Ich hole auf und stecke meine Hände in die Taschen. »Ich werde mit dir gehen.«

Die Bewegung erweckt den Schmerz in meinem Rücken zum Leben, und ich frage mich, ob ich durch die Verbände blute. Egal.

»Ich kann das nicht tun.« Er fährt sich mit der Hand durch sein hellbraunes Haar. »Ich kann es nicht.«

»Du musst.«

»Nein.« Er verschränkt seine Arme vor der Brust, während wir den ersten Hügel zum vorderen Teil des

Geländes hinaufklettern. »Ich werde stattdessen das Auspeitschen nehmen.«

»Es wird nicht nur ein Auspeitschen sein. Nicht dafür. Er wird es weiterführen, und das weißt du.«

Er bleibt stehen, und seine Augen sind aufgebracht, als er sich zu mir dreht. »Das würde er nicht tun.«

»Er würde.« Ich halte seinem Blick stand. »Um sein Gesicht vor seinen Schlägern zu wahren, die seine Aussage gehört haben. Er würde es definitiv tun. Du weißt, wie das funktioniert, was er tun wird.«

»Scheiße!« Er geht noch ein paar Schritte weiter. »Vielleicht, vielleicht können wir etwas anderes verbrennen und dann …«

»Er sagte Knochen, Noah. Knochen. Er wird nichts anderes akzeptieren.« Ich will Gregory retten. Das will ich wirklich. Aber der Preis ist zu hoch.

Wir stapfen schweigend dahin, unsere Atemzüge dampfen in die mondlose Nacht hinaus. Ich kenne Noah. Ich weiß, dass er sich den Kopf zerbricht, um unserem Vater irgendeinen Honig ums Maul zu schmieren und Gregory eine Gnadenfrist zu gewähren.

Als wir bei seinem Haus ankommen, das neben meinem steht, treten wir durch die Hintertür und in den Wohnbereich. Zwei Mädchen aus der Kapelle liegen auf seiner Couch, ihre Gesichter sind stark geschminkt, und eines hat einen deutlichen weißen Ring um ein Nasenloch.

»Raus.« Ich halte die Tür auf.

»Aber wir sollten doch …«

»Raus.« Ich behalte den schneidenden Tonfall bei,

auch als sie sich aufrichten und ihre dünnen Mäntel anziehen. Ich erkenne sie nicht wieder, aber ich habe sie wahrscheinlich schon einmal getroffen. Die plastische Chirurgie, die Filler, die nicht enden wollenden Partys und das Koks haben sie zu anderen Menschen gemacht. Ruiniert und verdreht, genau wie mein Vater es beabsichtigte.

Sie drängen sich an mir vorbei, und ihre Stripperinnenabsätze klappern draußen auf dem Gehsteig. Noah ist bereits nach oben verschwunden. Ich folge ihm und finde ihn in seinem Gästezimmer, mit Felix schnurrend auf dem Schoß und Gregory auf der Schulter.

»Ich kann nicht.« Noahs Stimme ist belegt, aber er vergießt keine einzige Träne. Das Weinen ist vor langer Zeit aus uns herausgeprügelt worden. »Ich kann ihn nicht verbrennen.«

»Ich weiß.« Ich setze mich neben ihn und schaue Gregory an. Seine Farben sind verblasst, aber er sieht immer noch weitgehend gleich aus. Er blinzelt mir zu, erst mit einem Auge und dann mit dem anderen, als wolle er »Hallo, Kleiner« sagen.

Noah fährt mit dem Finger über Gregorys Rücken, die kieselige Haut reagiert auf die Berührung.

Ich seufze. »Ich werde es tun.«

Felix miaut, und seine orangefarbenen Augen sind groß, während er mich beobachtet.

Noah schüttelt den Kopf. »Ich kann ihn nicht verbrennen. Ich werde es nicht tun. Nicht lebendig.«

»Nein.« Ich sehe zu, wie er Gregory weiter

streichelt. »Der Prophet mag denken, dass er allmächtig ist, aber er wird nicht in der Lage sein, die Todesursache einer Echse zu bestimmen.«

Noah erstickt an einem Lachen. Felix miaut traurig. Alles in dem Raum wird ein bisschen trauriger.

Ich strecke meine Handfläche aus. Gregory klettert langsam darauf, während Noah sich abwendet.

Dies wird nicht das erste Mal sein, dass ich unschuldiges Blut im Namen des Propheten vergieße.

Und ich weiß, es wird nicht das letzte Mal sein.

KAPITEL ZWÖLF

Delilah

EIN KLOPFEN an der Tür lässt mich hastig mein weißes Kleid überwerfen. Chastity kommt herein, während ich mein nasses Haar in ein Handtuch wickele.

»Wie fühlst du dich heute Morgen?« Sie schaut mir in die Augen, in eines nach dem anderen.

»Mir geht es gut.« Mir geht es sogar besser. Das Essen gestern Abend scheint mir neue Kraft gegeben zu haben, und die Drogen haben meinen Organismus vollständig verlassen. Kein seltsames Licht und keine Schatten mehr.

»Deine Handgelenke?« Sie zieht sie hoch und inspiziert meine Verbände.

»Schmerzen immer noch. Mein Nacken auch.«

»Dein …« Sie blickt auf meinen Schoß.

»Sie tut nur weh, wenn ich sie berühre.«

»Du darfst sie nicht anfassen.« Sie schaut in die

Kamera, dann wieder zu mir zurück. »Nicht *so*«, flüstert sie. »Wenn Grace das herausfindet …«

Der Gedanke, mich an diesem Ort intim zu berühren, lässt mir die Galle hochsteigen. »Ich meinte nur in der Dusche, als ich mich gewaschen habe.«

»Oh.« Sie lächelt, und die Narbe entlang ihrer Stirn zieht ein wenig und wirkt irgendwie röter. »Das ist okay.«

»Wie hast du die bekommen?«

»Priorin!«, zischt Sarah durch den Spalt in meiner Tür.

Ich stehe auf, werfe mein Handtuch in den Wäschekorb neben dem Badezimmer und husche in den Flur, wo ich mich wie erwartet einreihen muss.

Die Priorin zieht bei meinem Anblick eine Augenbraue in die Höhe und rollt ihren Schlagstock in der Handfläche, während sie sich nähert. Als sie auf meine Handgelenke schaut, scheint sie es sich anders zu überlegen und schlägt mich nicht, bevor sie weiter die Reihe der Mädchen in Weiß hinuntergeht.

»Heute Morgen wird eure Ausbildung im Vorführraum stattfinden.« Sie dreht sich auf der Ferse um, ihre typische Bewegung, und geht zurück zum Anfang der Schlange. »Ich erwarte von jeder von euch, dass ihr diesen Filmen eure volle Aufmerksamkeit schenkt. Der Prophet hat sie für eure Erbauung handverlesen.«

Wir folgen ihr in einen neuen Raum, einen mit drei Plattformen, wie in einem Kino, und einer bunt gemischten Auswahl an Stühlen auf jeder.

»Setzt euch«, befiehlt sie und drückt einen Knopf an der Wand, der eine weiße Leinwand an der Vorderseite des Raumes herunterlässt.

Abigail steht an einem kleinen Tisch an der Seite, und ihre knorrigen Finger hacken auf einem alten Laptop herum. Ich setze mich auf einen grün gestreiften Stuhl, der schwach nach Gras riecht. Er erinnert mich an das College, Spaß und Georgia. Ich schlucke die Erinnerungen herunter und mache es mir so bequem wie möglich.

Nach einem kurzen Streit zwischen der Priorin und Abigail, wie man den Media Player richtig bedient, flimmert die Leinwand zum Leben, und der Projektor sendet einen Lichtstrahl durch die Dunkelheit.

Es beginnt ein eindeutig hausgemachtes Video, in dem ein Mann mit dem gruseligen alten Südstaatenakzent spricht, der nur in kleinen reichen Enklaven oder in alten Filmen existiert.

»Die Welt ist ein gefährlicher Ort«, sagt er uns. Bilder von Krieg, Aufruhr und Gewalt füllen die Leinwand, während der Erzähler fortfährt: »Der Mensch ist von dem Ort vertrieben worden, den Gott für ihn vorgesehen hatte. Von Eden, dank der ursprünglichen weiblichen Sünde, hierher … wir waren nie in der Lage, Gott die Liebe und Ehrfurcht zu zeigen, die er verdient.« Das Bild verändert sich zu einem des Propheten, der mit weit ausgebreiteten Armen vor dem riesigen Eingang der Kirche der Himmlischen Mission steht. »Bis jetzt. Schließlich hat Gott eine Person gesalbt, um sein Abgesandter für die

Vertriebenen zu sein. Den Propheten. Indem wir ihm folgen, werden wir wiedergeboren. Indem wir ihm folgen, werden wir unser Leben so leben, wie Gott es beabsichtigte. Und nur durch den vollkommenen Gehorsam ihm gegenüber werden wir unsere ewige Erlösung erhalten.«

»Aber Schwestern, ich sage euch jetzt, seid vorsichtig! Bewahrt eure Herzen vor der Sünde.« Weitere Bilder … diesmal wenig schmeichelhafte Fotos von Hillary Clinton, Ruth Bader Ginsburg, Michelle Obama, Ellen DeGeneres, Oprah Winfrey und einigen anderen, die ich nicht kenne … blitzen auf der Leinwand auf. »Die Sünde hat diese Frauen über ihren Platz gesetzt.« Die Stimme wird härter, kälter. »Die Sünde hat sie glauben lassen, ihr Platz sei es, über die Menschen zu herrschen, die Menschen zu beherrschen und den Menschen ihre bösen Vorstellungen und Begierden aufzuzwingen. Die Bibel sagt uns, dass dies nicht der Weg ist. Der Apostel Paulus sagt in Timotheus deutlich: ›Einem Weibe aber gestatte ich nicht, dass sie lehre, auch nicht, dass sie des Mannes Herr sei, sondern stille sei.‹« Die Bilder flimmern zu Frauen, die an Bäumen hängen, Frauen, die auf dem Scheiterhaufen verbrannt werden, und andere auf den Knien, während Männer mit Pistolen hinter ihnen entlanggehen und den Abzug betätigen.

Mir dreht sich der leere Magen um, da immer mehr Gewalt gegen Frauen als das gerechte Ende von Sünderinnen gepriesen wird.

»Aber ihr.« Die Stimme wird wieder heller. »Ihr

seid die Auserwählten Gottes. Die Gesegneten unter den Frauen. Andere werden versuchen, euch wegen eurer Reinheit, wegen eures vollkommenen Gehorsams zu schaden.« Filmaufnahmen von Männern, die eine Frau auf der Straße anschreien, dann ein Mann, der eine Frau durch ihre Fenster beobachtet, und schließlich mehrere Clips von Frauen, die schreien und weinen, während sie vergewaltigt werden, füllen den Bildschirm. »Das ist es, was die Welt euch ohne den Schutz des Propheten antun würde. Das ist das Böse, das außerhalb der Tore der himmlischen Dienste gedeiht. Aber der Prophet wird die Bösen schlagen und euch erheben. Er ist gut und wahrhaftig und wird euch belohnen, wenn ihr euch von der Sünde abwendet und ihm zu Füßen fallt.«

Ich schaue nach rechts. Eine Jungfrau kaut an ihrem Fingernagel, und ihre Augen sind weit aufgerissen. Sie nickt bei den Worten des Erzählers mit.

Die Priorin zischt mich an und zeigt auf den Bildschirm. Ich drehe mich zu ihm zurück und richte mich auf meinen Morgen der *Erbauung* ein.

NACH EINEM MITTAGESSEN AUS GEMÜSE, dem dünnsten Schweinekotelett, das ich je gesehen habe, und einer winzigen Portion weißem Reis betreten wir den Trainingsraum. Alle üblichen Stationen sind eingerichtet, aber es gibt eine neue in der Ecke. Ein Tisch mit einem großen, weißen Apparat daneben, zusammen mit einem älteren Mann in einem weißen Kittel.

»Hannah, komm her.« Die Priorin schreitet zu dem Mann hinüber. »Zieh dein Kleid aus.«

Er schaut über seine Brille, als Hannah sich nähert, die ihr dunkles Haar zu einem straffen Dutt hochgesteckt hat. Sie schiebt das Kleid von den Schultern und tritt aus ihm heraus. Der Rest von uns macht das Gleiche, während wir in einer Reihe an der Wand mit den Werkzeugen stehen.

»Dort ist das Zeichen der Welt auf ihrer Haut.« Die Priorin dreht Hannah um, damit der Arzt die Tinte sehen kann, die sich an ihrer Hüfte entlangwindet.

»Sollte nicht zu schwierig zu entfernen sein.« Er tätschelt den Tisch. »Leg dich auf den Bauch. Ich habe etwas Spray, um den Schmerz zu lindern.«

»Nein.« Die Priorin verschränkt die Arme vor der schmalen Taille. »Keine Schmerzlinderung. Sie soll spüren, wie der Stachel der gefallenen Welt sie verlässt.«

Er zögert.

»Der Prophet will es so«, fügt sie hinzu.

»Oh.« Er nickt. »Nun, in diesem Fall.« Er schnappt sich einen Aufsatz von der Maschine und betätigt einen Schalter. Sie erwacht zum Leben, und der digitale Bildschirm leuchtet. »Gib ihr eine Minute Zeit, um sich aufzuwärmen, dann fangen wir an.«

»Delilah«, flüstert Chastity und zeigt auf den Boden. »Jetzt komm schon.«

Ich falle auf die Knie. Sie gibt mir einen

entschuldigenden Klaps, bevor sie mir den Dildo in den Mund steckt. Es kitzelt hinten in meiner Kehle, aber ich atme langsam durch die Nase und bekämpfe den Würgereflex. Ein scharfes elektrisches *Knacken* schneidet durch den Raum, und Hannah gibt ein kleines Geräusch von sich.

Die Priorin hebt ihren Schlagstock.

Noch ein Knacken, und Hannah keucht.

Klatsch! Die Priorin schwingt den Schlagstock auf Hannahs Oberschenkel. Sie kreischt, was ihr einen weiteren Treffer einbringt.

Die Priorin hebt den Schlagstock und wartet.

Knack. Stille, aber ich kann Hannah aus den Augenwinkeln zittern sehen.

»Ihr müsst für den Herrn nachgiebig sein. Für euren Propheten.« Eine andere Oberin geht zwischen den Jungfrauen umher. »Ihr dürft eure Körper nur benutzen, um dem Herrn zu gefallen. Um dem Propheten zu gefallen. Ihr müsst keusch und rein bleiben. Eure Aufgabe ist es, dem Propheten zu dienen, das zu tun, was er verlangt, ganz gleich, was das sein mag. Im Gegenzug wird er euch vor der bösen Welt außerhalb dieser Türen schützen.«

Die Oberin schnaubt, als sie einen Rundgang durch den Raum macht. »So viele Frauen behaupten, dass sie an ihrem Arbeitsplatz belästigt wurden. *Me too,* sagen sie. Was für ein Haufen Lügen. Diese Huren baten darum, sie haben es verdient. Sie gedeihen durch die Aufmerksamkeit der Menschen und wollen benutzt und weggeworfen werden. Sie bettelten darum, verunreinigt zu werden, und beschuldigten dann die Männer für ihre eigene Sünde. Aber darüber müsst ihr euch keine Sorgen machen. Denn ihr seid auserwählt. Geschützt. Geliebt. Geschätzt. Kein dreckiger, weltlicher Mann wird euch jemals berühren. Ihr Dreck kann euch nicht beflecken. Solange ihr dem Propheten folgt und tut, was er euch befiehlt.«

Chastity führt mich zur nächsten Bank, sie nennen sie das *Pferd,* und hilft mir auf. Ich sitze rittlings darauf, mit dem Hintern in der Luft. Ich bin entblößt. Ich wehre mich nicht dagegen. Die Jungfrauen, die sich am ersten Tag gewehrt haben, tragen immer noch diese blauen Flecken.

Sie schmiert Gleitmittel um mein Poloch. »Entspann dich. Tief einatmen.«

Ich atme ein, während sie den Plug in die richtige Position drückt. Zuerst tut er weh, dann akzeptiert mein Körper ihn und legt sich darum. Ich möchte ihn herausdrücken, aber ich kann es nicht. Stattdessen atme ich weiter durch die Nase und versuche, mich zu konzentrieren, auch als der Geruch von versengtem Fleisch die Luft durchdringt.

Georgia. Sie ist der einzige Grund, warum ich hier bin. Aber ich habe null Fortschritte dabei gemacht, herauszufinden, was mit ihr passiert ist. Ich habe unterschätzt, wie genau ich überwacht werden würde, wie das Kloster meine Zeit strukturieren würde, so dass ich mit niemandem lange sprechen kann. Die verschlossenen Türen und Mikrochips reichen nicht aus … der Prophet will jede Sekunde eines jeden Tages kontrollieren. Er hat begonnen, meine Träume zu verfolgen.

»Du kannst runterkommen.« Chastity nimmt meine Hand und hilft mir auf die Füße.

Ich zucke zusammen, als der Plug gegen die Innenseite meiner Pobacken drückt. Aber ich kann nicht protestieren. Nicht mit dem Knebel im Mund. Vielleicht bringt mir Gehorsam das, was ich will. Mitzuspielen, das Kloster nur ein bisschen einsickern zu lassen … vielleicht ist das der Weg für mich, diesen Ort weit aufzubrechen. Aber das würde auch bedeuten, Adam zu erlauben, mich seinem Willen zu beugen. Ein unwillkommenes Kribbeln schießt bei dem Gedanken durch mich hindurch.

»Delilah.« Eine andere Oberin bewegt mich hinüber zum X, wo ich meine Prügel eingesteckt hatte. Eine Jungfrau ist mit Handschellen daran gefesselt, aber ihre Füße stehen auf dem Boden. Sie schaut mich über die Schulter an, und zieht besorgt ihre Augenbrauen in die Höhe.

Ich werfe Chastity einen Blick zu, aber sie arbeitet bereits mit der nächsten Jungfrau auf dem Pferd.

Ich gehe hinüber zu der Oberin, die mich gerufen hat.

Sie reicht mir einen Flogger mit einem Griff aus geflochtenem Leder. »Mädchen, versammelt euch für diese Lektion.«

Die anderen Jungfrauen bilden einen Halbkreis in meinem Rücken.

Ich halte den Flogger am Ende, als ob er schmutzig

und bösartig zugleich wäre. Sie wirft mir einen bösen Blick zu und legt meine Hand fest um den Griff. »Gehorche, Jungfrau. Es ist genauso wichtig, dass du lernst, mit diesen Werkzeugen umzugehen ... sie macht eine Geste zur Wand hin ..., wie daran, dass sie bei dir angewendet werden. Wer ist dein Protektor? Adam, richtig?«

Ich nicke, und meine Hände zittern.

»Er ist dominant.« Sie scheint ein wenig zu beeindruckt zu sein. »*Sehr* dominant. Also werden dir diese Techniken bei ihm nichts nützen. Aber«, sie zieht mich einen Schritt zurück und hilft mir, mich bei der Jungfrau auf dem X aufzustellen, »es gibt viele Männer, sogar einige Protektoren, die es vorziehen, auf der Empfängerseite zu stehen. Ihr werdet oft feststellen, dass mächtige Männer geheime Wünsche haben, bestraft werden zu wollen.« Sie tritt zur gefesselten Jungfrau und fährt mit den Fingern über ihre Haut. »Diese Bereiche, hier und hier, sind die empfindlichsten Stellen auf dem Rücken.« Sie spricht, als ob es um verschiedene Fleischstücke an einem Schwein ginge, und blickt auf die Jungfrauen hinter mir, um sicherzugehen, dass sie aufpassen. »Wenn er ein wahrer Liebhaber des Schmerzes ist, sind das die Stellen, auf die man sich konzentrieren sollte.« Ihre Hände senken sich auf den Hintern der Jungfrau. »Hier kann man den Flogger etwas breiter einsetzen. Leichte Berührungen können spielerisch sein. Wiederholte mittlere oder harte Berührungen können Schmerzen auslösen, oder einfach da sein und sich intensivieren.«

Sie tritt zurück. »Aber das Wichtigste ist, dass ihr ihn versteht. Achtet auf seine Geräusche. Lauscht, wann er es genießt. Hört, wann er vielleicht zu weit gedrängt wird. Und sorgt dafür, dass ihr ihn, sobald ihr ihn dort habt, wo er hinwill, dort haltet, bis es vorbei ist. Das ist eure Pflicht als eine der Auserwählten des Propheten.«

Eine der Huren des Propheten, meinst du. Vielleicht ist es gut, dass ich geknebelt bin.

»Schlag sie.« Die Oberin faltet ihre Hände vor ihrem dunklen Rock und schaut zu.

Ich schaffe einen schwachen Schlag des Leders gegen ihren Hintern.

Die Oberin runzelt die Stirn. »Nochmal. Härter. Und mach weiter damit. Du kannst eine Acht mit deinem Handgelenk machen oder sie einfach immer und immer wieder drehen.«

Ich gebe mir die gleiche Mühe und schlage sie kaum.

»Vielleicht möchte Delilah, dass ich mit der Demonstration fortfahre.« Die Stimme der Priorin schickt mir Schüttelfrost über den Rücken. Sie steht direkt hinter mir.

Die Jungfrau auf dem X, Ada, wirft mit großen Augen einen Blick über ihre Schulter. Ich kann nicht zulassen, dass die Priorin ihr das antut, was sie mir angetan hat.

Ich schüttele noch einmal den Kopf, trete näher und rolle die Peitsche in meinem Handgelenk.

»Wir werden sehen.« Die leise Stimme der Priorin drängt mich vorwärts.

Ich schwinge härter, mache immer weiter, und das butterweiche Leder verwandelt sich in Streifen des Schmerzes, als es auf Fleisch trifft. Die Jungfrau schreit auf. Ich lasse nicht locker, schlage ihre nackte Haut immer wieder mit den Wedeln des Floggers, und ihre Haut wird hellrosa.

»Hör ihr zu«, befiehlt die Oberin.

Bald keucht die Jungfrau, und ihr Kopf ist in den Nacken gelegt. Ich gehe es etwas leichter an, dann gebe ich ihr eine Reihe von Schlägen mit voller Kraft. Ihr Schrei ist nicht der Klagelaut des Schmerzes. Es ist etwas Tieferes und genauso Ursprüngliches. Verlangen.

»Du hast sie.« Die Oberin nimmt mir die Peitsche ab. »Hier wollt ihr eure heimlich unterwürfigen Männer haben.« Sie schlägt sie noch einmal, und das Mädchen stöhnt. »Hört ihr das? Ekstase. Es gibt ein Plateau im Schmerz, wo die tiefste Lust lebt. Hier könnt ihr, wenn euer Objekt fügsam ist, Informationen erhalten, Ideen pflanzen und die Liebe und Freigiebigkeit verstärken, die nur vom Propheten fließt. Versteht ihr?« Sie greift um die Jungfrau herum, und ihre Hand verschwindet, während die Jungfrau zu zittern beginnt und ihr Atem schwerer wird. Der Arm der Oberin bewegt sich in rhythmischen Bewegungen, bis die Jungfrau schreit, ihr Vergnügen steigt und in einem Crescendo von Funken explodiert.

Die Oberin nimmt ihre Hand weg und wischt sich die Finger am Rock ab. »Und damit ist die Lektion für heute beendet.«

KAPITEL DREIZEHN

Adam

»DAS IST NICHT DAS, worauf wir uns geeinigt haben.« Ich starre wütend den Mann an, der mir gegenübersitzt. Zwischen uns auf dem schmuddeligen Schreibtisch liegt ein Haufen Geld in einem schwarzen Müllsack. Wir sind im Keller eines heruntergekommenen Lagerhauses in der Nähe der Eisenbahngleise in der Innenstadt von Birmingham. Niemandsland.

»Das ist alles, was wir bekommen haben. Das ist alles.« Ratty G. zuckt mit den Schultern.

Ich habe keine Ahnung, wie sein richtiger Name ist. Es interessiert mich auch nicht. Alles, was mich interessiert, ist, dass Geld für das Heroin fehlt, das wir ihm und seinen Dealern zur Verfügung gestellt haben. Er steht nicht auf. Zwei seiner Gefährten bewachen die

Tür in seinem Rücken, ihre Augen sind kalt, das Glitzern des Metalls an ihren Hüften noch kälter.

»Ich muss sagen, ich bin enttäuscht.« Ich lehne mich in meinem knarrenden Metallstuhl zurück.

Seine Männer zucken zusammen.

Ratty G. wirbelt mit einer seiner Dreads und zuckt mit den Schultern. »So wie ich das sehe, ist dies der Beginn eines neuen Deals. Mit neuen Bedingungen. Geh zurück und sag deinem Sektenpapa, dass wir eine zehnprozentige Preissenkung wollen. Wir verticken alles, was ihr schickt, immer. Ihr habt sonst niemanden, der solche Mengen garantieren kann.«

Eigentlich habe ich zwei andere Händler, die doppelt so viel Ware verticken wie er. Ratty G. ist entbehrlich. Ich spiele damit, ihm diese Tatsache zu erzählen, um zu sehen, ob er es sich noch einmal überlegt. Aber ich entscheide mich für Option Nummer zwei.

Ich spreche den kräftigsten Wächter an der Tür an. »Zurzeit bekommt Ratty G. dreieinhalb Prozent Anteil an allem, was er für uns verkauft. Er hat ein Problem damit, pünktlich zu bezahlen, was er schuldig ist. Ich bin bereit, einem von euch vier Prozent zu zahlen, um den Job von Ratty G. Job zu erledigen, und ihr könnt diesen Job behalten, solange ihr das, was ihr schuldet, auf den Cent …«

Die Augen von Ratty G. weiten sich. »Langsam, Mann. Das ist nicht …«

Sein Gehirn ist über den ganzen Müllsack und den

Schreibtisch verspritzt, bevor er seinen Protest beenden kann.

»Ich werde diesen Job annehmen.« Der bullige Killer schaut seinen Partner an, der sich nicht bewegt hat. »Wirst du meine rechte Hand, Mann?«

Er nickt.

Ich ziehe ein Taschentuch aus meiner Tasche, wische mir einen Blutspritzer von der Stirn und stehe auf, um zu gehen. »Es war mir ein Vergnügen, mit Ihnen Geschäfte zu machen, Gentlemen.« Ich werfe mir den blutigen Geldsack über die Schulter, gehe die Treppe hinauf, steige in mein Auto ein und fahre zu meiner nächsten Station.

ALS ICH DELILAHS ZIMMER BETRETE, bin ich überrascht, sie nackt und auf den Knien neben ihrem Bett vorzufinden. Noch überraschter bin ich über die Enttäuschung, die in mir aufsteigt. So früh schon gebrochen?

Ich setze mich auf ihr Bett, und mein Körper stöhnt vor Erleichterung. Die Schmerzen in meinem Rücken lassen nach, als ich es mir vor ihr bequem mache. Es war ein langer, dreckiger Tag, und ich hatte mich auf eine Belohnung in Form meines blitzblanken Lammes gefreut. Es enttäuscht mich nicht.

»Sieh mich an.«

Sie hebt ihr Kinn, und diese überirdischen grauen Augen treffen auf meine.

»Warum heute so gehorsam?«

Ihr Gesicht bleibt teilnahmslos. »Ich möchte dir gefallen.«

»Oh?« Ich lächele. Mit meinem Essen zu spielen hebt immer meine Stimmung. »Wie glaubst du, kannst du mir am besten gefallen?«

»Indem ich dem Propheten gehorche.«

Ich schließe die Augen. »Du meinst *mir*.«

Sie senkt ihren Blick für den Bruchteil einer Sekunde und schaut mich dann wieder an. »Dir, als Vertreter des Propheten.«

Sie ist überhaupt nicht gebrochen. Sie spielt einfach wieder mit mir. Mein Schwanz beginnt, sein Interesse auszudrücken, und erwacht zum Leben, während ich sie betrachte. Pralle Lippen, rosige Wangen, feste Brüste. Scheiße, wie kann man von einem Mann erwarten, dass er sich konzentriert? Das war noch nie ein Problem.

»Törichtes kleines Lamm.« Ich streichele ihre Wange mit meinem Daumen. »Du bist immer noch verloren, irrst auf der Weide umher und ignorierst die Wölfe um dich herum.«

Sie kneift die Lippen zusammen, wahrscheinlich, um eine freche Antwort zu ersticken. Ich will, dass sie sie herauslässt.

»Steh auf.«

Sie erhebt sich, und ihre blasse Haut schimmert fast. Ihr Hals ist immer noch voller Blutergüsse von diesem Idioten Newell.

Ich ziehe ihre Hand zu mir und schiebe einen Verband an ihrem Handgelenk beiseite. »Was ist das?«

»Nur ein paar Kratzer.«

Es sind keine Kratzer, eher Risse, und es gibt Blutergüsse, die einen Ring um jedes Handgelenk bilden.

Ich umfasse ihre Unterarme fest und frage: »Wer hat das getan?«

Sie blinzelt ein paarmal. »Die Priorin.«

»Warum?« Ich lasse meinen Blick über ihren Körper schweifen und finde noch mehr Blutergüsse zwischen ihren Schenkeln. Rot überzieht für einen Moment mein Sichtfeld, und ich schmecke Blut.

»Der Mann, den du getötet hast.« Sie schluckt schwer. »Es war meine Schuld, dass ich ihn in Versuchung geführt habe. Also hat die Priorin …«

Ich greife hoch, umfasse ihren Nacken und reiße ihr Gesicht zu meinem herunter. »*Ich* habe ihn getötet, nicht du.«

»Sie sagte, dass es meine Schuld war.«

»Sie ist eine Idiotin in einem Kostüm, die nicht die leiseste Ahnung hat.« Ihre Lippen sind nah an meinen. Ihr Atem streift über meine Lippen, und ihr langes Haar kitzelt über meine Wangen.

»Ich werde mit ihr reden.« Das muss ich sowieso für die Vorbereitungen zur Wintersonnenwende tun. *Scheiße.*

Sie versucht, den Kopf zu schütteln, kann es aber nicht, solange ich sie festhalte. »Bitte nicht. Sie hat es so schon auf mich abgesehen.«

»Du sagst dem Wolf nicht, was er tun soll, kleines Lamm.« Ich schiebe sie zurück auf die Knie. »Lass uns zum Ausgangspunkt zurückkehren. Du hast gesagt, du wolltest mir gefallen.«

»Ja.« Ihre Stimme zittert.

»Was schlägst du vor?«

Ihre Finger verknoten sich, und ihre Wangen röten sich. »Ich könnte … Ich könnte …«

»Meinen Schwanz lutschen?« Ich liebe das Aufflackern ihrer Nasenlöcher, die Angst, die über ihre Züge huscht.

»Ich … wenn es das ist, was du willst.«

»Natürlich will ich das.« Ich ergreife ihr Haar, ziehe sie zu mir heran und schmiege ihr Gesicht an meine Erektion.

Sie versteift sich und lässt sich von mir festhalten, tut aber nichts anderes.

Ich lache. »Wenn du so deinen letzten Schwanz gelutscht hast, kann ich mir kein Happy End für diese Beziehung vorstellen.«

Sie versucht sich meinem Griff zu entziehen. »Es war keine Beziehung.«

»Nein?« Ich lasse sie los, und sie lehnt sich zurück, und ihre Brüste heben sich, während sie versucht, sich zu beruhigen.

Sie schaut zur Seite und sagt leise: »Es war auch nicht meine Idee.«

Ich umfasse Kinn und ziehe sie zu mir. »Wer war der nicht so glückliche Kerl?«

»Mein Stiefvater.«

KAPITEL VIERZEHN

Delilah

ICH HABE es nie jemandem erzählt, nicht einmal meiner Mutter, und hier schütte ich mein Herz einem Sektenführer aus, der zumindest vorhatte, mich zu vergewaltigen.

»Wie alt warst du?« Er lehnt sich auf dem Bett zurück, scheint aber immer noch über mir zu stehen.

»Zwölf.« Ich lasse die Erinnerung nicht in meinen Verstand kriechen, nicht seinen Geruch, nicht die Art und Weise, wie er mir sagte, ich sei sein *gutes Mädchen*. Meine Augen tränen. »Es ist nur einmal passiert.« Die Worte kommen holprig, als ich sie herausschleudere. Als ob das bedeuten würde, dass ich nicht schmutzig bin, nur weil es lediglich einmal passiert ist. Ich weiß, dass es nicht meine Schuld war, aber tief im Inneren werde ich immer den Makel dessen tragen, was mir passiert ist. »Als meine Mutter weg war. Und dann trennten sie sich nicht lange danach, aber es war wegen etwas anderem.«

»Zwölf.« Sein Gesicht verzieht sich, aber dann glättet es sich wieder, und seine dunklen Augen versuchen, mich auseinanderzunehmen, um in mich hineinzusehen. Er legt sich zurück und schweigt für einige Minuten.

Furcht sickert durch meine Poren und befeuchtet meine Achselhöhlen. Aber ich weiß nicht, ob ich mich mehr vor den Erinnerungen oder vor Adams Urteil fürchte.

Ich fange an zu glauben, dass er eingeschlafen ist, aber dann setzt er sich auf. »Geh auf das Bett. Spreiz deine Beine.«

Ich kämpfe gegen meine Tränen und gehorche. Teil des Spiels ist es, das zu tun, was er sagt. Ich versuche, ihm nahezukommen, um zu lernen, was ich kann. Ich muss diese Litanei wiederholen, um mich auf das Bett zu bewegen. Er steht auf, als ich mich hinlege.

»Beine breit.« Er beobachtet mich, während ich meine Beine spreize.

Er kniet sich auf das Bett, beugt sich über mich, und seine Augen brennen mit einer Intensität durch mich hindurch, die an furchterregend grenzt. Sein Hemd streift meine straffen Brustwarzen, und ich hole Luft.

»So zeigst du mir Gehorsam. Deinem *Protektor.*« Er spuckt das letzte Wort praktisch aus. »Du tust, was ich sage, wenn ich es sage. Du stellst keine Fragen. Ich erwarte dein volles Vertrauen.«

Ich möchte fragen, was ich als Gegenleistung

bekomme, aber ich traue mich nicht. Nicht, wenn er so auf mir liegt. Nicht, wenn das Einzige, was uns trennt, dünner Stoff ist.

Seine Augen, Pfützen der Finsternis, die ich nicht zu ergründen vermag, konzentrieren sich mit unverkennbar räuberischer Absicht auf mich. »Vertrauen.« Er lässt das Wort auf seiner Zunge zergehen. »Kannst du das tun? Mir vertrauen?«

Vertrauen ist etwas, was ich niemandem geben kann. Nicht an diesem Ort. Nicht nach dem, was mit Georgia passiert ist. »Ich kann es versuchen«, antworte ich ehrlich.

Er beugt seinen Kopf und führt seine Lippen an mein Ohr. »Versuchen ist nicht gut genug. Ich brauche dein Wort, kleines Lamm.«

Gänsehaut breitet sich auf mir aus, und ich ergreife die Decke. Ein Gewicht setzt sich in meinem Kopf fest, als würde meine Wahl das Gleichgewicht meines Lebens unwiderruflich beeinflussen. Warum bittet er mich um etwas? Er könnte es sich einfach nehmen, genau wie er es vor ein paar Tagen gesagt hat. Warum sollte es ihn interessieren, ob ich ihm vertraue? Ich kaue auf meiner Lippe herum und denke daran zurück, als er Newell getötet hat. Obwohl ich versucht hatte, den Anblick des Blutes zu verdrängen, konnte ich den Blick in Adams Augen nicht vergessen, die reine Wut. Er ist kein Mann, den ich verärgern will. Niemals.

Mit einem tiefen Atemzug gebe ich ihm meine Antwort: »Ich werde dir vertrauen. Ja.«

Die Welt steht still, sein Atem stockt. Spürt er die Lüge … oder fürchtet er, dass ich die Wahrheit sage?

»Gut.« Er findet meine Augen wieder. »Wenn du mir vertraust, werde ich dich niemals zwingen. Aber wenn du mich verärgerst …« Sein Blick wandert zu meinen harten Nippeln. »Du gehörst mir. Ich werde diesen Körper benutzen, wie und wann immer ich es für richtig halte. Wenn ich mit dir fertig bin, wirst du denken, dass Newell im Vergleich dazu ein sanfter Engel war.«

Meine Stimme bleibt mir im Hals stecken, und alles, was ich tun kann, ist, zu nicken.

»Dann haben wir eine Vereinbarung.« Er stößt sich von mir weg und steht auf.

Ich setze mich auf, und mein Verstand greift nach den ausgefransten Strängen dieser »Vereinbarung«. »Also, solange ich dir vertraue … wirst du mich nicht berühren, es sei denn, ich sage, dass es okay ist?«

Er zieht eine Braue hoch. »Oh, dummes kleines Lamm. Hast du nicht zugehört? Ich werde dich nicht *zwingen*. Berühren ist eine ganz andere Sache, findest du nicht auch?« Er setzt sich neben mich auf das Bett und fährt mit den Fingern über meine Wange, an meinem Schlüsselbein vorbei und zwischen meine Brüste.

Mein Atem stockt, als er um eine Brustwarze kreist, aber er berührt sie nie. Die Spitze härtet aus, kribbelt und ist überempfindlich. Er macht dasselbe mit meiner anderen Brust, und sein Blick ist auf meine Augen gerichtet, während seine warme Liebkosung beginnt, die Drähte in mir zu verbinden. Furcht verschmilzt mit Hitze, und beide wirbeln um ein Lustzentrum in meinem Unterleib. Demütigung überkommt mich, während sich zwischen meinen Schenkeln Nässe sammelt und ich meine Augen schließe.

»Sieh mich an, Lamm.«

Ich zwinge meine Augen zu seinen zurück. Sein dunkler Blick verzehrt mich, während er seine sinnlichen Neckereien fortsetzt. Meine Atmung beschleunigt sich, und ich drücke meine Oberschenkel zusammen, um zu versuchen, den Druck einzudämmen.

Er schmunzelt und zieht seine Hand weg, während er sich aufrichtet. »Du wirst mich schon sehr bald anflehen, dich zu berühren. Und viel mehr als das zu tun.«

»Niemals.« Ich schüttele den Kopf. Welches Spiel auch immer er spielt, deswegen bin ich nicht hier. Ich umarme meine Knie.

»Wir werden sehen.« Er geht zur Tür. »Dann also bis morgen.«

»Dein Rücken. Da ist Blut.« Ein roter Streifen ist durch sein hellblaues Hemd gesickert.

»Mach dir darüber keine Sorgen.« Er dreht sich nicht um, sondern verlässt einfach mein Zimmer und zieht die Tür hinter sich zu.

Ich drehe mich um, reiße mein Kleid von meinem Nachttisch und ziehe es mir über den Kopf. Was war das? Ich starre die Tür an, lange nachdem er weg ist, und spiele seine Stimme in meinem Kopf ab. Sein warmer Atem an meinem Ohr, die Art und Weise, wie sein harter Körper kaum den meinen streifte, die Länge seines Körpers auf meiner Wange. Ich presse meine Oberschenkel zusammen, weil in mir etwas Falsches passiert. Ich spüre, wie ich nass werde, spüre, wie die Wärme durch mich fließt, wenn ich an seine Augen, seine Lippen, seinen Körper denke.

Das ist falsch. So falsch, dass ich vom Bett springe, in mein Badezimmer eile und die Dusche anstelle. Ich trete hinein und reguliere die Wassertemperatur, bis sie eisig ist und mein Körper vor Kälte schmerzt.

»Besser.« Meine Zähne klappern, als ich heraustrete, mich abtrockne und meine unerwartete Hitze durch den Schock des kalten Wassers gelöscht ist. So ist es besser. Ich kann mit Kälte und Schmerz umgehen, aber mit dem Verlangen nach meinem Entführer? Nein. Unmöglich.

Ich schlüpfe ins Bett und lösche das Licht. Sein Gesicht erscheint, als ich meine Augen schließe, aber ich unterdrücke diese Gedanken und verliere mich stattdessen in der Erinnerung an ein lustiges Wochenende mit Georgia, als wir beide vierzehn waren. Ihr goldenes Haar, das im Wind wehte, während sie rannte, zieht mich in den Schlaf, obwohl das Phantomgefühl von Adams Atem an meinem Hals durch die Erinnerung kracht, gerade als ich wegdämmere.

EIN LEISES KLOPFEN an der Tür lässt mich aufschrecken. Im schwachen Licht des Badezimmers sehe ich, wie sich der Griff hin- und herdreht und leicht quietscht. Rückblenden an Newell lassen mein Herz so laut klopfen, dass ich es durch meine Brust vibrieren spüre. Ich reiße mir die Decke ans Kinn, als ob das den Teufel abwehren kann, der vor meiner Tür steht.

»Delilah!« Ein flüsterndes Zischen durchbricht die Stille. Sarahs Stimme.

Ich unterdrücke meine Angst und schleiche zur Tür.

»Beeil dich! Die Oberin erwischt uns sonst.« Eine andere Stimme.

Was geht hier vor?

Ich drehe das Schloss um und öffne die Tür. Drei Mädchen stürzen hinein und drücken sich gegen die Wand unter der Kamera.

»Delilah?« Eine Oberin betritt den Schlafsaal aus einer Gästetoilette in der Nähe des Haupteingangs. Sie kann die verängstigten Jungfrauen zu meiner Rechten nicht sehen.

»Entschuldigung … ich, ähm, dachte, ich hätte etwas gehört.«

Ihr Gesichtsausdruck wird böse. »Du solltest nicht auf sein. Geh sofort wieder ins Bett. Mach das nochmal, und ich werde die Priorin benachrichtigen.«

»Ja, Ma'am. Es tut mir sehr leid.« Ich senke ehrerbietig mein Kinn und schließe die Tür.

Die Jungfrauen sind in meinem Badezimmer verschwunden.

Ich schaue nicht in die Kamera, obwohl ich jedes Quäntchen Selbstbeherrschung dafür aufbringen muss, das ich habe, und schlurfe ins Badezimmer.

»Mach sie zu!« Sarah zeigt auf sie.

Ich schließe die Tür und lehne mich dagegen. Das kleine Badezimmer ist überfüllt mit den vier Körpern darin.

»Was macht ihr hier?« Ich versuche, meine Stimme leise zu halten, aber ein Hauch von Hysterie schleicht sich in mein Flüstern. Die Strafe, wenn wir erwischt werden … ich kann nicht einmal daran denken, ohne dass sich mein Magen zusammenzieht.

»Wir müssen reden.« Sarah hockt auf der Seite meiner Wanne, und die anderen sitzen. Hannah und eine andere Jungfrau, die glaube ich Susannah heißt.

Ich schüttele den Kopf. »Reden? Die Oberin wird uns erwischen!«

»Die jetzige geht alle halbe Stunde pissen. Wie Old Faithful. Darum haben wir heute Abend ausgesucht.«

»Wofür?«

Sarah rollt mit den Augen. »Um dich zu besuchen.«

Ich erstarre, als ich den Boden knarren höre. Wir halten alle den Atem an, aber das Geräusch wiederholt sich nicht.

»Okay, wir haben nicht viel Zeit, also los.« Sarah lehnt sich nach vorne, und ihr Blick ist konzentriert. »Wir werden aus diesem dystopischen Alptraum abhauen, nach draußen.«

Ich schüttele den Kopf. »Es gibt kein ›draußen‹.«

»Das gibt es.«

Ich ziehe den Ärmel an meinem Nachtkleid hoch. »Hast du die vergessen?« Ich zeige auf die Stelle, wo der Tracker unter meiner Haut eingebettet ist. »Oder die Kameras? Oder die verschlossenen Türen? Oder den Stacheldrahtzaun? Oder die Tatsache, dass jeder Polizist im meilenweiten Umkreis von diesem Ort für den Propheten arbeitet? Niemand wird euch helfen. Jeder, den ihr trefft, wird euch an den Propheten ausliefern.«

»Wir müssen nur nach Birmingham kommen.«

»Glaubst du, er hat dort nicht auch Leute?«

Sie zuckt mit den Schultern. »Vielleicht, aber nicht jeder steht auf seiner Gehaltsliste. Birmingham ist ein großer Ort, nicht wie hier. Wenn wir es nur bis in die Stadt schaffen würden, könnten wir verschwinden.«

»Wie willst du achtzig Kilometer weit von hier wegkommen, bevor sie merken, dass du verschwunden bist?« Ich umfasse meine Ellenbogen. »Und wenn sie euch erwischen …« Ich erschaudere.

»Wir lassen uns nicht erwischen.« Sarahs Tonfall wird bissig. »Wir können uns rausschleichen, wenn diese Oberin«, sie nickt mit dem Kopf in Richtung Flur, »Dienst hat. Wir werden aus den Schlafsälen herauskommen. Susannah weiß, wie man Schlösser knackt und …«

»Piper«, meldet sie sich zu Wort. »Nicht Susannah. Das ist nicht mein Name.«

»Piper, ja.« Sarah fährt fort: »Damit sie uns auf das

Gelände bringen kann. Vielleicht können wir unsere Decken zusammenrollen und mit uns tragen, so dass wir sie, wenn wir am Zaun ankommen, darüberlegen können, um über den Stacheldraht zu klettern.«

»Wie wollt ihr an den Wachen vorbeikommen? Ist euch klar, dass sie an diesem Ort patrouillieren?« Meine Drohne hatte mir ein paar Männer gezeigt, die die wichtigsten Bereiche des Campus tagsüber und nachts bewachen. Es gibt keine Möglichkeit, zu wissen, wann und wo sie sein werden.

»Ich weiß, aber wir müssen das Risiko eingehen. Vielleicht wird diese Nacht bewölkt sein oder es wird regnen oder so.« Sarah zuckt mit den Schultern. »Ich weiß es nicht, aber wir müssen es versuchen. Ich kann das nicht mehr tun! Ich dachte, es würde anders sein. Ich dachte …«

»Dass der Prophet ein Mann Gottes ist?« Zynismus, hässlich und kribbelnd, schleicht sich in meine Stimme. »Dass du hier sicher wärst? Dass der Beitritt zu einer Sekte eine großartige Entscheidung war?«

Sarah streicht sich ihr dunkles Haar aus dem Gesicht und blickt mich wütend an. »Du bist auch hier. Das weißt du, oder? Du bist genau wie der Rest von uns gefangen. Du bist auch darauf reingefallen.«

Ich kann ihr nicht sagen, dass ich anders bin, dass ich meine Gründe habe. Also sage ich einfach nichts.

»Bist du dabei oder nicht?« Sie steht auf.

»Wer ist noch daran beteiligt?«

»Nur wir. Wir können niemandem sonst vertrauen.

Einige von ihnen sind … ich weiß nicht … es ist, als ob sie immer noch daran glauben. Sogar nach allem, was seit dieser ersten Nacht passiert ist. Sie glauben immer noch, dass der Prophet sie auf etwas Besonderes vorbereitet.« Sie tritt vor mich, und ihr Blick ist entschlossen. »Und du kannst kein Wort sagen. Ich habe den Mädchen gesagt, dass wir dir vertrauen können.«

»Das könnt ihr.«

»Wenn du uns verrätst und wir hier festsitzen …« Hannah rührt sich, um sich hinter Sarah zu stellen.

Das Badezimmer fühlt sich noch kleiner an. Ich umklammere den Türgriff. »Ich werde es niemandem sagen.«

»Dann bist du dabei?«, fragt Sarah.

Möchte ich dieser Hölle entkommen? Ja. Kann ich es? Nein. Ich schüttele den Kopf.

Sarah sieht enttäuscht aus. »Warum nicht?«

»Ich muss das durchstehen.« *Für Georgia.*

»Was?«, zischt Susannah.

»Pst.« Sarah hält eine Hand hoch. »Hast du Angst, erwischt zu werden? Ist das der Grund?«

»Nein.«

»Was dann? Sag mir nicht, dass du den Scheiß glaubst? Dass du auserwählt bist? Dass der Prophet dich für etwas anderes als eine Hure oder ein Pfand benutzen will?«

»Nein.« Ich kann ihr nicht sagen, was sie hören will. Eine Erklärung. Meine Wahrheit. »Ich kann einfach nicht.«

»Sie wird uns verraten.« Hannah funkelt mich böse an.

»Das werde ich nicht.« Ich erwidere Sarahs Blick und lege jedes bisschen Überzeugungskraft, das ich noch habe, in meine Worte.

Ein paar angespannte Sekunden vergehen, während alle drei mich anstarren.

»Das wird sie nicht.« Sarahs Schultern entspannen sich. »Ich vertraue ihr. Aber wir sollten gehen.«

»Kommt.« Ich drehe den Griff, dann gehe ich zur Flurtür.

Ich drücke mein Ohr daran und höre ein schwaches Schlurfen. Ich halte meine Hand hoch, damit die Jungfrauen warten. Nach einer Ewigkeit durchbricht ein schwaches, rostiges Quietschen die Monotonie.

»Sie ist im Badezimmer.« Ich öffne die Tür, und die anderen eilen in den Flur.

Sarah zögert und ergreift meine Hand. »Sag mir, wenn du deine Meinung änderst.«

»Das werde ich.« Ich werfe einen Blick auf die Badezimmertür. »Beeil dich.«

Sie huscht davon, und ich schließe die Tür und lehne mich dagegen. Mein Herz klopft, und ich stehe eine Weile da und lausche, ob Schwierigkeiten auftreten. Es entstehen keine, und schon bald höre ich die Oberin den Korridor des Schlafsaals entlanggehen, und die Holzdielen ächzen leise nacheinander.

Ich kehre in mein Bett zurück und ziehe mir die Decke über den Kopf. Wie ein Grabtuch gibt sie mir ein gewisses Maß an Frieden, das Gefühl, endlich allein zu sein, in glückseliger Isolation.

Die drei werden versuchen, zu entkommen. Ich konnte die Entschlossenheit in Sarahs Augen nicht übersehen. Das Gefühl, ein Tier zu sein, das mit dem Bein in der Falle sitzt, aber immer noch glaubt, dass es sich befreien kann, wenn es das nur stark genug versucht. Erst wenn es ausblutet, wird es erkennen, dass es für immer in dieser Falle gefangen sein wird.

KAPITEL FÜNFZEHN

Adam

SIE SITZT mit dem Rest der Jungfrauen in der ersten Reihe, den Kopf gebeugt, während mein Vater darüber dröhnt, dass alle Frauen in der Kirche ihren Männern jederzeit »vollkommenen Gehorsam« leisten sollten. Wenn eine Ehefrau Eheprobleme hat, persönliche Probleme oder auch nur eine laufende Nase, dann liegt das daran, dass sie nicht vollkommen gehorsam ist.

Die Frauen in der Menge nicken mit, obwohl einige von ihnen … diejenigen, die meistens Sonnenbrillen tragen … ihre Köpfe gesenkt halten. Denn nach dem Propheten sind ihre blauen Augen und Gehirnerschütterungen auf ihre eigenen Fehler als Ehefrauen zurückzuführen.

Er predigt immer noch die Lehre des vollkommenen Gehorsams, sogar nachdem ein Mitglied der Gemeinde seine schwangere Frau gezwungen hatte, in der kältesten Nacht des Jahres draußen in der Kälte stehen zu bleiben. »Wenn du vollkommen gehorsam bist, wirst du keinen Schaden nehmen«, hatte er ihr gesagt, bevor er sich ins warme Ehebett schlafen legte.

Am nächsten Morgen hatte sie vier Zehen durch Erfrierungen und das Baby durch das Trauma verloren. Das war natürlich ihre eigene Schuld, weil sie nicht vollkommen gehorsam war. Zumindest würden mein Vater und der Rest der Barbaren in diesem Gebäude so argumentieren.

»… und die Frau soll gesegnet werden. Das Buch Epheser sagt uns: ›Die Weiber seien untertan ihren Männern als dem Herrn.‹ Es gibt dort kein ›außer, sie haben keine Lust‹. Kann ich ein Amen bekommen?«

Ein tiefes männliches Rumpeln von »Amen« rollt durch die Menge.

»Dort steht nicht ›gehorche nur, wenn es dir passt‹. Dort steht nicht ›gehorche, außer du hast Kopfschmerzen‹. Die Schrift ist ziemlich eindeutig dazu, was von einer Ehefrau verlangt wird.«

»Amen«, bestätigt die Menge den Propheten.

Es ist mir scheißegal, was diese Schafe glauben, solange sie ihren Zehnten pünktlich bezahlen. Meine Augen werden zu Delilah zurückgezogen, deren Gesicht vor mir verborgen ist. Aber ich kann mich leicht daran erinnern, genau wie an den Rest von ihr. Mein Schwanz rührt sich, erwacht beim Gedanken daran, wie sie unter mir ausgebreitet war, wie ihr Atem stockte, während ich ihre Titten streichelte. Ich musste meine ganze Selbstbeherrschung aufbringen, um keine ihrer Brustwarzen in den Mund zu nehmen, um endlich die blasse, warme Haut zu schmecken, die mich auch jetzt noch verspottet.

Noah stellt sich neben mich. Wir beide sind durch den Bühnenvorhang versteckt, während mein Vater immer tiefer und tiefer in die Grube der Frauenfeindlichkeit eindringt, die seine Gemeinde nach mehr sabbern lässt.

»Wir haben heute Abend einen Job.« Er verschränkt die Arme vor der Brust.

»Was?« Ich habe vor, den Abend mit Delilah zu verbringen, sie zu reizen, bis sie mich anfleht, ihre Muschi zu lecken.

»Vollstreckung.«

»Scheiße.« Ich seufze. »Wer?«

»Wir bekamen die Nachricht, dass ein paar der Diakone darüber gesprochen haben, etwas Neues zu beginnen. Mit einer Handvoll Anhängern wegzugehen. Sie haben in geheimen Treffen am Propheten gezweifelt.«

»Wie viele?«

»Nicht mehr als zwanzig.«

»Wer ist der Rädelsführer? Davis?«

»Ja. Woher wusstest du das?«

»Bauchgefühl.« Ich schaue in die Menge und starre einen der Himmlischen Polizisten an, Lieutenant Chris Davis. Ich habe nie mit ihm gesprochen, aber irgendetwas in seiner Haltung, der Art und Weise, wie er nicht die für den Propheten erforderliche

Ehrerbietung zeigt … all das hat ein- oder zweimal auf meinem Radar aufgeleuchtet. Er ist einer unserer neuesten Diakone, ein niederes Rädchen in der himmlischen Maschine, die alles am Laufen hält. Aber jetzt ist er aus dem Takt. Es ist meine Aufgabe, die notwendigen Anpassungen vorzunehmen, um diese Operation glatt laufen zu lassen.

Ich habe Lust darauf. »Knöpfen wir ihn uns vor, nachdem Papa fertig ist, heiße Luft zu versprühen?«

»Ja.«

Ich schaue meinen Bruder an. Gewöhnlich schimpft er mit mir wegen einer negativen Anspielung auf unseren Vater, die andere hören könnten. Diesmal hat er jedoch ein versteinertes Gesicht. Die schnelle Verurteilung von Noahs Haustier Gregory durch meinen Vater scheint ihn ein wenig weiser gemacht zu haben. Oder vielleicht hat er es einfach satt, zu versuchen, mich zu reparieren, wenn ich schon so kaputt bin.

Wir bleiben noch ein paar Minuten am Rand der Bühne stehen, und mein Blick wird immer wieder zu Delilah zurückgezogen. Sie trägt heute keinen Schleier, und ihr Haar ist wie das aller anderen zu einem ordentlichen Dutt an der Krone ihres Kopfes zusammengebunden. Als ob sie meinen starren Blick spüren könnte, hebt sie ihren Kopf leicht an, und ihre Augen blitzen auf, als sie mich direkt ansieht.

Ihre Gesichtszüge verändern sich nicht, um sich nicht zu verraten. Eine leere Schiefertafel, oder vielleicht ein Spiegel, der nicht mehr zurückwirft als das, was er sieht. Langsam senkt sie ihren Blick zurück zu ihren gefalteten Händen.

»Ich sage dir, an deiner ist etwas faul.« Noah stößt mich mit dem Ellenbogen an.

»Sie ist nur eine weitere dumme Fliege, die sich im Netz unseres Vaters verfangen hat.« Ich schüttele seine Worte ab, obwohl ich natürlich stillschweigend mit ihm übereinstimme. »Lass uns dem Scheiße quatschenden Bullen eine Überraschung bereiten.«

MEINE FAUST VIBRIERT, als sie in Davis' Nase kracht. Seine Knochen brechen, aber meine singen nur eine fröhliche Melodie, während ich wieder aushole und diesmal meine Knöchel in seine Augenhöhle ramme, während er schreit.

Er ist wehrlos, obwohl es eine Menge Arbeit erforderte, das zu erreichen. Er hat sich widersetzt, als Noah und ich ihn auf den Rücksitz eines Himmlischen Mercedes stießen.

»Das könnt ihr nicht mit mir machen«, kochte er auf dem Rücksitz.

Ich halte seine Dienstpistole hoch. »Ich schlage vor, du hältst verdammt nochmal die Klappe.«

»Euer Vater wird euch nicht …«

Ich lade ohne einen Gedanken daran zu verschwenden meine Waffe durch, etwas, was so natürlich für mich ist wie das Atmen. »Je mehr du sagst, desto schlimmer wird es für dich werden.

Außerdem vermute ich, dass du schon genug gesagt hast. Wann war das letzte Treffen, Noah?«

»Vor zwei Nächten, in seinem Haus. Er hatte eine Handvoll anderer Diakone zu Besuch.«

Ich drehe mich um und grinse ihn an, während er bleich wird.

»W-wie hast du …«

Ich klopfe mit der Seite des Laufes gegen meine Schläfe. »Hellseher.«

Wir bringen ihn zu einem Kieskreis auf der Rückseite des Grundstücks, der mit den drei kräftigen Kreuzen auf einer Seite. Niemand wird uns hören. Und Davis wird nirgendwo hinlaufen können.

Zu Anfang ist er eine Herausforderung, voll schwingender Fäuste und Aggression. Ich lasse zu, dass er sich abmüht, und gehe dann dazu über, ernst zu machen, indem ich ihn zu Boden werfe. Sobald ich ihn festgenagelt habe, gehe ich an die Arbeit. Noah beginnt, alles mit seinem Telefon aufzunehmen, während Davis' Blut meine Knöchel bedeckt und seine Schreie in die Nachtluft aufsteigen, aber nie zu Gottes Ohren gelangen.

Jeder Treffer sendet eine Welle der Befriedigung durch mich. So etwas wie Erregung. Und ich weiß, es ist beschissen und falsch, aber reine Gewalt ist eines der wenigen Dinge, durch die ich mich lebendig fühle. Meine Gedanken wandern zu Delilah. Da ist etwas Neues. Sie gibt mir auch einen Vorgeschmack auf das, was ich jetzt fühle. Adrenalin, Vergnügen und das Urbedürfnis, zu dominieren.

»Adam!« Noah berührt meine Schulter, und ich merke, dass er schon seit einer Weile meinen Namen ruft. Er zeigt auf die Kreuze. »Sollen wir …«

»Nein. Das ist genug.« Ich stehe auf und schüttele etwas von dem Blut von meinen Fäusten, dann wende ich mich an die Kamera. »Davis wird leben … dieses Mal.« Ich trete ihm in die Rippen.

Er heult und rollt sich in die Fötusstellung. Blut sickert als lange karmesinrote Schnur aus seinem Mund.

»Wenn ihr nicht noch dümmer seid, als ich denke, werdet ihr verstehen, dass dies eine Warnung ist. Wir wissen, wer ihr seid. Wir kennen eure Frauen und Kinder. Habt ihr ein schönes Haus? Es kann einfach so weg sein.« Ich schnippe mit den Fingern. »Glaubt ihr, eure Frauen werden bei euch bleiben, wenn der Prophet euch hinauswirft? Denkt nochmal darüber nach. Glaubt ihr, Richter Proctor … der *nie* einen Sonntag versäumt … wird euch das Sorgerecht für die Kinder zusprechen, wenn eure Frau euch für einen anderen Mann verlässt, der dem Propheten gehorsam ist?« Ich wende mich wieder Davis zu und hocke mich hin. »Du verstehst das, nicht wahr, Davis?«

Als er nicht reagiert, schnappe ich mir eine Handvoll seiner blonden Haare und reiße seinen blutverschmierten Kopf zurück. Ich sagte: *»Verstehst du das?«*

»Ja!« Eine rote Blase platzt auf seinen Lippen, als er die richtige Antwort schreit.

»Gut.« Ich erhebe mich und ziehe ein Taschentuch

hervor, um mir die Hände abzuwischen. »Ich glaube, wir wissen jetzt alle, wie es weitergeht.«

Noah stoppt die Aufnahme und steckt sein Handy ein. Wir gehen schweigend zum Auto, steigen ein und fahren weg.

»Ich schicke jemanden, um ihn abzuholen.« Noah stößt einen tiefen Seufzer aus. »Ich hasse es, das tun zu müssen.«

Ich kann nicht sagen, dass ich es gehasst habe. Der Schmerz in meinen Knöcheln erinnert mich daran, dass ich über ihm stehe. Ich bin derjenige, der von diesem Scheiß weggeht, ohne einen Tropfen seines eigenen Blutes vergossen zu haben. »Davis hätte es besser wissen müssen. Ungehorsam hat Konsequenzen.« Das ist eine Wahrheit, die sowohl Noah als auch ich nur zu gut kennen. Eine Erinnerung an meine vor Schmerzen schreiende Mutter droht an die Oberfläche zu kommen, aber ich ertränke sie, schiebe sie unter das dunkle Wasser, bis sich nichts mehr auf meiner Oberfläche kräuselt.

»Richtig.« Er trommelt mit der Handfläche auf das Lenkrad. »Ich weiß. Scheiße.«

»Setz mich am Kloster ab.«

Er blickt auf die Uhr. »Etwas spät dafür, nicht wahr?«

»Setz mich einfach ab.« Ich habe schon genug Gewalt für diese Nacht gehabt. Jetzt brauche ich eine andere Art von High. Und es gibt nur eine Person, die das ermöglichen kann.

KAPITEL SECHZEHN

Delilah

ER IST NICHT GEKOMMEN. Ich bürste mir die Haare und betrachte mich im Spiegel. *Warum ist er nicht gekommen?*

Ich sollte glücklich sein, ekstatisch, dass ich den Abend unbehelligt verbringen konnte, aber ein nagendes Jucken im Hinterkopf hält mich davon ab, ruhig zu atmen. Er hatte mich während des Abendgottesdienstes beobachtet, und seine Augen waren dunkle Pfützen der Bosheit. Und ich konnte mich nicht davon abhalten, ab und zu einen Blick auf ihn zu werfen. Vielleicht gibt es genug von der Verbindung zwischen uns, als dass ich sie irgendwie nutzen könnte. Er könnte der Schlüssel dazu sein, dass ich herausfinde, was mit Georgia passiert ist, und Rache nehmen kann. Aber wenn er nicht zu meinem abendlichen *Training* auftaucht, wie komme ich dann an ihn heran?

Ich schüttele den Kopf über mein Spiegelbild. Die weichen Wellen in meinem Haar zu glätten ist unmöglich, also gebe ich nach ein paar weiteren Momenten auf und werfe meine Bürste mit einer zugegebenermaßen selbstgefälligen Wut hin.

Die Schlafsäle sind ruhig, das Schluchzen und Weinen hat aufgehört. Einige der Mädchen haben es viel schlimmer als ich. Die Protektoren … die Grausamkeit, sie so zu nennen, ist mir nicht entgangen … scheinen alle eine sadistische Ader zu haben. Sogar Noah, Adams jüngerer Bruder, der mich oft mit freundlichen, wenn auch neugierigen Augen ansieht. Seine Jungfrau hat keine blauen Flecken, aber sie ist ruhig und zurückgezogen. Andererseits kann die Tatsache, in diese bösartige Welt gestoßen zu werden, wenn man dachte, dass man mit Samthandschuhen behandelt wird, das mit einem Menschen machen.

Ich sitze auf meinem Bett, und die rauen Laken und die klumpige Matratze sind mein Lieblingsrückzugsort. Mit einem weiteren Blick auf die Tür lege ich mich hin und stelle mich auf die Stille ein. Verzweiflung sickert durch die Risse in den Wänden und unter der Tür herein und überzieht den ganzen Raum. Ich kann das Wimmern nicht hören, aber ich weiß, dass es Jungfrauen gibt, die weinen. Sie weinen jede Nacht.

Schwere Schritte im Flur versetzen mich in höchste

Alarmbereitschaft, und ich setze mich aufrecht hin. Mein Schloss klickt, und die Tür schwingt so heftig auf, dass sie gegen die Wand knallt.

Der Teufel tritt ein, und Blut bedeckt sein weißes Hemd und seine Hände.

Ich kann nicht schreien, meine Lungen sind wie eingefroren, als er die Tür hinter sich zuschlägt und in mein Badezimmer geht. Wasser wird angestellt, und als ich mich umdrehe, sehe ich, wie er sein Jackett auszieht, schnell gefolgt von seinem Hemd. Ein Verband wickelt sich um seinen Oberkörper, als ob jemand angefangen hat, ihn zur Mumie zu machen, und sich ablenken ließ. Als er seine Fäuste unter Wasser hält, ertönt ein leises Stöhnen vor Schmerzen oder vielleicht Befriedigung von ihm.

»Scheiße.« Er stützt sich mit hängendem Kopf auf das Waschbecken.

Angespannt. Gefährlich. Aber in dem schwachen Licht sehe ich etwas anderes. Es ist unerwartet. Ich denke für einen Moment, dass ich es mir einbilde oder ich vielleicht nur will, dass es da ist. Aber es ist da. Und als ich es erkenne, atme ich tief ein, werfe meine Decke ab und gehe zu ihm hinüber.

Er füllt seine Hände, lässt das Wasser durch sein Haar laufen, und von den dunklen Strähnen tropft es ihm auf die Schultern, während sein Atem ein- und ausströmt. Etwas ist passiert. Etwas Schlimmes.

»Adam?« Meine Stimme ist klein im Vergleich zu ihm, dazu, wie er den Raum, meinen Verstand und jedes Luftmolekül ausfüllt.

Er starrt sich einfach im Spiegel an, und Hass ergießt sich in Wellen aus ihm.

Es erfordert jedes bisschen Mut in meinem Körper, aber ich strecke meine Hand aus. Langsam. Als ob ich versuche, ein wildes Tier zu testen, um zu sehen, ob ich unversehrt davonkomme. Mein Herz wird langsamer, und alles steht still, als meine Fingerspitzen seine Schulter berühren.

Er versteift sich. Jedes bisschen Spannung in ihm zieht sich zusammen, so fest, dass sie reißen und uns beide brechen könnte.

Dann dreht er sich um, packt mich, reißt mich zu sich und nimmt meinen Mund. Sein Kuss ist nicht weich. Er ist keine Bitte. Nicht einmal eine Forderung. Er ist eine totale und vollständige Vernichtung von mir und die Schöpfung von *uns*. Er nimmt mein Kleid in seine Fäuste und zieht den Stoff fest um mich herum, während er mich gegen den Türrahmen drückt.

Das Kratzen seiner Haut an meiner ist rau und bösartig, genau wie er. Er saugt meine Unterlippe zwischen seine Zähne und beißt zu, bis ich vor Schmerz den Mund aufmache. Seine Zunge schießt hinein, benutzt mich und nimmt mich mit sicheren Schlägen in Besitz. Als seine Hände an meinen Seiten entlangfahren und meinen Po so fest ergreifen, dass es wehtut, keuche ich. Er hört nicht auf, hebt mich einfach mit Leichtigkeit hoch und zwingt mich, meine Beine um seine Hüften zu schlingen, während sein Mund mich zerstört und mich zu etwas Neuem macht. Zu etwas, was immer mehr von ihm will.

Ich öffne meinen Mund weiter und gebe mich diesem Gefühl hin, diesem allumfassenden Verlangen nach ihm, das ebenso falsch wie unwiderstehlich ist. Er neigt seinen Kopf über mich, während seine Hände meinen Po massieren und näher an meine Mitte gleiten. Ich ergreife seine Schultern, und seine Haut ist glatt und heiß, als ich meine Nägel in sie hineingrabe. Sein Stöhnen fließt durch meine Adern und endet in der wachsenden Nässe zwischen meinen Schenkeln.

Seine Lippen sind brutal, und ich kann nicht genug bekommen. Meine Zunge kämpft mit seiner, aber meine ist eine schwache Defensive. Eine armselige Verteidigung gegen seine überwältigende Kraft. Ich gebe ihm, was er will, was *ich* will. Wie ein Tier spürt er, dass er gewonnen hat, dass seine Beute endlich aufgegeben hat und bereit ist, ihr eigenes Blut dem hungrigen Sieger zu opfern. Mit einem tiefen Knurren drückt er seinen Körper an mich, seine harte Erektion in der Hose gegen meine nackte Mitte.

Ich drücke meine Beine gegen seine Hüften, um das Verlangen zu lindern, das er in mir geschürt hat. Seine Hände gleiten tiefer, und als er meinen nassen Eingang streichelt, stöhne ich. Ich kann nicht atmen, meine Welt dreht sich, aber ich will nicht, dass es aufhört. Er stößt gegen mich, sein Schwanz ist an meiner Klitoris ausgerichtet, und seine Finger reiben mein heißes Fleisch und reizen mich.

Als er unseren Kuss bricht, atme ich tief ein. Als er mir in den Hals beißt, kann ich das obszöne Geräusch, das mir entweicht, nicht aufhalten.

»Noch einmal«, stöhnt er an mir, dann schlägt er mir seine Zähne in die Schulter und beißt sich wie ein Alligator fest. Ich will, dass er mich herunterzieht, will in ihm ertrinken. Ich fahre mit meinen Händen durch sein nasses Haar, während er den Biss leckt und dann an meinem Hals saugt. Seine Finger spielen weiter mit mir. Ich bewege meine Hüften im Einklang mit ihm, ohne mich darum zu kümmern, dass ich meine Erregung auf seiner Hose verschmiere.

Ich ziehe meine Nägel über seine Schultern, aber der Verband um seine Brust hindert mich daran, weiterzugehen. Als ich ihn berühre, versteinert er.

»Adam.« Ich erkenne meine Stimme nicht wieder, oder das Mädchen, das an die Wand gepresst ist und nichts mehr will, als von dem Monster beherrscht zu werden, das es nahe an sich gedrückt hält.

»Halt.« Er setzt mich ab und tritt zurück.

Die Anspannung ist wieder da, auch in seinen Schultern. Die Welt, die wir gerade zusammen erschaffen hatten, zerbröckelt direkt vor meinen Augen.

»Ada…«

»Geh ins Bett.« Seine Stimme ist ein Knurren, aber seine Augen verfolgen hungrig die Linien meines Körpers.

Ich trete auf ihn zu und versuche, diese Verbindung wiederherzustellen.

»Geh.« Er ergreift mein Handgelenk und drückt es, bis es wehtut. »Jetzt.«

Ich zucke zusammen und ziehe meine Hand weg.

Er hat sich verändert. Das Monster ist wieder in den Vordergrund gerückt, und seine Gewalt verspricht kein Vergnügen mehr.

Ich ziehe mich zurück und halte meinen Blick auf ihn gerichtet, während ich unter meine Decke gleite. Er knallt meine Badezimmertür zu. Bald darauf ertönt ein Gebrüll, und meine Wand bebt. Ich traue mich nicht, aufzustehen. Nicht, nachdem er mich angesehen hat, als wäre ich sein Feind.

Er öffnet die Tür in dem Moment, als eine Oberin hereinplatzt.

»Was war das?«

»Das war meine Schuld.« Er schiebt sich an ihr vorbei, und ich sehe, dass er sein Hemd angezogen hat, es aber nicht zugeknöpft ist. »Keine Strafe für Delilah, oder ich mache dir die Hölle heiß.« Er verschwindet in den Korridor des Schlafsaals, als die Oberin in mein Badezimmer eilt.

»Oh mein Gott.« Sie ringt ihre Hände. »Dem Propheten wird das nicht gefallen.«

Ich stehe auf und folge ihr ins Badezimmer.

»Dein Kleid.« Sie zeigt darauf.

Karminrote Handabdrücke prangen wie eine gruselige Batik an meinen Hüften.

Aber das nimmt mir nicht meine Konzentration. Mein Spiegel ist zertrümmert, und ein blutiger Fleck in der Mitte ziert das zerbrochene Spiegelbild. Ich starre hinein, und das halbe Gesicht, das zu mir zurückblickt, trägt eine karmesinrote Wunde.

Gebrochen.

Das ist es, was ich vorhin in ihm gesehen habe. Seine Wahrheit, die in den dunkelsten Teilen meiner Seele widerhallt.

Genau wie ich ist er gebrochen.

KAPITEL SIEBZEHN

Delilah

DAS TRAINING am nächsten Tag enthält eine neue Lektion. Eine, die mir … obwohl ich wusste, was das Kloster war … nie in den Sinn gekommen wäre.

»Einige Männer …« Die Oberin geht vor der Gruppe hin und her, und eine Plastikplane knistert unter ihren Füßen. Ihre Hände sind hinter ihrem Rücken verschränkt, die Knöchel werden weiß. Wenn ich es nicht besser wüsste, würde ich denken, dass sie nervös ist, vielleicht unangenehm berührt. Sie räuspert sich. »Manche Männer bevorzugen das, was als ›Natursekt‹ bezeichnet wird.«

Die Hälfte der Jungfrauen stöhnt. Die andere Hälfte hat keine Ahnung, was sie meint. Jetzt ergibt die Plastikfolie Sinn. *Oh Gott.*

»Insbesondere der derzeitige Gouverneur von Tennessee, der mit einer unserer ehemaligen

Jungfrauen verheiratet ist, ist sehr an dieser besonderen Praxis interessiert. Sie ist unter mächtigen Männern viel verbreiteter, als man denkt.« Sie scheint nicht aufhören zu können, sich zu räuspern. »Also, ist es etwas, was wir in unseren Lehrplan aufnehmen müssen.«

»Wir sollen angepinkelt werden?«, platzt es aus Susannah heraus.

»Susannah!« Die Oberin stampft mit ihrem Fuß auf den mit Plastik überzogenen Holzboden, was nur ein dumpfes Geräusch erzeugt. »Du musst immer in vollkommenem Gehorsam gegenüber deinem Mann sein. Wenn es das ist, was er verlangt, musst du es tun.«

»Aber was, wenn ich es nicht tue?« Susannahs Ton ist herausfordernd.

Ich schaue mich um und zum Glück ist die Priorin nicht im Raum. Wenn sie es wäre, hätte sie Susannah schon hochgerissen, und sie würde Prügel einstecken.

Die Oberin wird rot, und ihre runden Wangen scheinen sich auszudehnen. »Wenn du deinem Mann nicht vollkommen gehorchst, wirst du Krebs bekommen, du wirst deine Fähigkeit verlieren, Kinder zu gebären, du wirst fett werden und deine Kinder werden krank und sterben. Jede Menge schrecklicher Ereignisse können verhindert werden, wenn du deinem Mann vollkommen gehorchst.« Sie schüttelt den Kopf bei dem Versuch, mütterliche Missbilligung zu imitieren. »In Harmonie mit deinem Mann zu sein und ihm in allen Dingen zu gehorchen ist der Schlüssel zu einem glücklichen und gesunden Leben. Und, wie der Prophet lehrt, der einzige Weg, um in Sein himmlisches Königreich zu gelangen.«

Susannah öffnet den Mund, um erneut zu sprechen, aber Sarah kneift sie.

Die Oberin, ermutigt, fährt fort: »Jetzt werden wir eine Demonstration sehen. Bekomme ich zwei Freiwillige?«

Niemand sagt ein Wort oder blinzelt auch nur.

Die Oberin blickt finster drein und zeigt auf mich. »Delilah, du. Und Eve, du auch.«

Mein Magen dreht sich um … obwohl ich dachte, dass nach der Darmspülung heute Morgen nichts mehr drin ist. Ich versuche das Erste, was mir in den Sinn kommt. »Ich kann nicht. Ich muss gerade nicht.«

Die Oberin lächelt. »Dann kannst du die Empfängerin sein.«

Scheiße.

Eve steht auf und geht hinüber zur Oberin. Sie hat bereits abgenommen. Und sie hat jetzt zwei blaue Augen statt einem.

Ich will das nicht tun. Aber ich habe keine Wahl. Diese Oberin verzeiht nur bis zu einem gewissen Grad, und Susannahs Widerrede hat sie bereits näher an den Siedepunkt gebracht. Wie um meinen Gedanken zu visualisieren, greift die Oberin nach ihrem schwarzen Schlagstock.

»Okay.« Ich erhebe mich und gehe hinüber.

»Gut.« Ihre Finger hören auf, mit der Waffe zu flirten. »Delilah, leg dich auf den Boden. Ich will dich auf dem Rücken sehen. Wir haben herausgefunden, dass Männer, die Spaß an solchen Dingen haben, oft lieber der Empfänger als der Geber sind. Das bedeutet, dass jede von euch in der Lage sein muss, sich auf Kommando zu entleeren. Eve, jetzt bist du dran.«

Ich sinke auf das Stück durchsichtige Plastikfolie, lege mich hin, und mein Darm rumort, während die Galle in meinem Hals aufzusteigen droht.

»Jetzt, Eve, möchte ich, dass du dich über sie stellst. Breitbeinig, die Füße auf beiden Seiten der Ellenbogen.«

Ich schließe die Augen, während Eve den Anweisungen folgt und ihr Schatten auf mein Gesicht fällt, als sie über mir steht.

Das Plastik knistert, als die Oberin zurücktritt. »Wann immer du bereit bist, lass es einfach laufen. Nun, Mädchen, denkt daran, dass sie manchmal möchten, dass ihr ihren Mund oder vielleicht direkt die Genitalien trefft. Gott hat jeden Menschen anders erschaffen, aber wir sind verpflichtet, ihnen in Übereinstimmung mit der Schrift zu gehorchen …«

Sie redet weiter darüber, den Männern zu gefallen, während ich darauf warte, dass die warme Demütigung auf meine Brust fällt. Meine Kehle versucht zu rebellieren und mich zum Würgen zu zwingen, aber ich tue es nicht. Ich liege still und hoffe, dass Eve dehydriert ist.

Nach ein paar weiteren Minuten, in denen die Oberin ein Dutzend Mal »perfekter Gehorsam« gesagt haben muss, wandert ihre Aufmerksamkeit wieder zu uns zurück. »Eve!«

»Ich-ich kann nicht.«

Ich öffne die Augen.

Eve zuckt mit den Schultern »Ich dachte, ich könnte, aber ich kann es nicht.«

»Du musst.« Die Oberin greift nach ihrem Schlagstock und zieht ihn mit böser Effizienz aus ihrem Gürtel.

»Ich kann nicht.« Eves Stimme wird zu einem Wimmern.

»Eve, es ist okay.« Ich kann nicht glauben, was ich sage, aber ich sage es trotzdem. »Wirklich. Tu es einfach. Ich kann es ertragen.«

Ihre Augen tränen, als sie auf mich herabblickt. »Ich kann nicht.«

»Du kannst.«

»Eve.« Die Oberin kommt näher, ihr Schlagstock ist bereit. »Tu es.«

»Ich werde es tun.« Eine der anderen Jungfrauen, Mary, springt auf. Ich habe nie mit ihr gesprochen, hatte nie einen Grund dazu.

Aber als sie aufsteht, ihre roten Haare über die Schultern fließen und ein ruhiges Lächeln auf ihrem Gesicht liegt, schrecke ich zurück.

»Wenn der Prophet von uns verlangt, dass wir diese Aufgaben erfüllen, um enger mit dem Herrn zu wandeln, dann tue ich das gerne.«

»Meine Güte«, sagt Sarah leise.

»Um dich kümmere ich mich später.« Die Oberin schiebt Eve von mir weg und winkt Mary herüber.

Mary steht über mir und nimmt Eves Position ein.

Ich versuche, ihr in die Augen zu schauen, aber sie starrt geradeaus, nicht im Geringsten besorgt, dass sie nackt ist, ich nackt bin und sie dabei ist, auf mich zu pullern.

»Gut, jetzt tu, was der Prophet befohlen hat.«

»Mit Vergnügen.« Mary lächelt, und ich merke, dass sie nicht schauspielert. Sie ist eine wahre Gläubige.

Ich schließe wieder die Augen, aber höre meinen Namen von einer vertrauten Stimme.

»Delilah!«, ruft die Priorin.

»Warte.« Die lehrende Oberin legt die Hand auf Mary. »Was kann ich für dich tun, Grace?«

»Ich muss Delilah sehen.« Ihr Tonfall könnte Eis zerschneiden. »Jetzt.«

Die Oberin seufzt heftig, dann schnippt sie mit den Fingern. »Mary, beweg dich. Steh auf, Delilah.«

Mary tritt weg, und ich erhebe mich. Zum ersten Mal, seit ich hier bin, verspüre ich den Drang, der Priorin zu danken. Dieser Drang verfliegt, als ich den Sturm in ihren Augen wüten sehe.

Ich nehme mein Kleid vom Haken an der Tür und ziehe es an.

»Komm.« Sie geht bereits voran, als mein Kopf durch den Stoff auftaucht.

Ich beeile mich, mit ihrem schnellen Tempo Schritt zu halten. Wir gehen am Speisesaal vorbei, der Küche, und dann biegt sie einen Korridor ab, den ich noch nie betreten habe. An einer Reihe von Doppeltüren gibt sie einen Code auf einer digitalen Tastatur ein. Die Türen schwingen leise auf. Ihr schaukelnder schwarzer Rock bürstet fast über die glänzenden Holzböden, während wir an einigen verschlossenen Türen vorbei zum Ende des Ganges gehen.

Sie gibt einen weiteren Code ein und öffnet eine schwere Holztür. Sie schiebt sich hinein, geht um einen dunklen Mahagonischreibtisch herum und setzt sich in einen weichen Ledersessel.

»Schließ die Tür und setz dich.« Sie lehnt sich zurück und verschränkt die Finger.

Ich schließe die Tür und versuche, die schönen Möbel, die dick getäfelten Wände, die schicke Beleuchtung und das aufwendige Videodisplay hinter ihr nicht anzustarren. Ein Dutzend Bildschirme zeigen verschiedene Ansichten des Klosters. Einige davon sind auf einen Blick eingefroren, während auf einer Handvoll der Bildschirme Live-Bilder der Schlafsaalräume laufen. Ich bemerke, dass mein Zimmer eingefroren auf einem Bildschirm in der Mitte angezeigt wird.

»Ich sagte ›setz dich‹.«

Ihre Stimme treibt mich zum nächsten freien Stuhl. Sie schweigt für eine immer unangenehmere Zeitspanne. Ich begegne ihrem Blick nicht, hauptsächlich, weil ich annehme, dass sie es als Unverschämtheit auffassen würde. Von der Art und Weise, wie sie mich aus dem Training geholt hat, kann ich schon erahnen, dass ich in Schwierigkeiten stecke. Wieder einmal. Mir dreht sich der Magen um und der Druck in meiner Kehle steigt. Hier so zu sein, ist millionenmal schlimmer als das eine Mal, als ich in der Highschool ins Büro des Rektors gerufen wurde. Wahrscheinlich, weil sie einen in der Highschool nicht an ein Folterkreuz binden und Narben hinterlassen durften.

Ich zappele auf meinem Stuhl und möchte noch einmal auf die Bildschirme schauen, vielleicht eine Vorstellung davon bekommen, wo all die Kameras sind, damit ich diese Information an Sarah weitergeben kann. Sie ist wild entschlossen, zu fliehen, und ich werde ihr helfen, wo ich kann. Vielleicht kann sie dort draußen neu anfangen, frei von diesem Ort sein.

»Ich kann es nicht herausfinden.« Ihre Stimme durchschneidet meine Gedanken an Freiheit mit dem scharfen, metallischen Klirren der Einkerkerung.

Ich schaue auf. »Was, Ma'am?«

Sie schaut auf mein Gesicht, betrachtet jede Kurve und jede Linie, bevor sie sich schließlich auf meine Augen konzentriert. »Warum du?«

Ich nehme an, sie wird es erklären, wahrscheinlich mit schmerzhaften Details, also bleibe ich stumm. Nach ein paar Augenblicken öffnet sie ihre Schreibtischschublade und holt etwas Glänzendes heraus, dann legt sie es auf die Mahagonifläche. »Was ist hier passiert?«

Als ich mich nach vorne beuge, sehe ich, dass es ein Splitter aus meinem Spiegel ist, das Blut ist nicht mehr purpurrot, sondern ein getrocknetes Braun. »Ich … weiß es nicht.«

Ihre Augen verengen sich. »Was hast du zu Adam gesagt, um ihn dazu zu bringen?«

Ich schüttele den Kopf. »Ich habe nichts gemacht, das ihn dazu gebr…«

»Lügnerin!« Das Wort kommt wie eine Peitsche.

Ich zucke bei ihrem plötzlichen Wutanfall zusammen, aber ich hasse mich dafür.

»Sag mir die Wahrheit.« Sie klopft mit einem kurzen Fingernagel auf die Scherbe. »Was hast du getan?«

»Nichts.« *Ich berührte ihn. Ich habe* ihn *gesehen. Ich fühlte, wie gebrochen er war.*

Ihre Lippen werden noch dünner und blasser. Mir ist klar, dass sie nur ein paar Jahre zuvor wunderschön gewesen sein muss. Sie jetzt immer noch schön sein könnte, bis auf das verdrehte Herz, das in ihr schlägt.

»Erlaube mir, dich von allen Vorstellungen zu befreien, die du von Adam haben magst.« Sie erhebt sich und zieht ihren Schlagstock heraus.

»Ich habe keine Vorstellungen.« Ich halte meinen Rücken gerade, obwohl die Angst meine Gedanken auf einen Fernsehschirm voller Schnee lenkt.

»Falsch. Du lügst schon wieder.« Sie geht um den Schreibtisch herum und zeigt auf seine glatte, perfekte Oberfläche. »Leg deine Hand hierhin.«

Ich rühre mich nicht. »Adam sagte, wenn ich dafür bestraft werde …«

Ein Funkenschlag explodiert in meinem Sichtfeld, und ich bin mir nicht sicher, was passiert ist. Ich lasse mich in meinen Stuhl zurückfallen und lege eine Hand auf mein schmerzendes Ohr. Meine Finger werden nass. Sie hat mich geschlagen, und mein Ohr ist aufgeplatzt.

»Hand auf den Tisch, Delilah, sonst breche ich dir das nächste Mal die Nase.«

Zitternd lege ich meine Hand auf ihren Schreibtisch, und die glatte Oberfläche ist kalt an meinen blutverschmierten Fingern.

Sie benutzt ihren Schlagstock, um meinen kleinen Finger vom Rest zu trennen. »Was ist zwischen euch passiert? Ich will jedes Wort, das er zu dir gesagt hat.«

»Er hat nichts gesagt.«

»Lügnerin!«

Ich zucke zusammen, als sie ihren Schlagstock hebt.

»Die letzte Chance, mir die Wahrheit zu sagen.«

Tränen laufen mir über die Wangen, obwohl ich versuche, nicht zu weinen. Ich schüttele den Kopf.

Knack. Ich schreie, als sie den Schlagstock heftig nach unten bringt. Als ich meine Hand wegreiße, strahlt der Schmerz von meinem Knöchel über die Hand meinen Arm hinauf. Ich kann nicht auf meinen Finger schauen. Das muss ich nicht. Ich weiß, dass er gebrochen ist.

Sie eilt um ihren Schreibtisch herum und fummelt mit einer Fernbedienung unter den Fernsehbildschirmen herum. Ich kann sie durch die Tränen kaum sehen.

»Das«, zischt sie. »Erzähl mir davon!« Sie richtet ihren Schlagstock auf den Bildschirm, wo die Kamera in meinem Zimmer ein Stück meines Rückens gegen den Türpfosten des Badezimmers einfing, Adams Hand kaum sichtbar auf meinem Hintern. »Denkst du, ich weiß nicht, was für eine Hure du bist? Ist es das?« Sie eilt zurück um den Schreibtisch. »Streck die Hand aus.«

Ich schüttele den Kopf, verschränke die Arme vor dem Bauch und verstecke meine verletzte Hand vor ihr.

»Ich sagte, streck die Hand aus!« Sie reißt an meinem Ellenbogen und versucht, meinen Arm herauszuziehen.

Ich lehne mich von ihr weg und ducke meinen Kopf, während sie ihre Nägel in mich gräbt wie ein wildes Tier, das nach meinen zartesten Stellen sucht.

Eine Glocke läutet.

Der Schlagstock landet auf meiner Schulter, und der Schmerz überrascht mich, entlockt mir einen noch lauteren Schrei. Sie muss mit all ihrer Kraft zugeschlagen haben.

Mein Verstand hat einen Kurzschluss, meine Mission ist ausgelöscht, und ich habe nur noch das nackte Bedürfnis, zu überleben. Flucht. Ich muss fliehen. Ich werde ihr den Schlagstock entreißen und weglaufen. Ich stähle mich für den Angriff. *Georgia.* Ich komme wieder zu mir. Ich kann nicht rennen. Ich werde es nicht tun.

Wieder läutet eine Glocke.

Sie weicht zurück, und ihre animalische Wut lässt nach.

Ich schaue sie durch mein Haar an. Sie glättet ihren

Rock und steckt ein verirrtes Haar wieder in ihre schwarze Kutte. Sie atmet tief durch, nimmt einen ruhigen Ausdruck an und drückt dann einen Knopf unter der Kante ihres Schreibtisches.

Die Luft im Raum verschiebt sich, und ein leichtes Knarren von der sich öffnenden Tür lässt meinen Fluchtimpuls anspringen.

»Ich hörte Schreie.« Abigails Stimme ertönt hinter mir. »Ich wollte sichergehen, dass alles in Ordnung ist.«

»Uns geht es gut.« Die Kälte in der Stimme der Priorin schreckt mich noch weiter ab. »Du hättest nicht unterbrechen dürfen.«

Ich drehe mich um, erhasche Abigails Blick und flehe sie wortlos an, mich hier herauszuholen.

Sie faltet die Hände vor ihrem Rock. »Ich glaube, sie hat genug.«

»Du sagst mir nicht, wenn jemand genug hat. *Ich* treffe diese Entscheidung.«

Ich zerfalle innerlich und warte darauf, dass Abigail gehorcht. Zu meinem Erstaunen rührt sie sich nicht vom Fleck.

»Der Prophet hat seine Grenzen. Sogar bei dir. Er hat zwölf Mädchen, die ihm helfen, Gottes Willen zu tun. Wenn du eine wegnimmst oder sie unfähig machst, seine Wünsche zu erfüllen, wird er es nicht zu schätzen wissen.«

»Drohe mir nicht mit dem Propheten.« Ihre Augen verengen sich, und sie führt den Schlagstock an ihrer Handfläche entlang. »Er hat mir das Kommando übertragen. Ich bin die Priorin. Du bist nichts als eine verbrauchte alte Hexe. Der Prophet war zu gütig, dich abzuweisen, also schickte er dich hierher, damit du uns anderen zur Last fällst. Ich spiele mit dem Gedanken, ihn zu bitten, dich woanders hinzuschicken. Vielleicht das Pfarrhaus.«

»Oh, du könntest mich dorthin schicken.« Abigail tritt näher, und ich bin mir der Gefahr auf allen Seiten deutlich bewusst. »Das könntest du sicherlich. Aber wenn ich rauskäme, würde ich sofort zu dir zurückkommen. Und es gäbe nichts im Himmel oder auf Erden, das mich daran hindern könnte, es dir mit gleicher Münze zurückzuzahlen.« Sie kommt näher, und ihre Stimme ist ruhig. »Entweder, du lässt das Mädchen mit mir kommen und wir vergessen diese Dummheit … oder ich informiere den Propheten über deine nächtlichen Ausflüge.«

Die Priorin keucht. »Was?«

»Du hast mich gehört.« Abigail erreicht mich und legt mir eine Hand auf die Schulter.

Ich wimmere vor Schmerz, aber wage es nicht, mich zu beklagen.

»Steh auf, Delilah. Wir gehen jetzt.«

Grace stützt sich mit einer Hand auf dem Schreibtisch ab. »Woher weißt du von …«

»Es gibt vieles, das ich weiß.« Abigail hilft mir auf. »*Sehr vieles*. Und ein Ausflug in das Pfarrhaus wäre der schnellste Weg, um meine Zunge zu lösen.«

Ich entferne mich von Grace und weigere mich, ihr den Rücken zuzukehren. Sie blickt abwechselnd von

Abigail zu mir, und ich kann die Wut spüren, die aus ihr quillt wie aus einem zerbrochenen Tanker. *Das hier ist noch nicht vorbei.* Sie muss die Worte nicht sagen … ich kann sie tief in meinem Bauch spüren.

Sobald wir es in den Flur geschafft haben, zieht Abigail die Tür zu. Ich bin endlich wieder in der Lage, zu atmen. Wäre ich noch einen Moment bei Grace geblieben, hätte ich einen Fehler gemacht. Ich hätte versucht, zu fliehen. Aber das ist es, was Tiere tun, wenn sie in einer Schlinge gefangen sind.

Abigail eilt mit mir hinaus in den Hauptkorridor und zu den Schlafsälen. Alle anderen sind noch im Trainingsraum. Ein ersticktes Lachen steigt in meinem Hals auf.

Abigail zieht eine Augenbraue in die Höhe.

»Es ist nur …« Ich zucke zusammen, als mein Finger zwickt. »Ich dachte gerade: ›Wenigstens wurde ich nicht angepisst.‹«

»Du wärst besser dran gewesen. Was hat sie außer dem Ohr und dem Finger gemacht?« Sie schiebt mich weiter bis zum Schlafsaal und dann in mein Schlafzimmer.

»Sie hat mich auf die Schulter geschlagen, aber ich glaube, sie ist nur geprellt.«

»Setz dich und zieh dich aus.« Sie zeigt auf mein Bett und verschwindet dann aus meiner Tür.

Ich sinke nach unten und blicke in die Kamera. Sie schaut zu. Ich kann es spüren. Wenigstens gibt es keinen Ton. Das ist eine Sache, die ich in ihrem Büro des Schreckens entdeckt habe. Keiner der Kanäle hatte

Ton. Mit Mühe ziehe ich mir mein Kleid über den Kopf, wobei ich so vorsichtig wie möglich bin, um meinen Finger nicht zu verschlimmern. Er ist bereits auf das Doppelte seiner Größe geschwollen, und die Haut strafft sich wie eine Wursthülle. Ich schaukele hin und her … alles, um mich von dem zunehmenden Schmerz in meiner Hand abzulenken.

Abigail kommt mit einer schwarzen Tasche zurück und eilt zum Bett. »Lass mich zuerst den Finger sehen.«

Ich halte ihn ihr hin. »Er sieht nicht schief aus. Vielleicht hat sie ihn nicht gebrochen?«

Eine eisengraue Haarsträhne fällt gegen ihre Schläfe. »Er ist gebrochen. Und sie hat es geschafft, die Blutgefäße unter deinem Nagel zu sprengen.« Sie gräbt in ihrer Tasche und holt eine Nadel heraus.

»Was wirst du …?«

Sie führt meine Hand zum Nachttisch und legt sie flach ab. Es ist dem, was Grace getan hat, so ähnlich, dass ich würge. »Halt still.« Sie drückt die Nadel an den Rand meines Fingernagels, direkt über der Nagelhaut, und drückt zu.

Zuerst kann ich es ertragen, aber als sie stärker drückt, verwandelt sich der Schmerz in eine gleißende Qual.

»Ich habe es fast.« Sie ergreift mein Handgelenk und hält mich ruhig.

»Bitte, es tut weh.« Tränen rinnen über mein Gesicht.

»Da.« Sie zieht die Nadel heraus, und Blut spritzt in

einem dünnen Strahl, der die Bettdecke trifft und an den Seiten meines Fingers herunterläuft.

Ich verharre regungslos und atme aus. Es funktioniert. Der Druck ist immer noch quälend, aber irgendwie erträglicher.

»Du willst doch nicht den Fingernagel verlieren.« Sie lehnt sich zurück und gräbt wieder in der schwarzen Ledertasche. »Das würde dem Propheten nicht gefallen. Er würde nachwachsen, aber bis dahin müsstest du Handschuhe tragen. Das würde Fragen aufwerfen und könnte sogar dazu führen, dass du in die Kapelle geschickt wirst, bevor du die Chance hattest, dich zu beweisen.«

»Was ist die Kapelle?«

Sie legt etwas Verbandsmull um meinen Finger, um das Blut aufzusaugen, das noch immer aus dem winzigen Loch in meinem Nagel läuft. »Mach dir darüber keine Gedanken.« Sie richtet sich mühsam auf und betrachtet meine Schulter. »Du wirst hier einen mächtigen Bluterguss haben.« Ihre warmen Fingerspitzen tasten den Bereich ab. »Aber es ist nichts gebrochen.« Sie schiebt mein Haar hinter mein Ohr. »Das Ohr hat schrecklich geblutet, aber so schlimm ist es nicht. Es muss nicht einmal genäht werden. Sobald der Finger ausgeblutet ist, werde ich dir eine Schiene anlegen.« Sie macht sich daran, mein Ohr zu reinigen.

In der Stille zwischen uns wächst etwas in mir. Nervosität. Das Bedürfnis, nachzufragen, und … noch wichtiger … zu wissen, was vor sich ging. Aber ich muss genau richtig vorgehen.

Ich halte meine Stimme leise. »Ich weiß immer noch nicht, was ich getan habe.«

»Du hast nichts getan.« Sie tupft Alkohol auf mein Ohr, und ich beiße die Zähne zusammen. »Nun«, schnaubt sie, »außer Adam als deinen Protektor zu bekommen. Ich fürchte, da hast du etwas falsch gemacht.«

»Oh.« Ich drücke auf meine verletzte Fingerspitze, seltsam befriedigt, als mehr Blut herausquillt. Ich werfe meine Leine ein wenig weiter aus und bewege den Köder. »Ich wusste nicht, dass sie zusammen waren.«

»Zusammen? Nein.« Sie schüttelt den Kopf. »Oberinnen ist es nicht erlaubt, mit jemand anderem als unserem mächtigen Propheten in einer Beziehung zu sein. Und warum sollte man das wollen?« Sie tupft mein Ohr. »Andere Männer sind gefallen. Der Prophet ist der einzige Mensch, dem gegenüber ich immer in vollkommenem Gehorsam sein möchte.«

Ich zucke mit den Schultern. »Durch ihre Fragen schien es nur, als ob sie vielleicht eifersüchtig war. Aber ich schätze, das kann es nicht sein.«

»Das war's dann wohl.« Sie kehrt zu meinem Finger zurück, säubert ihn von dem Blut und schaut auf den Knöchel. »Ich reinige ihn noch ein bisschen, dann mache ich die Schiene.« Sie geht mit mir ins Bad und hält meinen Finger unter den Wasserhahn. Das kalte Wasser ist gleichzeitig eine Offenbarung und die Hölle. Sobald das Blut zu einem zeitweiligen Rinnsal verlangsamt ist, führt sie mich zurück zum Bett und lässt mich meinen Finger so gut es geht ausstrecken, während sie ihn mit einem Verband umwickelt. »Finger heilen schnell. Das ist die gute Nachricht.«

Ich muss sie wieder zum Thema bringen. Zu Grace oder Adam, oder alles, was mir einen Hinweis darauf gibt, was wirklich vor sich geht.

»Ich glaube nicht, dass ich mich bedankt habe.« Ich zische, als der Verbandsstoff meine Fingerknöchel berührte. »Also, vielen Dank. Ich weiß nicht, was passiert wäre, wenn du nicht aufgetaucht wärst.«

»Mehr davon.« Sie schaut missbilligend auf meinen gebrochenen Finger. »Das ist es. Grace gerät außer Kontrolle, wenn es um Adam geht. Sie kann nicht klar denken. Die meiste Zeit ist sie …« Sie hält inne und schüttelt den Kopf, als ob sie innerlich mit sich schimpft, dann setzt sie ihre Arbeit in Stille fort.

»Ich werde nichts von dem wiederholen, was ich gehört habe« Ich starre auf ihr graues Haar, während sie die Schiene umwickelt. »Nicht ein Wort.«

»Du hättest nichts davon hören sollen.«

»Ich nehme an, hier gehen viele Dinge vor sich, von denen ich nichts weiß.« Ich gehe ein Risiko ein. »Ich bin sicher, du hast im Laufe der Jahre schon viel gesehen. Viele Jungfrauen.«

Sie lacht. »Ich habe sie alle gesehen. Ich erinnere mich an jede einzelne. Nun, die meisten von ihnen. Einige aus den früheren Jahren werden in meinem alten Gehirn unscharf, das gebe ich zu.«

Knisternde Aufregung rauscht durch mich hindurch. Georgia. Sie *muss* sich an Georgia erinnern. Ihr Funkeln war unvergesslich. Aber wie fragen?

»Hattest du irgendwelche Favoriten?«

»Lieblingsmädchen?«

»Ja.«

»Ich mag es nicht, Favoriten zu haben.« Sie wird fertig mit der Schiene.

»Sicherlich müssen einige der Mädchen einen bleibenden Eindruck hinterlassen haben?«

Sie blickt auf, und eine Furche bildet sich zwischen ihren buschigen grauen Brauen. »Wie meinst du das?«

Scheiße. Ich muss mich zurückhalten, auch wenn es mich viel tiefer schmerzt als alles, was Grace mir angetan hat. Ich schüttele den Kopf und sage: »Oh, ich rede nur, um zu versuchen, mich von den Schmerzen abzulenken.«

»Ich mache dir keine Vorwürfe. Grace hat wirklich ganze Arbeit mit deinem Finger geleistet.« Sie stopft ihre Sachen zurück in ihre Tasche. »Sie muss ihn nur loslassen. Mehr gibt es dazu nicht zu sagen. Dann wird dieser Wahnsinn aufhören.« Sie deutet auf meine Hand, während sie sich erhebt.

Mein Verstand hat einen Kurzschluss, dann kehrt er zurück, um sich auf ihre Worte zu konzentrieren. »Warte, also *waren* Grace und Adam zusammen?«

»Zusammen? Nein.« Sie hebt die schwarze Tasche auf ihre dicke Schulter. »Sie war seine erste Jungfrau.«

KAPITEL ACHTZEHN

Adam

WIR FAHREN die zerfurchte Straße entlang, und Noah steuert den Land Rover, während ich die Konstruktion auf den hinteren Hektaren des Geländes begutachte. Häuser steigen auf, jedes von ihnen mit einem Keller, der die Häuser miteinander verbindet und so eine unterirdische Welt schafft … noch eine weitere Idee meines Vaters.

»Ich wusste nicht, dass es so groß werden würde. Er baut genug Häuser für die ganze Gemeinde und noch ein paar mehr.« Noah zeigt voraus auf die Straßen, die von Planierraupen in den Hügel vor uns gegraben wurden, dort, wo der rote Alabama-Dreck sich in verschiedene Richtungen schlängelt.

»Das ist der Plan.«

Eine ganz neue Welt, die nach dem Willen des Propheten erschaffen wurde … und nach seinem

Belieben. Er nennt sie das *Verheißene Land*. Ich sehe sie als das Gefängnis, das sie in Wirklichkeit ist. Ständige Überwachung, Familien auf dem Prüfstand, Kinder in den Schulen des Propheten, jede Abweichung von der Norm wird ausgemerzt. Die Polizei des Propheten wird in diesen Straßen patrouillieren, und niemand kann ohne Zustimmung des Propheten ein- oder ausgehen. Trotzdem haben sich Hunderte von Familien, die alle verzweifelt den Schutz und die Führung suchen, die der Prophet zu geben scheint, für einen Platz in einem der hier entstehenden bescheidenen Häuser angemeldet. Idioten.

Wir halten dort an, wo ein Bautrupp einen Keller aushebt.

Ich lasse mein Fenster herunter und winke den Vorarbeiter zu mir herüber. »Tony.«

Er ist ein großer Mann, breit, spielte früher für die Crimson Tide, bis er verletzt wurde … und dann traf ihn etwas Schlimmeres. Religion. Vor allem die meines Vaters.

»Hallo, Adam!« Er springt voller Energie auf. Nicht der Hellste, aber es fehlt ihm nicht an Begeisterung.

Ich gebe ihm einen Umschlag. »Für Vorräte.«

Er nimmt ihn, zieht dann einen grob angespitzten Bleistift hinter seinem Ohr hervor und schreibt *Vorräte* auf den Umschlag, als ob er sich sonst nicht mehr daran erinnern würde, wofür es ist. »Weißt du, die Caldwells haben mir einige Schwierigkeiten gemacht, weil wir all unser Dachdecker-Zeug in bar gekauft haben.«

»Caldwells?«

»Ja, sie haben einen Laden in der Gray's Mill Road. Sie gehen immer in die Kirche und so, aber sie beschweren sich immer über meine Barzahlungen. Mache ich etwas falsch?« Er kratzt sich am Kinn, und sein roter Bart ist lächerlich voll im Gegensatz zu seinem schütteren blonden Haar.

»Nein. Du machst das gut.« Ich versuche, ihm etwas zu schenken, was einem ermutigenden Lächeln ähnelt.

Er zuckt zusammen. »Okay, na dann. Ich werde einfach wieder an die Arbeit gehen.«

»Klingt gut«, ruft Noah, bevor ich antworten kann, und fährt dann die schlammige Straße hinunter. Er lacht, während er den Wagen wendet.

Ich blicke finster drein. »Was?«

»Du erschreckst ihn zu Tode.«

»Ich war höflich.«

»Sicher, aber du erschreckst ihn immer noch zu Tode … und er ist wie groß? An die zwei Meter?« Sein Lachen wird lauter. »Zum Beispiel, als du versucht hast, zu lächeln, dachte ich, er würde sich in die Hose pissen.«

»Ich habe gelächelt.«

»Nein, das hast du nicht.« Wir fahren zurück zum Herzstück des Geländes.

Ich wechsele das Thema. »Ich schätze, das bedeutet, dass wir bei den Caldwells vorbeischauen müssen.«

»Igitt.« Sein Lachen versiegt. »Ich hasse das.«

Wir treffen auf den schwarzen Asphalt, als ein weißer Truck an uns vorbeifährt.

»Wir müssen es tun. Diese Art von Gerede kann zu Schwierigkeiten führen. Die Caldwells müssen lernen, das Geld zu nehmen und verdammt nochmal die Klappe zu halten. Das Letzte, was wir brauchen, ist, dass die Bundessteuerbehörde Wind von irgendwelchen Unregelmäßigkeiten bekommt.«

Wir schlängeln uns durch das Grundstück, wobei wir beide es vermeiden, uns umzudrehen und einen Blick auf das niedrige graue Betonziegelgebäude zu werfen, das tief in einer der Senken vergraben ist. Das Pfarrhaus.

»Gut, wir können hinfahren.« Noah fährt sich mit der Hand durchs Haar. »Aber verletze einfach niemanden, okay? Ich glaube nicht, dass ich das heute ertragen kann.«

»Immer noch sauer wegen Gregory, was?« Ich lasse meine Knöchel knacken.

Seine Laune wird noch schlechter. »Ich kann immer noch nicht glauben, dass Dad mich dazu gezwungen hat.«

»Gregory hat es überlebt. Ende gut, alles gut.« Ich lehne mich gegen die Kopfstütze.

»Woher hast du diese Knochen?« Er wirft mir einen seitlichen Blick zu.

»Ich habe meine Wege.«

»Ernsthaft, Mann. Ich meine, es ist großartig. Ich bin froh, dass wir Gregory nicht töten mussten. Aber warum hast du ein geheimes Knochenversteck, aus dem du dir etwas herauspicken kannst?«

»Vielleicht bin ich der Psycho, den Dad immer wollte.« Ich zeige auf die Eingangstore.

»Bringen wir es hinter uns. Fahr.«

»Willst du es mir wirklich nicht sagen?«

»Nö.«

»Arschloch.« Aber sein Murren ist nur halbherzig.

Ein geheimes Knochenversteck? Nein. Das Wissen, wo die Himmlische Polizei die ganzen überfahrenen Tiere, die sie auf dem Grundstück findet, ablädt? Ja.

Die Wache am Tor, die das private Gelände von der riesigen Kirche der Himmlischen Dienste trennt, winkt und öffnet für uns. Das Schmiedeeisen schiebt sich zur Seite, und wir rollen auf den breiten Parkplatz und dann den Hügel hinunter zur Autobahn.

»Es liegt links. In der Nähe der Stelle, an der sich der Bach beim Einkaufszentrum teilt, das der Tornado getroffen hat.«

»Ach ja, daran erinnere ich mich. Dort gab es davor einen großartigen Chinesen.«

»Das war vor langer Zeit.« Als wir noch Kinder waren, als die Himmlische Mission nichts weiter als ein riesiges Stück Land war. Als unser Vater innerhalb der Kirche aufstieg und noch nicht klinisch verrückt war. Als wir *normale* Kinder waren, die in eine religiöse Schule gingen und einen Prediger als Vater hatten. »Mama ist einmal mit uns dort gewesen.«

»Ja.« Er schluckt und fährt, während das Geräusch des Windes durch unsere dunklen Gedanken rauscht.

Wir fahren in das Einkaufszentrum und parken vor

Caldwell's, einem Tante-Emma-Baumarkt mit einem respektablen Holzlager draußen.

»Lass es ruhig angehen.« Noah ist immer der Friedensstifter gewesen. Aber manchmal ist Frieden keine Option. Dann komme ich ins Spiel.

»Solange sie das Richtige tun.« Wir gehen hinein, und eine kleine Glocke oben an der Tür klingelt. Die Regale stehen in sauberen Reihen, die Ware ist nach vorne gerichtet. Die Caldwells sind stolz auf ihre Einrichtung. Gut. Das ist etwas, was ich benutzen kann.

»Kann ich Ihnen helfen?« Ein Mann mittleren Alters mit grauen Sprenkeln in seinen dunklen Haaren beugt sich über den Tresen zu meiner Rechten. Sein herzliches Lächeln und die John-Lennon-Brille geben ihm eine freundliche Ausstrahlung, die perfekt zu ihm passt.

»Mr. Caldwell?«

»Das bin ich. Kennen wir uns?«

Ich schlendere den Gang mit den Nägeln und Schrauben hinunter, während Noah sich gegen die Eingangstür lehnt und sie blockiert. Ich schnappe mir einen Hammer aus einem Regal, fühle sein Gewicht und gehe zurück zur Theke.

Mittlerweile steht Mr. Caldwell aufrecht. »Sie sind doch die Söhne des Propheten, nicht wahr?«

»Das sind wir.« Ich schlendere zu ihm hinüber und lege den Hammer auf die eingekerbte Holztheke.

»Brauchen Sie einen Hammer?« Er blickt nach unten.

»Das kommt darauf an.«

Er spielt mit den Taschen seiner khakifarbenen Schürze, auf deren Vorderseite in grünen Buchstaben Caldwell's aufgedruckt ist. »Worauf?«

»Sie.«

Er hört auf zu zappeln. »Wieso?«

Ich will diesen Mann nicht verletzen. Nicht so, wie ich Newell verletzen wollte. Aber ich würde es tun.

Ich fahre mit den Fingerspitzen am Holzgriff des Hammers entlang, aber halte meine Augen auf seine gerichtet. »Ich habe gehört, dass Sie sich über die Geschäfte mit der Kirche beschwert haben. Sie wissen es nicht zu schätzen …«

»Moment. Alles, was ich sagte, war, dass …«

Ich halte einen Finger hoch. »Psst. Dies ist der Teil, wo Sie zuhören.«

Das Blut fließt aus seinem Gesicht, und ich habe nicht einmal meine Stimme erhoben.

»Wenn unsere Jungs bei Ihnen etwas kaufen, werden sie mit Bargeld bezahlen. Sie werden damit kein Problem haben. Sie werden unser Geld nehmen und sich bedanken. Verstanden?«

Er nickt.

Jemand klopft an die Tür, aber ein Blick von Noah lässt ihn zurückweichen.

»Wenn ich von weiteren Problemen höre«, ich hebe den Hammer, »dann muss ich wiederkommen. Und das will ich wirklich nicht.« Ich mache eine Show daraus, mich umzusehen. »Sie haben hier einen schönen Laden. Sauber, sehr gepflegt. Ich kann sehen, dass Sie stolz auf das sind, was Sie haben. Also lassen Sie ihn weiterhin schön aussehen. Halten Sie Ihre Türen offen. Und nehmen Sie weiterhin unser Geld und halten Sie den Mund. Haben wir uns verstanden?«

»J-ja, Sir.« Er schluckt hörbar.

Ich lasse den Hammer mit einem Knall auf die Holztheke fallen, und er zuckt zusammen.

»Noah, wir sind hier fertig.« Ich gehe weg und wende mich dann der Tür zu. »Wir sehen uns beim Sonntagsgottesdienst, Mr. Caldwell.«

Ein Flyer am Fenster fällt mir auf. Ein Poster mit vermissten Personen. Ich halte inne, schaue genauer hin und sehe Delilahs graue Augen, die mich anstarren.

GRACE LEHNT auf der Kante des breiten Konferenztisches, und ihre blauen Augen sind auf mich gerichtet, während ich meine Anzugsjacke ausziehe und sie über die Rückenlehne eines Ledersessels hänge.

»Nett von dir, dass du dich mir anschließt.« Ihr Ton ist seidig, trügerisch wie immer.

»Bringen wir es hinter uns.« Ich lasse mich auf einen der Stühle fallen, und die Rückenlehne federt, weil die Möbel nie benutzt werden. Ich nehme an, dass die Oberinnen für diesen Teil des Klosters nicht viel Verwendung gefunden haben.

»Ist das die einzige Begrüßung, die ich bekomme?« Sie spitzt ihre Lippen zu einem falschen Schmollmund.

Ich reibe mir die Augen, und meine Knöchel

pochen von dem Schaden, den ich gestern angerichtet habe. »Was willst du von mir, Grace?«

Sie geht um den Tisch herum, stellt sich angelehnt neben mich, und ihre lächerliche schwarze Kutte bedeckt sie von Kopf bis Fuß.

»Ich erinnere mich an Zeiten, als du dich gefreut hast, mich zu sehen.« Sie gleitet mit ihren Fingern meinen Bizeps hinauf und sieht mich so einladend an, wie sie kann.

Ich schlage ihre Hand fort. »Ich bin geschäftlich hier. Nichts anderes. Was haben du und dieser Idiot Newell für die Wintersonnenwende geplant?«

»So einfach ist das für dich, nicht wahr?«, knurrt sie. »Einfach Leute wegwerfen?«

»Da ist die Grace, die wir alle kennen und lieben.«

»Die Grace, zu der *du* mich gemacht hast.«

»Ich habe dich zu nichts gemacht.« Ich will die Vergangenheit nicht wieder aufwärmen. Nicht schon wieder.

Sie zieht ihren Rock hoch, wirft ein Bein über meinen Schoß, und die Spitze ihrer schwarzen halterlosen Strümpfe schaut unter den dunklen Stofffalten hervor, während sie sich auf mich setzt. »Hast du uns vergessen?«

»Es gibt kein *uns*.« Ich wende mich von ihr ab, dem Monster, das ich erschaffen habe.

Sie gräbt ihre Nägel in meinen Kiefer und zieht mich zu sich heran. Ich halte sie nicht auf. Es wäre einfach und befriedigend, ihr auf den Arsch zu schlagen, aber diesmal hat sie sich eindeutig etwas

Mühe mit ihrer Theatralik gegeben. Sie kann sie genauso gut herauslassen.

»Ist es ihretwegen?«

»Wegen wem?«

»Deiner neuen Schlampe?« Sie greift härter zu. »Delilah?«

»Halte sie da raus.«

Sie lässt los, zieht ihre Kutte aus, und ihre blonden Haare fallen ihr um die Schultern und erinnern mich an die dummen Kinder, die wir früher waren. Sie sind tot und verschwunden.

»Es kann wieder gut sein, weißt du?« Sie beugt sich vor und flüstert mir ins Ohr.

Ich greife nach den Armlehnen des Stuhls, um mich davon abzuhalten, sie wegzuschieben und ihren Schädel auf den Tisch zu schlagen, bis sie aufhört, sich zu bewegen. Es wäre so einfach, ihr das Genick zu brechen. Ein schlankes, zartes Ding, das weniger Kraft benötigt, als ich je zuvor gebraucht habe. Das letzte Knacken würde sich wie ein glückseliges Amen am Ende einer Arie aus der Hölle anhören.

Sie senkt ihre Wimpern. »Ich kann dein kleines Mädchen sein.«

Meine Hand ist an ihrer Kehle, bevor ich sie zurückhalten kann. Ich drücke zu. Fest. Es fühlt sich gut an. Als ihre Augen sich weiten und sie sich in meine Hände krallt, genieße ich den beißenden Duft der Angst, der die Luft um sie herum färbt. Ich will ihren Tod. Wenn sie es vorher nicht wusste, weiß sie es jetzt.

»Behalte deine verdammten Krallen bei dir.« Ich schiebe sie von mir weg. Sie schlägt gegen den Bürostuhl zu meiner Rechten und landet auf dem Boden. Ihre Brust hebt sich, während sie Luft in ihre Lungen zieht.

Als sie zu mir aufschaut und der Hass in ihren Augen brennt, möchte ich sie anspucken. »Dachtest du, wir könnten einfach so tun, als wäre nichts passiert?. Dass *sie* nie passiert ist?«

Sie zuckt zusammen. »Das ist so lange her, und …«

»Halt verdammt nochmal die Klappe.« Ich schnippe mit den Fingern. »Gib mir den Scheiß, den du für die Sonnenwende geplant hast, und ich übernehme von hier an.«

»Wir sollen zusammenarbeiten.« Sie zieht sich hoch und richtet ihr Kleid auf. »Das ist es, was der Prophet will.«

»Und wir tun immer, was er sagt, nicht wahr?« Ich knurre.

Ihr Zorn lässt nach und Tränen leuchten in ihren Augen. »Adam, bitte. Wenn der Prophet herausfindet, dass ich in dieser Sache nicht getan habe, was er will …« Sie holt tief Luft. »Bitte, lass mich mit dir arbeiten. Ich werde nichts anderes versuchen. Ich schwöre es. Rein geschäftlich, okay?«

Ich ringe mit meinem Ärger, aber ich nicke ihr kurz zu. »Gut. Zeig mir die Pläne.«

KAPITEL NEUNZEHN

Delilah

ICH HÖRE den Klang seiner Schritte. Als er mein Zimmer betritt, knie ich, und mein Kleid liegt über dem Fußende meines Bettes.

Er lässt eine Papiertüte neben die Tür fallen, dann kommt er herüber und setzt sich vor mich. Sein Geruch weht mir zu, eine Art Seife, die mit der Natur vermischt ist. Ich vergesse, dass ich seit fast einer Woche nicht mehr wirklich draußen war. Abgesehen von den kurzen Fahrten um den Campus im weißen Bus verbringen wir keine Zeit außerhalb des Klosters.

»Woran denkst du?« Seine Stimme ist seidig.

Ich begegne seinem Blick und benehme mich bereits wie sein ausgebildeter Hund. »Daran, wie schön es wäre, nach draußen zu gehen.«

»Warum?«

Ich zucke mit den Schultern. »Ich weiß es nicht. Es wird irgendwie klaustrophobisch hier drin, denke ich.«

»Wenn der Prophet dich außerhalb des Klosters umherstreifen ließe, könnten die Wölfe dich erwischen. All die Männer, die dir wehtun wollen, die gefallene Welt, die dich verderben will.« Sarkasmus verdreht jedes Wort in eine andere Form. »Du bist hier drin jederzeit so viel sicherer. Mit mir.«

Er streckt seine Hand aus und streicht mit den Fingern durch mein Haar. Er beugt sich ein wenig nach vorne, und sein Blick schweift tiefer … zu der Verletzung, die ich zu verbergen versuche.

»Was ist das?«

Ich ziehe meine Hand zwischen meine Schenkel. »Nichts.«

Er greift nach meinem Kinn und richtet meinen Blick auf sich. »Was haben wir über Vertrauen vereinbart, kleines Lamm?«

Scheiße.

»Zeig es mir.« Seine Augen verengen sich, als ich meine Hand hebe. »Gebrochener Finger.« Er fährt mit seiner Hand an meiner Schulter entlang und schiebt die Haare weg. »Und jemand hat dich geschlagen. Fest. Wer?«

»Ich hatte einen Unfall …«

Er schnalzt mit der Zunge, und seine dunklen Augen funkeln wie Obsidian. »Vertrauen, kleines Lamm. Wenn du mich anlügst, ist dieses Vertrauen gebrochen. Und sobald es zerstört ist …« Er stürzt sich nach vorne und reißt mich hoch.

Ich schreie auf, als er mich auf das Bett wirft, auf mich krabbelt und seine Hände meine noch wunden Handgelenke ergreifen und mich unter ihm festhalten.

»Wie ich schon sagte, kleines Lamm, wenn du dieses Vertrauen brichst, gehört dein Körper mir. Und ich werde mit dir alles tun, was ich will. Es wäre schade für dich, wenn du das, was hier vor sich geht, falsch interpretieren würdest.« Er drückt meine Handgelenke stärker zusammen und bringt den Schmerz von jenem Tag auf dem X zurück. »Ich habe die ultimative Kontrolle über dich. Und es gibt nichts, was du tun kannst, um mich aufzuhalten. Aber«, er bringt seine Lippen zu meinem Ohr, »ich habe dir eine Chance gegeben, mich in Schach zu halten. Wenn du lügst …«

Ich beiße mir auf die Lippe, damit sie nicht zittert, als er zu meinen Augen zurückfindet. Sein Hunger ist greifbar, und ich zittere bei dem Wissen, dass ich die Mahlzeit bin, die er am meisten begehrt. Ich fürchte Grace und ihre Strafen. Doch als er auf mich herabblickt, wird mir klar, dass ich ihn viel mehr fürchte. Es gibt eine Dunkelheit in ihm, die bodenlos zu sein scheint.

»Letzte Chance, kleines Lamm.« Er drückt meine Handgelenke zusammen.

»Grace.« Die Furcht in mir kommt in der Form dieses einen Wortes heraus.

»Sag mir, was passiert ist.« Er entspannt seinen Griff und gleitet mit seinen Händen an meinen Unterarmen herunter.

Seine Berührung hinterlässt eine Gänsehaut. »Sie hat mich aus der Klasse geholt …«

»Was stand heute auf dem Lehrplan?« Er streichelt meinen Hals mit seiner Nase.

Mein Gesicht brennt. »Es war … Sie haben, ähm …«

Er lacht leise, dunkel. »Ja?«

»Ein Pinkel-Ding.«

»Schon jetzt Natursekt?« Sein dunkles Haar kitzelt an meiner Wange entlang. »Die Oberinnen fangen früh an. Also, wurdest du angepisst oder …«

»Nein.« Ich schüttele den Kopf. »Grace rief mich heraus. Also ging ich in ihr Büro.«

Er spannt sich an. »Was dann?«

»Sie schloss die Tür ab und fragte mich nach dir.«

»Nach was über mich?«

»Über den Spiegel.«

»Ah.« Seine Lippen streichen an meinem Hals entlang, und zwischen meinen Schenkeln sammelt sich Wärme.

»Und was hast du ihr gesagt?«

»Nichts. Deshalb …«

»Deshalb hat sie dir wehgetan.«

»Ja.« Ich atme tief durch.

»Danke, dass du ehrlich zu mir warst, kleines Lamm.« Er lässt mich los, kniet sich zwischen meine Beine und zieht meine Hand in seine. »Wie schlimm gebrochen?«

»Am Knöchel, aber Abigail sagt, dass er gut heilen sollte.«

»Gut.« Er legt mich sanft auf das Bett. Solch ein Widerspruch … in der einen Minute bedrohlich und in der nächsten sanft. »Dann sollte es deine Chancen nicht schmälern.«

»Meine Chancen?«

Sein Kiefer spannt sich an, aber er reagiert nicht, sondern fährt einfach mit den Fingerspitzen meine Oberschenkel hinunter, umkreist meine Knie und kommt dann wieder hoch. Er hält bei meinen Hüftknochen inne, streicht mit seinen Daumen hin und her, während seine Handfläche entlang meiner Hüften ausgebreitet ist. »Ich werde mich um Grace kümmern. Sie hat mir nicht gehorcht, als sie dich verletzt hat. Ich werde sie bezahlen lassen. Nun, was hast du deiner Mutter gesagt, als du ins Kloster eingetreten bist?«

Die Frage reißt mich aus dem Zauber heraus, den seine Berührungen auf mich ausüben. »Meiner Mutter?«

»Was glaubt sie, wo du bist?«

Ich schlucke. Adam ist gefährlich, und das Letzte, was ich will, ist, ihn in der Nähe meiner Mutter zu sehen. Aber warum hat er gefragt?

»Erinnere dich, kleines Lamm. Vertrauen.« Er gleitet mit seinen Händen an meinen Innenschenkeln entlang und spreizt mich weit auf. Völlig entblößt.

»Ich erzählte meiner Mutter, dass ich für ein einjähriges Studienprogramm ins Kloster gehen würde.«

»Hatte sie ein Problem damit?« Seine Finger

zeichnen die Rille nach, wo meine Oberschenkel auf meine Hüften treffen.

Ich keuche bei der intimen Berührung. »Sie … sie mochte es nicht. Wollte nicht, dass ich es tue.«

»Warum nicht?«

Ich kann ihm nicht die ganze Wahrheit über meine Mutter sagen. Also versuche ich es mit einer Halbwahrheit und hoffe, dass er die Täuschung nicht bemerkt. »Sie sagte, es sei eine Sekte. Und gefährlich.«

Seine Finger streifen über meine Haut und entzünden alles, was sie berühren. Es fällt mir schwer, zu atmen, und meine Brustwarzen sind so hart, dass sie kribbeln und schmerzen. »In beiden Punkten richtig.« Sein Grinsen lässt etwas in mir einknicken und verwandelt meine Angst augenblicklich in Verlangen.

»Warum?« Es ist das einzige Wort, das ich herausbekommen kann, während seine wahnsinnigen Finger ihren Kreislauf fortsetzen und mich so nahe an meinem Zentrum streicheln. Ich beiße mir auf die Lippe, als ich daran denke, dass er meine Nässe fühlt und weiß, wie ich auf ihn reagiere.

»Du musst etwas für mich tun.« Er beugt sich nieder, und sein Atem flüstert über mein nacktes Fleisch.

Ich greife nach der Decke. »Was?«

Er atmet ein, und es ist, als ob etwas in seinem Innern klickt, als ob eine Schallplatte von ihrer vorgesehenen Rille abprallt. »Hast du eine Ahnung, wie sehr ich diese bedürftige Muschi verschlingen möchte?«

Ein Beben rauscht durch mich hindurch.

»Ich denke manchmal darüber nach. Heute, als ich zu Mittag gegessen habe, habe ich darüber nachgedacht, wie sehr ich es genießen würde, mit meiner Zunge an deinem nassen Schlitz entlangzulaufen und sie in dich zu schieben. Jedes Stückchen von dir schmecken und an deiner Klitoris saugen will, bis du schreist.«

Alles in mir gerät außer Kontrolle, und für einen verzweifelten Moment erwäge ich, meine Hüften ein kleines bisschen anzuheben. Mich an seinen Mund zu drücken und ihm die Erlaubnis zu geben, jede böse Sache zu tun, die ihm in den Sinn kommt.

»Stört dich das, Jungfrau? Dass ich deine Muschi besitzen und deinen Geschmack auf meinen Lippen tragen will?«

»Bitte …« Ich weiß nicht, worum ich bitte.

»Bitte?« Er bläst auf meine Klitoris, und mein ganzer Körper erzittert. »Bitte leck mich? Ist es das, was du willst?«

Ja. Nein. Meine Stimme ist eingefroren, gefangen in einem Labyrinth aus gemischten Gefühlen.

»Ich glaube nicht, dass du willst, dass ich aufhöre.« Seine dunklen Augen versprechen die Hölle, Vergessen, die Art von Sünde, die niemals reingewaschen werden kann.

Ich schwanke am Rand der Klippe. Noch ein warmer Atemzug von seinen Lippen wird mich stürzen lassen.

Ein Schrei reißt durch den Schlafsaal, gefolgt von

einem Hilferuf. Sarahs Stimme. Ich werde aus der Benebeltheit gerissen, als Adam sich aufrichtet. Sie schreit immer noch, aber ihre Schreie sind gedämpft, und dann kommt noch ein rhythmisches Hämmern dazu.

Ich klettere aus dem Bett und greife nach meinem Kleid.

Adam zieht mich wieder auf seinen Schoß zurück. »Was glaubst du, wo du hingehst?«

»Ich muss ihr helfen.«

»Das kannst du nicht.« Seine Arme sind wie Stahl um meinen Brustkorb.

»Lass mich los!«

Sarahs Schreie zerreißen mich.

»Es gibt nichts, was du tun kannst, kleines Lamm.«

»Ich kann da reingehen und …«

»Und was? Ihrem Protektor gegenübertreten, ihn zu einem Duell herausfordern?« Er legt seine Hand um meinen Hals. »Er wird dir wehtun, genau wie er ihr wehtut. Und dann werde ich ihn töten müssen. Ist es das, was du willst? Mehr Blut an meinen Händen?«

»Nein.« Ein Schluchzen droht aus mir herauszubrechen. »Ich will nur, dass er aufhört.«

»Er wird es nicht tun. Keiner von uns wird das tun. Das ist Teil deines Trainings. Der Prophet wird dich vor den Wölfen beschützen, aber nicht verhindern, dass seine Löwen dich in Stücke reißen. Und je früher du das akzeptierst, desto leichter wird das für dich sein.«

»Ist es das, was du willst?« Ich kralle mich an seiner Hand fest. »Mich brechen?«

»Ich werde dich brechen. Es ist nur eine Frage der Zeit, wann ich mich dafür entscheide.«

»Fick dich!« Ich grabe meine Nägel in seinen Handrücken und kämpfe gegen seinen Griff an.

»Da ist dieser Kampfgeist, den ich gleich am ersten Tag am Feuer in dir sah.« Er spreizt seine Finger entlang meiner Rippen und zieht mich fest an sich.

»Lass mich los!« Ich versuche, mich zu befreien, aber er ist fest, wie Stahl.

»Du wirst diesen Raum nicht verlassen«, knurrt er in mein Ohr, und mein Kampf ist vorbei. Es gibt nichts anderes, was ich tun kann, außer den Schreien und dem erniedrigenden Hämmern des Bettes zuzuhören.

Er seufzt, und sein Atem kitzelt an meinem Ohr vorbei. »Lass uns zu dem Gespräch zurückkehren, das wir hatten, bevor ich so unhöflich durch den Geruch deiner nassen Muschi unterbrochen wurde.«

»Du kannst ihr helfen.«

Er schüttelt den Kopf. »Ich fürchte nicht.«

»Du könntest da reingehen und …«

»*Sie* geht mich nichts an. Nur du.«

Er schiebt sich unter mich und zieht dann ein gefaltetes Blatt Papier aus seiner Tasche. Er schüttelt es auf und reicht es mir. Ich sehe mein Gesicht, das mich anstarrt, darunter die Informationen meiner Mutter. »Haben Sie diese Frau gesehen?« Das steht in riesigen, dicken Buchstaben quer darüber.

Meine Hände zittern, während ich versuche, dem

Flyer einen Sinn zu geben. Die Schreie verstummen, hören zusammen mit dem Hämmern des Bettes auf. Sarahs Tortur ist vorbei. Niemand hat ihr geholfen, nicht einmal ich.

»Ich fand dies nicht weit vom Gelände entfernt. Warum sollte deine Mutter nach dir suchen, wenn du ihr gesagt hast, dass du sicher und gesund im Kloster bist?«

»Ich weiß es nicht.«

»Keine Ahnung?«

»Nein.« Meine Mutter wollte nicht, dass ich gehe. Nicht, weil sie um meine Sicherheit fürchtete, sondern weil sie ihre letzte Chance verlieren würde, Geld für Drogen aufzutreiben. Einer ihrer vielen Freunde machte sie mit Heroin bekannt, während ich auf dem College weg war. Seitdem war sie nicht mehr dieselbe. Nur ein Schein der Mutter, die sich früher um mich gekümmert hat, die so stolz gewesen war, als ich ein Vollstipendium bekam.

Als Georgia starb, dachte ich sogar, dass es vielleicht gut war, dass Mom high war, isoliert von der Trauer. Aber an dem Tag, an dem ich meine Schwester begrub, tauchte meine Mutter in einem schwarzen Kleid auf, das eher für einen Nachtklub als für eine Beerdigung geeignet war. Ihr Haar war unordentlich und die tagealte Wimperntusche unter ihren Augen verschmiert. Trotzdem war ich froh, sie zu sehen, die verblasste Wärme ihrer Umarmung zu spüren. Sie tat so, als würde sie trauern, hielt sogar meine Hand, während ich zusah, wie Georgias Sarg in die kalte, harte Erde hinabgelassen wurde. Zumindest wartete sie, bis wir weggegangen waren, um mich um Geld zu bitten. Ich gab es ihr.

Später musste ich sie wiedersehen, um ihr die Eckpunkte meines Plans zu erzählen, Georgias Mörder zu finden, damit sie mitspielen würde. Sie willigte ein, mein Geheimnis zu bewahren, perfekte Antworten zu geben, falls jemand von der Himmlischen Mission meinetwegen zu ihr kommen würde, und ich musste ihr nur das geben, was von meinem letzten Studentenhilfe-Scheck übrig war, um es geschehen zu lassen.

Wenn ich Adam von ihrer Schwäche erzähle, würde er sie ausnutzen, sie vielleicht brechen, bis sie all meine Geheimnisse ausspuckte. Das konnte ich nicht zulassen.

»Du bist gerade weg. Irgendwas geht hier drinnen vor.« Er streichelt meine Schläfe, geht dann zurück zu meinen Haaren und greift hart zu. »Bist du ehrlich zu mir, kleines Lamm?«

»Ja.« Die Wurzeln meiner Haare schmerzen, als er meinen Kopf zurückzieht, bis ich seinen Blick treffe.

Er starrt, als messe er die Wahrheit im Grau meiner Augen, dann lässt er mich los. »Hol die Tüte neben der Tür.«

Ich krabbele von seinem Schoß. Die Tüte sieht harmlos aus, aber ich öffne sie langsam, während ich mich frage, welche neue Folter sich darin verbirgt. Ich sehe zuerst das Blau. Ich fasse hinein und ziehe meinen Lieblingspullover, einen marineblauen Zopfmuster-

Strickpulli, und dann meine Lieblingsjeans heraus. Ich drücke die Kleidung an mich, als ob sie ein alter Freund wäre. Irgendwie, obwohl ich erst seit einer Woche im Kloster bin, fühlt es sich an, als wären Jahre vergangen, seit ich einen Blick auf mein altes Leben geworfen habe.

»Zieh sie an.« Er beobachtet mich, und die dunklen Augen verraten nichts von seinen Gedanken.

Ich ziehe mir den Pullover über den Kopf, und der Geruch meines alten Duschgels haftet wie ein Geist an den Fasern. Die Jeans passen nicht mehr so gut wie früher. Ich nehme an, dass eine Woche Klosterküche mich fast fünf Pfund gekostet haben.

Er zieht sein Handy aus der Tasche und entsperrt es. »Setz dich auf das Bett, verhalte dich normal und nimm ein nettes kleines Video für deine Mutter auf.« Er erhebt sich und zeigt auf die Stelle, wo er gesessen hat.

Ich folge seinen Anweisungen, setze mich hin, falte die Hände in meinem Schoß und versuche, meine Gesichtszüge der Situation anzupassen.

»Sag ihr, dass du sicher und glücklich bist und dass es nichts gibt, worüber sie sich Sorgen machen muss. Dass du sie bald besuchen wirst.« Er konzentriert sich auf meine Hand. »Versteck die Schiene.«

Ich stecke sie unter meine andere Hand. »Ich bin bereit.«

»Keine Tricks.« Er blickt mich böse an.

»Das werde ich nicht.« Ich schüttele den Kopf und versuche, überzeugend auszusehen. Ich hatte nie irgendeine Art von Codewort mit Mom geprobt, damit sie wusste, dass etwas mit mir nicht stimmte, und es ist auch nicht so, dass ich es benutzen würde. Um genau zu sein, wäre sie wahrscheinlich zu gestresst, um es zu bemerken. Sie muss Hilfe bei den Flugblättern gehabt haben.

»In Ordnung.« Er tippt auf seinen Bildschirm. »Los.«

KAPITEL ZWANZIG

Adam

SIE SPRICHT DIREKT in die Kamera, und ihre großen, grauen Augen funkeln, als sie ihre Mutter anlügt und ihr sagt, dass sie in Sicherheit ist, gut versorgt und nicht verletzt. Ich spiele es in einer Schleife, und ihre sanfte Stimme schwappt wie beruhigende Wellen durch mein Schlafzimmer.

Sie lügt auch mich an. Ich lasse sie lügen. Ich weiß nicht, was sie verbirgt. Vielleicht mag ich das extra bisschen Mysterium. Ich nehme einen Zug von meinem Joint und blase den Rauch nach oben aus, wobei ich darauf achte, meine Sicht auf Delilah nicht zu vernebeln.

»... war meine Wahl, hierherzukommen, Mama. Bitte respektier meinen Wunsch ...« Ihre Augen sehen eindringlich aus, als sie diesen Teil sagt, so als gäbe es eine tiefere Bedeutung, die ich einfach nicht begreifen kann. Auch wenn ich sie jede Nacht nackt ausziehe, versteckt sie sich immer noch vor mir.

»Verdammt.« Ich drücke den Joint aus. Meine Besessenheit muss ein Ende haben. Sie wuchs über Nacht wie ein blasser, weißer Pilz, der sich perfekt dem düsteren Himmel nähert und auf die Sonne hofft.

Vielleicht kann sie meine Sonne sein.

»… ich habe mich nie sicherer gefühlt. Ich habe einen Protektor, der immer auf mich aufpasst und …«

Diesen Teil muss ich herausschneiden. Mein Vater würde nicht wollen, dass das Innenleben seiner abgefuckten Menagerie an die Öffentlichkeit gelangt. Diese Gemeinde basiert auf Geheimnissen, konzentrischen Kreisen davon, alle mit dem Propheten in der Mitte.

Ich reibe mir die Augen und vermute, dass mein Gehirn von dicken Eiern und dieser neuen Sorte Gras, die wir gepusht haben, verwirrt ist.

Sie so zu haben, wie ich sie haben will, ist keine Option. Das ist die einzige Regel, die niemals gebrochen werden darf. Eine Jungfrau zu ficken ist ein sicherer Weg, um für immer hier hinausgeworfen zu werden. Und für mich ist der Preis viel, viel höher. Aber ich kann andere Dinge tun.

Ich beobachte, wie ihr Mund zärtliche Worte formt, die nicht für mich bestimmt sind, und ich befreie meinen pochenden Schwanz aus meinen Shorts. Vorgeben … der Schlüssel, um hier zu überleben … ist etwas, worin ich überaus gut bin. Lügen, heucheln, die Ecken der Wahrheit abschneiden.

Delilah muss sich nicht verstellen. Egal welche Worte über ihre blassrosa Lippen kommen, sie ist meine Wahrheit.

Ich starre auf ihren Mund und weiß, welche köstlichen Geheimnisse er birgt. Wie ihre Zunge an meine gleitet. Wie ihr Atem stockt, wenn ich sie berühre. Wie ihre Seele versucht, sich meinem Griff zu entreißen, bevor sie nachgibt und sich mir öffnet und mir alles von sich mit rücksichtsloser Ehrlichkeit zeigt. Mit harten, knappen Bewegungen bringe ich mich mit ihr als einzigem Gedanken zum Höhepunkt.

»GRÖSSER.« Ich zeige auf den Baumkranz, der die Lichtung umgibt. »Ich will, dass die verschwinden.«

»Das wird ein höllisches Freudenfeuer werden.« Einer unserer Platzwarte, Chase, kratzt sich am Kopf. »Glaube nicht, dass wir jemals ein so großes gehabt haben.«

»Gut.« Ich schnappe mir eine Schaufel und markiere eine Fläche in der Mitte. »Fangt an, die Paletten bis hierher zu stapeln. Fügt das Holz von den Bäumen in die Mitte unten hinzu. Es ist zu nass, um gut zu brennen, aber wenn es einmal Feuer fängt, wird es tagelang schwelen.«

»All das für Weihnachten?«

»Denkst du, unser Herr und Retter Jesus Christus hat weniger verdient?« Ich stoße die Schaufel zu ihm zurück.

Chases bärtiger Mund klappt auf. Zweifel an der Hingabe … das ist die eine Wunde, die kein Mitglied der Himmlischen Dienste ertragen kann.

»Natürlich nicht, Sir. Je größer, desto besser. Er starb für unsere Sünden. Ich werde ihn höher bauen als den Turm zu Babel, wenn das dem Propheten gefallen würde.«

Ich klatsche ihm auf den Rücken. »Guter Mann.« Wenn ich ihm den wahren Grund für das Feuer sagen würde, würde er wahrscheinlich vor Entsetzen sterben. Nur der innere Kreis meines Vaters weiß, dass er zwei Meistern dient. Dem Gott oben und dem Gott unten.

»Ich werde mich sofort darum kümmern.« Er geht auf die Reihe der weißen Lastwagen zu und pfeift seinen Arbeitern zu. »Kettensägen, Jungs!«

Ich schreite zurück zu meinem Auto, und der Winterwind schüttelt die letzten Reste trockener Blätter über mir. Hier draußen, auf der westlichen Seite des Grundstücks, ruft ein Fleck Land nach mir. Aber ich kann nicht dort hingehen. Nicht heute. Nicht, wenn alles in mir schon so roh ist. Der Umgang mit Grace und der Kampf gegen die unentwirrbare Anziehungskraft meiner Jungfrau zerstören das bisschen an Gelassenheit, das mir noch geblieben ist.

Mein Telefon brummt. Ich antworte und setze mich in mein Auto. »Was?«

»Wir haben ein weiteres Problem.«

Ich will schreien, bis meine Lungen brennen. Stattdessen frage ich, was zum Teufel diesmal los ist.

Noah seufzt. »Komm einfach zum Haus hinauf. Papa will uns sehen.«

»Verdammt.« Ich werfe mein Handy auf den Beifahrersitz und schieße die Straße hinunter. Blätter fliegen hinter mir, und ein Eichhörnchen verpasst knapp seine Verabredung mit dem Schicksal, während ich mich durch das hügelige Gelände schlängele, bis ich am Kloster vorbeikomme, dann langsam, während ich mich den öffentlichen Bereichen nähere.

Ich parke hinter dem Herrenhaus des Propheten und steige aus meinem Auto aus, als Noah einen dünnen Rauchstrahl ausbläst.

»Du hast immer noch nicht aufgehört?« Ich strecke meine Hand aus, und er reicht mir die Zigarette. Ich nehme einen Zug, dann schnippe ich sie auf den Boden.

»Das habe ich.« Er zuckt mit den Schultern. »Aber manchmal kann ich nicht anders.«

»Ich verurteile dich nicht.« Das würde ich meinem Vater überlassen. Das ist schließlich seine Stärke.

»Was erwartet uns?«

»Bin mir nicht sicher. Etwas über eine der Jungfrauen.«

»Scheiße.« Ich frage mich, ob er von den Flugblättern in der Stadt Wind bekommen hat.

»Bringen wir es hinter uns.« Er steigt die Treppe vor mir hinauf, und seine Schritte sind leicht trotz der Last des bevorstehenden Schwachsinns unseres Vaters.

Wir treten durch den hinteren Flur ein, und unsere Schritte hallen auf dem perfekt polierten

Marmor wider. Rauch weht aus dem Büro meines Vaters und trägt deutlich den Geruch von Marihuana zu uns.

»Vielleicht ist er high, und es wird alles ein einziger großer Witz sein?« Noahs hoffnungsvoller Tonfall ist dünn.

Ich gehe zuerst hinein. Castro sitzt an dem kleinen Sekretärstisch in der Ecke und baut sich einen Joint. Mein Vater starrt anerkennend auf jenen zwischen seinen Fingern. »Der geht so verdammt glatt runter. Wir sollten den Preis erhöhen.«

»Diese Sorte? Sicher. Das wird kein Problem sein. Sie ist ziemlich beliebt in Mountain Brook.«

»Wenn die reichen Kinder sie lieben, werden sie dafür bezahlen.« Er wirft ihn in einen Aschenbecher und wendet sich dann uns zu. »Jungs, setzt euch hin.«

Wir nehmen gegenüber von seinem Schreibtisch Platz, auch wenn es mich juckt, mich zu bewegen, herumzulaufen, der Fantasie zu frönen, dass ich nicht an diesen Ort gebunden bin, mein Vater nicht an meinen Marionettenfäden zieht.

»Es ist mir zu Ohren gekommen, dass eine Frau aus Louisiana in den letzten Tagen die Gemeinde besucht und Fragen über ihre Tochter stellt.«

Meine Hände werden kalt.

»Nun.« Er beugt sich vor und setzt seine Ich-bin-ein-vernünftiger-Mann-Maske auf. »Ich weiß, dass ihre Tochter deine Jungfrau ist, Adam. Also, erwarte ich, dass du dieses Problem löst. Wir haben normalerweise ausgezeichnete Beziehungen zu den

Eltern all unserer Jungfrauen, und«, er grinst, »Waisen sind noch besser.«

Krankes Arschloch.

»Aber deine hat eine aufdringliche Schlampe als Mutter, um die sich gekümmert werden muss.«

»Ich werde mich darum kümmern.«

»Wie willst du das machen, mein Sohn?« Er versucht, einen Streit anzufangen.

Ich verfalle in einen gelangweilten Unterton. »Ich werde mit ihr sprechen. Sie muss in der Stadt sein. Ich werde zu ihr gehen, ihr die Situation erklären und sie zurück nach Louisiana schicken.«

»Du wirkst zuversichtlich.« Gift rollt von seiner Zunge. »Glaubst du, dass es ausreicht, einfach hinzugehen und es zu erklären?«

»Ja.«

»Was, wenn sie nicht gehen will?«

»Ich werde ihr all die Lügen erzählen, die sie hören will.« Ich schaue ihn an. »Ich habe schließlich vom Besten gelernt.«

Sein Gesichtsausdruck wird wütend. »Dein kluges Mundwerk wird dir noch mehr Peitschenhiebe einbringen. Oder vielleicht brauchst du mehr meiner Überzeugungskraft, um in der Reihe zu bleiben? Vielleicht ist die Peitsche nicht mehr genug für dich?«

»Ich werde mit ihm gehen.« Noah klatscht mit den Handflächen auf seine Oberschenkel. »Dafür sorgen, dass alles reibungslos abläuft.«

Mein Vater lehnt sich zurück, öffnet seine oberste Schreibtischschublade, und sein Blick wandert zwischen meinem Bruder und mir hin und her. Er scheint innerlich eine Art Entscheidung zu treffen, sagt aber nur: »Castro, der Scheiß ist mir ein bisschen zu weich.« Er holt die kreuzförmige Schachtel für eine weitere seiner Lieblingssüßigkeiten heraus.

»Ich kümmere mich darum.« Ich stehe auf.

»Habe ich gesagt, dass du gehen darfst?« Der Ton meines Vaters schwebt am Rande einer zerklüfteten Klippe.

Ich nehme meinen Platz wieder ein und warte, während er zwei Reihen arrangiert und beide schnieft. Als er fertig ist, wischt er sich die Nase ab und schaut in einen Spiegel.

»Wie geht es mit den Vorbereitungen zur Wintersonnenwende voran?«

»Gut.«

»Du kommst mit Grace aus?«

»Ja.«

»Ja *was?*«

Eine kurze Vision von mir, wie ich über seinen Schreibtisch springe und ihm das Leben aus dem Leib würge, während Castro versucht, mich von ihm herunterzuziehen, geht mir durch den Kopf. Zähneknirschend antworte ich: »Ja, *Sir*.«

»Gut.« Er winkt uns mit der Hand zu. »Verschwindet verdammt nochmal von hier.«

KAPITEL EINUNDZWANZIG

ZWANZIG JAHRE ZUVOR

Adam

»DAS IST SO VERDAMMT LAHM.« Ich lache, als Brody, mein bester Freund, sein Bestes bei einem Skateboardtrick gibt.

»Halt die Klappe.« Er greift mit einem breiten Grinsen im Gesicht nach seinem Brett. »Versuch du es doch mal, Arschloch. Du bist der Auserwählte und alles.«

Ich schüttele den Kopf. »Nein, das ist mein Vater.« Ich nehme ihm das Brett weg und gehe die Straße zur Sackgasse hinauf. Wir leben direkt neben dem Campus der Briar Baptist Church in einer Reihe von Häusern, die für den Klerus reserviert sind. Ein paar Vorhänge bewegen sich in den niedrigen braunen Häusern, die den Weg säumen.

Mit zwölf Jahren bin ich größer als jeder andere in meiner Klasse, und meine neu gefundene Größe macht mich beim Skateboarden noch schlechter als Brody, aber ich muss versuchen, es ihm zu zeigen. Noah sitzt auf unserer Veranda, und sein honigfarbenes Haar weht in einer leichten Brise, während er mit Spielzeugautos spielt.

Ich lasse das Brett mit einem Klappern auf die Straße fallen. Der Donner dröhnt im Westen, da eine weitere Warmfront kommt, um dem Frühling Leben einzuhauchen.

Ich stelle mich auf das Brett, stoße mich einige Male ab und fahre dann auf beiden Füßen den leichten Hügel hinunter in Richtung Brody. Er steht mit dem gleichen Grinsen da, die Arme über seiner Hühnerbrust verschränkt. Noah hält inne, um mit offenem Mund zuzuschauen, und hat das Autorennen vergessen.

Ich beuge meine Knie, springe und versuche, das Brett einmal in der Luft drehen zu lassen. Es dreht sich, aber nicht weit genug, und ich schlage mit meinen zu langen Armen eine Minute lang um mich, bevor ich falle und mit dem Kinn auf den Bordstein schlage. Lichter aus.

»… so viel Ärger bekommen, wenn er nicht zu sich kommt.« Brody taucht in meinem Sichtfeld auf. »Oh, Scheiße. Er ist wieder da.«

Ich blinzele und setze mich auf. Mein Kinn schmerzt, und Noah weint neben mir. Große, fette Tränen rollen über seine pummeligen Wangen.

»Mir geht es gut.« Ich drücke seine Schulter. »Es ist

in Ordnung.« Vorsichtig berühre ich mein Kinn. Meine Finger sind danach blutig.

Brody machte eine Show daraus, sich die Stirn abzuwischen. »Mein Gott. Du hast mich zu Tode erschreckt.«

»Ich dachte, ich hätte es im Griff.«

Er hat gelacht. »Nicht einmal annähernd. Gott sei Dank bist du nicht gestorben. Ich hätte das nicht überlebt. Ich kann jetzt die Schlagzeile sehen: ›Brody Clevenger, teuflisch hübscher junger Mann, tötet versehentlich Adam Monroe, den Sohn des Predigers.‹«

»Du bist ein Idiot.« Ich kämpfe mich hoch, und die Welt wird für eine Sekunde schwarz, bevor sie mit einem Donnerschlag wieder in den Mittelpunkt rückt.

»Im Ernst, ich fühlte mich wie Neville, als er dachte, er hätte Harry Potter getötet.«

»Wir dürfen nicht über diese Bücher sprechen.« Noah hat aufgehört zu weinen.

»Siehst du hier irgendwelche Eltern, Kind? Irgendwelche unsichtbaren Eltern, die darauf warten, uns zu verhaften, weil wir in unserer Freizeit ein wenig Hogwarts genossen haben?«

»Das ist das Werk des Teufels. Wenn du das liest, kommst du in die Hölle.« Noah ist ernst geworden, ein perfekter Spiegel meines Vaters.

Ich zerzause sein Haar. »Niemand kommt in die Hölle.« Ich glaube nicht an die Hölle. Es scheint ein idiotisches Konzept zu sein, aber ich habe mich nie getraut, so etwas laut auszusprechen.

»Das werden wir noch sehen.« Brody grinst. »Ich habe gerade Karten für das Rock Roundup im Amphitheater bekommen. KISS ist der Hauptact.«

»Ernsthaft?« Ich kann nicht beurteilen, ob er die Wahrheit sagt oder ob ich eine Gehirnerschütterung habe.

»Ich würde dich nicht mit Musik verarschen.« Er schlägt mir auf die Schulter. »Das weißt du. Und ja, ich habe ein extra Ticket für dich. Aber du musst dem lieben alten Dad sagen, dass du zum Bibelstudium gehst oder etwas ähnlich Heiliges, damit das funktioniert. Bist du dabei?«

Auf einem Konzert? Einem echten, nicht die lahmen, die wir haben, mit nur christlicher Musik und Mädchen, die zu viele Klamotten tragen? »Ich bin dabei.«

Noah runzelt die Stirn. »Daddy wird nicht …«

»Was Papa nicht weiß, macht ihn nicht heiß, mein Großer. Das bleibt unter uns, okay?« Ich strecke meine Hand aus. Er gibt mir einen widerwilligen High Five.

»Das ist mein Noah.« Ich lächele, und er kann nicht anders, als das Lächeln zu erwidern.

Die ersten Regentropfen fangen an zu fallen, und der Geruch von Wasser auf Asphalt weht um uns herum.

»Ich muss Klavier üben gehen.« Brody streckt seine Faust aus. Sein Vater ist der musikalische Leiter von Briar. »Geh rein und mach ungefähr zehn Pflaster drauf, dann wird es dir gut gehen. Oder vielleicht einfach nur etwas Dreck draufreiben.«

Ich treffe seine Faust mit meiner eigenen. »Wir sehen uns morgen.«

Er winkt und geht die Straße hinauf, springt auf das Gras, während eine Reihe von Autos durch die verschlafene Nachbarschaft fährt. Ich erkenne den Geländewagen meines Vaters an der Spitze der Schlange. Noah und ich sehen von der Veranda aus zu, wie Dad in die Einfahrt fährt und die anderen Autos entlang der Straße parken.

Papa springt heraus und eilt zu uns herüber. »Jungs, ich habe eine Offenbarung gehabt. Ich erzählte den Ältesten in Briar davon, aber sie wandten sich gegen mich. Gegen Gott. Gegen ihren Propheten.«

»Was ist ein Prophet?« Noah neigt den Kopf zur Seite, während er Papa anstarrt.

»Ein Mann, der zu Gott gesprochen hat.« Er kniet nieder und packt Noah bei den Schultern. »Gott offenbarte mir unseren Weg. Er sagte mir, was wir tun müssen, wohin wir gehen müssen, und die Gemeinde, die wir aufbauen müssen.«

»Was meinst du damit, dass du zu Gott gesprochen hast?« Ich kann nichts von dem folgen, was er sagt, und nicht nur, weil er mit einem verrückten Tonfall spricht.

Er steht auf und ergreift meinen Arm mit einem zu hellen Licht in seinen dunklen Augen. »Du wirst schon sehen, mein Sohn. All diese Männer«, ich werfe einen Blick auf den Hof und sehe zwei Dutzend Männer, die sich dort im jetzt strömenden Regen versammelt haben und meinem Vater aufmerksam zuhören, »sie kennen die Wahrheit meiner

Offenbarung. Sie kommen mit uns. Wir brechen heute Nacht auf.«

Ein Blitz leuchtet auf, und der Donner folgt ein paar Sekunden später.

»Papa.« Ich schüttele den Kopf. »Es ist Schule. Ich habe Hausaufgaben auf. Noah hat gerade lesen gelernt. Wir können nicht …«

Sein Gesicht verhärtet sich, und meine Haut kribbelt. »Wir können und wir werden. Wir sind hier, um den Willen Gottes zu tun.«

»Ich dachte, das ist es, was du machst? Du bist der Prediger, also …«

»Nein!« Er schüttelt den Kopf so heftig, dass sein Nacken knackt. »Ich führe ein Rudel Heiden an, die die Gunst Gottes verloren haben. Wir werden ein neues Eden bauen, eine neue Kirche, einen neuen sicheren Hafen für die Gläubigen.« Er beugt sich näher zu mir, so nahe, dass ich seine Augen nicht sehen kann, die mir die Haare auf meinem Arm zu Berge stehen lassen. »Und ich weiß das wegen meiner Vision. Nicht nur Gott ist zu mir gekommen, sondern auch der Vater des Feuers.« Sein Flüstern endet in einer triumphierenden Note.

»Der *Teufel*? Ich weiß nicht, wovon du sprichst …«

»Du brauchst es nicht zu wissen, mein Sohn.« Er richtet sich wieder auf, und die Inbrunst durchströmt ihn immer noch wie Starkstrom. »Du brauchst mir nur zu folgen, deinem Vater, deinem Propheten. Glaube an mich, und du wirst im Paradies auf Erden und im Himmel leben. Es ist mir alles gezeigt worden. Du wirst schon sehen. Ihr werdet es alle sehen.« Er wendet sich an die Männer auf dem Rasen und fordert sie auf, hereinzukommen.

Sie gehen an uns vorbei und füllen unser Haus mit leisen Stimmen, während Noah und ich auf der Veranda stehen … ich sprachlos, und Noah verloren.

»Was ist los mit Daddy?« Er nimmt meine Hand, und seine kleine ist kalt und feucht.

»Ich weiß es nicht. Vielleicht kann Mama ihn zur Vernunft bringen.«

Noahs Kinn zittert. »Ich will nicht, dass Mama mit ihm spricht. Er …«

»Ich weiß.« Ich drücke seine Hand. Er braucht es nicht zu sagen. Immer wenn Mom *den Mund zu voll nahm*, wie Dad es nannte, gab es Konsequenzen.

»Du blutest immer noch«, sagt er mit niedergeschlagenen Augen.

Mein Vater scheint das Blut an meinem Kinn gar nicht bemerkt zu haben.

Ich drehe mich um und starrte die Straße in die Richtung hinunter, in die Brody gegangen ist. Es ist, als wäre er weggegangen und hätte das Normale mit sich genommen, einen Umhang auf dem Rücken, der im Regen mit einer düsteren Welle zum Abschied flattert. Weil nichts mehr normal sein würde. Diese Zeit war zu einem Ende gekommen, genau wie meine Kindheit.

Sowohl Brody als auch die Normalität waren weg. Ich würde keinen der beiden jemals wiedersehen.

KAPITEL ZWEIUNDZWANZIG

Delilah

SARAH BETRITT DEN TRAININGSRAUM, und die Blutergüsse in ihrem Gesicht sind blau und violett gesprenkelt. Sie schaut mir nicht in die Augen, obwohl ich sie wortlos anflehe, ihr Kinn hochzuhalten.

Sie klettert auf den nächsten Tisch, nimmt die Position auf allen vieren ein und wartet darauf, dass Abigail mit dem unvermeidlichen Einlauf beginnt.

Ich nähere mich Sarah, während die anderen Jungfrauen einer Oberin zur Wand des Schmerzes folgen, während sie die Feinheiten der verschiedenen Nippelklammern erklärt.

»Geht es dir gut?« Ich spreche leise, aber das fließende Wasser in der Nähe dämpft das Geräusch.

»Nein.« Sie lässt den Kopf hängen. »Nein, tut es nicht. Zuerst wurde ich angepisst, und dann, letzte Nacht …« Ihre Worte versagen, als sie es ausspuckt.

Ich schlucke, mein Mund ist trocken. »Was ist passiert?«

»Nach was hat es sich angehört?« Endlich begegnet sie meinem Blick, und ihr linkes Auge ist das blutunterlaufene Zentrum einer zerstörten Blume.

Ich beiße die Zähne zusammen, damit meine Lippe nicht zittert.

»Weißt du, er hat mich die letzten Tage seinen Schwanz lutschen lassen. Und ich wollte es nicht, aber ich kann die Verbindung trennen. Ich kann woanders hingehen.« Sie zuckt mit den Schultern. »Ich muss nicht da sein, auf meinen Knien, und mich von einem stinkenden Biest ins Gesicht ficken lassen. Ich kann meine Augen schließen und gehen, wohin ich will. Aber letzte Nacht …« Ihre Stimme bricht diesmal nicht. Sie zersplittert.

Abigail stellt das Wasser ab und tritt hinter Sarahs Hintern. »Herr Allmächtiger, was für ein Chaos.« Sie murmelt wütend vor sich hin und scheint nicht zu merken, dass ich außer der Reihe mit Sarah spreche. Abigail legt eine Bettpfanne unter sie und drückt einen Schwamm mit hoffentlich warmem Wasser aus.

Sarah zuckt zusammen, und das Wasser, das von ihrem Körper fließt, ist rosa gefärbt.

»Zu grob«, murmelt Abigail weiter. »Sie sollten sie trainieren und nicht verletzen.«

»Alles wird gut werden.« Ich streichele Sarahs Haar, eine ebenso verbotene wie natürliche Bewegung.

»Nein, das wird es nicht.« Sie zuckt zusammen, als Abigail einen weiteren Versuch macht. »Nicht, bis …«

Sie muss ihren Gedanken nicht beenden. Es ist sowieso nicht sicher, ihn zu beenden. Es wird ihr erst dann gut gehen, wenn sie von hier weg ist, frei von dem Kloster.

»Delilah!« Die lehrende Oberin bemerkt schließlich meine Abwesenheit.

»Geh.« Sarah lässt ihren Kopf wieder hängen, dunkles Haar bildet eine Mauer um sie herum.

Ich schließe mich den anderen Jungfrauen an und bekomme einen bösen Blick von der Oberin. Sie schaut auf die Schiene an meinem Finger und entscheidet vielleicht, dass ich noch nicht wieder bestraft werden muss. Zumindest hoffe ich, dass sich das in ihrem Kopf abspielt.

»Eve.« Sie deutet dem Mädchen an, nach vorne zu treten. »Du wirst unsere erste Demonstration sein.«

Eve bewegt sich zur Vorderseite des Klassenzimmers und dreht sich um, um dem Rest der Jungfrauen gegenüberzustehen. Ihre Augen sind zu Boden gerichtet, und sie rührt sich nicht, während die Oberin an jeder Brustwarze eine Metallklemme anbringt. Eine Kette verläuft zwischen ihnen und baumelt zu ihrem Bauchnabel hinunter.

»Diese sind auf der niedrigsten Stufe.« Die Oberin gestikuliert, als wäre sie ein Model bei *Der Preis ist heiß*. »Ich würde empfehlen, dass sie auf dieser Stufe bleiben, wenn du nur … ich weiß nicht … versuchst, rein optisch einem Mann zu gefallen. Der Schmerz ist minimal. Aber …« Sie zieht an der Kette, und Eve atmet hörbar aus. »Der Mechanismus funktioniert, indem hier gezogen wird. Jeder Zug wird sie fester zusammendrücken. Nun, viele Männer genießen sie an ihren eigenen Brustwarzen. Es liegt an dir, seiner Führung zu folgen, in sein Herz zu schauen und zu erkennen, welche Arten von Aktivitäten ihm Spaß machen.«

»Was, wenn ich keinen Mann will?«, fragt eine Rotblonde vom hinteren Teil der Klasse mit einer Stimme sanft wie Seide.

Die Oberin lässt die Kette los. »Wer hat das gesagt?«

Das Mädchen, das trotz des Zitterns in ihren Händen ein hoch erhobenes Kinn hat, tritt vor. »Dafür habe ich mich nicht angemeldet. Ich will das nicht. Ich will nach Hause gehen.«

Mein Herz rutscht in den Säurebottich meines Magens. In den ersten paar Tagen gab es mehrere Ausbrüche wie diesen. Mädchen, die tatsächlich dachten, dies sei ein sicherer Ort. Aber sie starben nach den Schlägen aus. Die Schlagstöcke der Oberinnen können bei jeder Jungfrau, die an ihrer Rolle im Kloster zweifelt, Wunder bewirken.

»Stell dich wieder in die Reihe, Sharon.«

»Nein.« Sie verschränkt die Arme über ihrem nackten Bauch. »Ich möchte nach Hause gehen. Lasst mich gehen.«

Die Oberin zieht ihren Schlagstock heraus. »Du solltest dir das noch einmal überlegen.«

»Nein.« Sie huscht zur Wand und schnappt sich einen Rohrstock.

Die anderen Jungfrauen ziehen sich von ihr zurück.

Ich stehe wie versteinert da. Dieses ruhige Mädchen, eines, das nie auf meinem Radar aufgetaucht war, ist bereit, für seine Freiheit zu kämpfen.

»Abigail!«, ruft die Oberin. »Schließ die Tür ab.«

Die alte Oberin schaut von ihrer Arbeit an Sarah auf. »Was in aller Welt ist hier los?«

»Tu es!«

Sie huscht zur Tür und holt einen Schlüsselbund aus einer Rocktasche.

Sharon schwingt den Schlagstock hin und her und wehrt die Oberin ab. »Lass mich los!«

»Du bist hier sicher, Sharon. Du wirst geliebt.« Bedrohung schnürt jedes Wort aus dem Mund der Oberin ab.

»Fick dich! Ich bin nicht irgendeine Hure, die du ausbilden und an irgendeinen sadistischen Freak verkaufen kannst, der den Propheten bezahlt!«

Die Luft verlässt den Raum, als Sharon die Wahrheit ausspricht.

»Das sind Lügen, die dir der Teufel ins Ohr geflüstert hat, Kind.« Die Oberin versucht, näher heranzukommen, aber Sharon schwingt weiter. »Der Prophet liebt, schätzt und behandelt dich als heilig vor allen anderen Frauen.«

Abigail fummelt immer noch an der Tür, während Sharon sich ihr nähert, und der Stock mit jedem ihrer Schritte durch die Luft rauscht.

Flügel entfalten sich in meinem Herzen, und die Spitzen streichen gegen meine Kammern. Hoffnung.

Ich kann nicht entkommen, aber vielleicht kann Sharon es.

Ich stehe neben Sarah, die die Szene mit großen Augen betrachtet.

»Sharon, dies ist deine letzte Chance, die Lehren des Propheten anzunehmen. Folge nicht Satan auf seinem vertrauten Pfad. Lass dich nicht von der schmutzigen Welt verdrehen«.

»Halt die Klappe!«, schreit Sharon und schubst Abigail weg, wobei der Schlüsselanhänger über den Holzboden rutscht. Sie reißt die Tür auf, dann blickt sie auf die Schlüssel.

Holt sie euch. Ich würde sie ihr zuwerfen, wenn ich könnte, aber dazu müsste ich an der Oberin vorbeikommen.

Sie schwingt wieder, ohne zu rennen, wissend, dass sie diese Schlüssel braucht, um eine Chance zu haben, es zu schaffen.

»Die Schlüssel«, zischt Sarah.

Sharon stürzt sich auf sie, gerade als die Oberin ihren Schlagstock schwingt und Sharon verfehlt, als diese sich die Schlüssel schnappt. Die Oberin verliert ihr Gleichgewicht und stürzt zu Boden.

»Lauf!«, rufen eine Menge Stimmen. Meine unter ihnen.

Sie dreht sich zur Tür, macht zwei berauschende Schritte in Richtung Freiheit, und dann eilt Mary vorwärts und schnappt sich eine Handvoll von Sharons Haaren. Mit einem bösartigen Ruck reißt sie sie auf den Rücken, und der dumpfe Aufschlag auf dem harten

Boden ist hässlich und schmerzhaft. Der Stock fliegt aus ihrem Griff und landet im Flur.

Ich drücke Sarahs Hand, die ich irgendwann während der Szene genommen habe. Die Oberin kommt auf die Beine und eilt zu Sharon, während andere Oberinnen den Raum betreten und den Rest der Jungfrauen umzingeln.

Was folgt, ist eine Tracht Prügel, die meine Knie schwach macht, und ich habe Mühe, nicht zu würgen. Sharons Schreie und Rufe hallen im ganzen Kloster wider, aber die Oberinnen, die uns bewachen, zeigen keine Emotionen, und einige von ihnen machen abwechselnd mit. Sie gewähren Sharon keine Gnade und schleifen sie schließlich fort.

Die Priorin betritt mit ihrem an einem Ende blutigen Schlagstock das Klassenzimmer, und stellt sich in die Mitte. »Der Teufel schläft nie. Auch nicht hier im Kloster. Sharon ist der Beweis dafür. Jungfrauen, ihr müsst eure Herzen gegen die Dunkelheit, gegen das Böse der Außenwelt schützen. Hier seid ihr sicher. Hier werdet ihr geliebt. Sharon ist aus dem Licht des Propheten gefallen, zweifellos von Dämonen heruntergezogen. Tretet nicht in ihre Fußstapfen.«

Wir kauern uns zusammen, eine Masse nackter Frauen, die versuchen, eine Art Trost aneinander zu finden. Außer Mary, die stolz bei den Oberinnen steht.

»Das ist genug für heute. Verbringt den Rest des Morgens im Gebet.« Sie dreht sich auf der Ferse um und geht.

»Ihr habt sie gehört.« Die lehrende Oberin treibt uns zu unseren Kleidern und begleitet uns dann zurück zu den Schlafsälen.

Ich sitze auf meinem Bett, und alles in mir ist kalt und brüchig. Sharons Schreie hallen immer noch in meinem Kopf nach, zusammen mit dem Donnern jedes Schlagstocks, jedem Tritt in ihre Rippen, als sie hilflos und zusammengerollt in einem Ball auf dem Boden lag. Wo ist sie jetzt?

Meine Tür geht auf. Ich habe vergessen, sie abzuschließen. Chastity tritt ein und schließt die Tür hinter sich.

»Bist du in Ordnung?« Sie setzt sich neben mich, wirft aber einen Blick auf die Kamera.

»Ich weiß es nicht. Bist du es?«

»Ich muss es sein.« Sie zuckt mit den Schultern. »Dies ist der Weg des Klosters, der Weg, den der Prophet aufgezeigt hat.«

»Hast du jemals …«

Sie schaut wieder in die Kamera und flüstert dann: »Den Propheten in Frage gestellt?«

»Ja.«

»Nein.« Sie schüttelt den Kopf, die Narbe auf ihrer Stirn wird sichtbarer, als sie sich mir zuwendet. »Er ist von Gott gesalbt. Du wirst schon sehen. Bei der Wintersonnenwende werdet ihr sehen, warum er etwas Besonderes ist.«

»Was passiert bei der Wintersonnenwende?«

»Das hier ist leider nicht nur ein geselliger Besuch.« Sie wechselt abrupt das Thema. »Ich habe heute eine bestimmte Aufgabe zu erledigen, und die Priorin hat mir aufgetragen, dich mitzunehmen, um sie zu erledigen.«

»Dann muss es eine schlechte Aufgabe sein.« Ich beäuge sie argwöhnisch.

Sie bewegt sich und kreuzt die Knöchel unter ihrem Rock. »Das ist nicht meine Lieblingsaufgabe, nein. Aber es ist notwendig.« Sie räuspert sich. »Die Priorin wollte auch, dass ich zusammen mit diesem Auftrag eine Botschaft überbringe.« Röte überzieht ihre Wangen, und ihr Unbehagen rieselt in mich hinein. Ich verschränke die Arme über meinen Brüsten, als ob diese winzige Abwehrbewegung den Zorn der Priorin stoppen könnte.

»Nur zu.«

Ihre gütigen Augen werden entschuldigend, aber sie folgt ihren Befehlen. »Sie sagt, dass du ›die Kapelle und das Verhalten ihrer Huren sehen solltest, da du früher als du denkst eine von ihnen sein wirst‹.«

KAPITEL DREIUNDZWANZIG

Adam

DIE SONNE FÄLLT DIREKT auf die Tür des Motelzimmers und überblendet die verblasste Nummerierung. Aber dies ist das richtige Zimmer. Die Himmlische Mission besitzt einen Anteil an den meisten Einrichtungen, die sich um die nächstgelegene Autobahnausfahrt des Grundstücks gruppieren, und das Motel Rapture ist da keine Ausnahme. Die Frau an der Rezeption hat mir einen Überblick über Delilahs Mutter verschafft, einschließlich ihrer schmutzigen kleinen Angewohnheit.

Ich klopfe und warte. Schlurfende Geräusche von innen, und dann geht die Tür knarrend auf. Blaue Augen treffen auf meine, obwohl sie blutunterlaufen sind und an den Rändern hängen. »Was wollen Sie?«

»Ich bin von der Himmlischen Mission.«

Etwas wie ein Lächeln erscheint auf ihrem Gesicht, obwohl es eher einer Grimasse ähnelt. Sie ist erst vierundfünfzig Jahre alt, aber sie sieht eher wie siebzig aus. Als sie die Tür nach innen schwingt, bekomme ich endlich das Gefühl, dass sie wirklich Delilahs Mutter ist. Dieselbe leichte Figur, eine gewisse Art, sich selbst zu tragen … nicht zu steif, aber mit geraden Schultern.

»Machen Sie es sich bequem.« Sie zeigt auf das Doppelbett, das noch gemacht ist, dann wickelt sie ihren rosa Bademantel enger um sich, während sie sich auf die andere Matratze setzt.

Ich halte meine Körpersprache offen und lege meine Ellenbogen auf meine Oberschenkel, während ich mich nach vorne beuge. »Ich möchte damit beginnen, Ihnen zu sagen, dass Ihre Tochter in Sicherheit ist.«

Ihre Augen verengen sich. »Ich glaube Ihnen nicht. Ihre Sekte hat ihr eine Gehirnwäsche verpasst.«

»Ich kann Ihnen versichern, dass das nicht der Fall ist.«

»Warum ist sie dann nicht hier? Sagen Sie mir das, Schlaumeier.« Sie greift nach einer Schachtel Zigaretten auf dem Nachttisch.

»Das Programm, in dem sie sich befindet, ist ein intensives, einjähriges Eintauchen in das biblische Leben.« Ich versuche, eine Art Wärme in meinem Tonfall zu bewahren, auch wenn meine Worte roboterhafte Lügen sind. »Wir achten darauf, dass jeder der Programmteilnehmer die Chance erhält, das

Wort Gottes aus erster Hand zu erfahren, zu seinen eigenen Bedingungen und in der Sicherheit der Himmlischen Mission.«

»Hört sich für mich nach einer Menge Schwachsinn an. Alles, was so viele Worte braucht, ist Blödsinn.« Sie zündet ihre Zigarette an, nimmt einen tiefen Zug, und die Falten auf ihrer Oberlippe erscheinen wie Spalten an der Seite eines prähistorischen Berges. Wie hat diese Frau das außerirdische Wesen im Kloster erschaffen?

Ich lehne mich zurück und beobachte, wie sie mich beobachtet. »Kommen wir zur Sache. Was wollen Sie von mir?«

Sie bläst den Rauch direkt auf mich, hat aber nicht die Lungenkapazität, um die Beleidigung auszuführen, weshalb der Rauch nicht bis zu mir kommt. »Ich will wissen, dass meine Tochter in Sicherheit ist.«

»Das ist sie.«

»Ich will sie sehen. Ich brauche Beweise.«

Ich ziehe mein Handy hervor, rufe das Video auf und spiele es ihr vor. Allein Delilahs beschwichtigende Stimme zu hören beruhigt mich. Ich will sie sehen, aber ich halte das Telefon zu ihrer Mutter, die jedes Wort unter die Lupe nimmt.

»Das ist sie.« Sie winkt die Leinwand weg und wartet nicht einmal, bis Delilah mit dem Sprechen fertig ist.

»Sehen Sie? In Sicherheit, genau wie ich Ihnen gesagt habe.«

Sie lacht und nimmt noch einen langen Zug von ihrer Zigarette. Ich kann tatsächlich sehen, wie die Glut den Stängel in Rekordgeschwindigkeit auffrisst. Dann schnappt sie sich eine andere, zündet sie mit der Sterbenden an und bläst eine Rauchfahne an die Decke.

»Denken Sie, ich kenne meine eigene Tochter nicht? Das Mädchen, das ich an meiner Brust gestillt habe, das ich aufgezogen habe, mit dem ich in meinen Armen geschlafen habe?«

Das, das du deinem Mann zum Opfer fallen lassen hast? Ich schlucke meine Entrüstung herunter. Ich habe kein Recht dazu.

Sie fährt fort: »Ich sehe sie. Sie sieht gut aus. Aber sie sieht nicht *richtig* aus. Etwas in ihren Augen, an ihrer Körperhaltung. Sie haben ihr etwas angetan.«

»Sie ist da, wo sie sein will.«

»Oh, das bezweifle ich nicht.« Sie lacht, ein kratziges, kränkliches Geräusch. »Sie ist genau da, wo sie hinwollte.«

»Dann lassen Sie das also bleiben? Keine Flyer mehr?« Ich ziehe den einen aus meiner Tasche und werfe ihn auf den Boden. Ich habe bereits zwei andere Protektoren die Stadt nach dem Rest absuchen lassen.

»Das kommt darauf an.«

Jetzt kommt es. Ich habe viele Süchtige gekannt. Ihr Trick ist nicht raffinierter als jeder andere. Ich blicke sie an und warte auf die unvermeidliche Frage. Wie jeder Süchtige hat sie keine Ahnung, wie tief sie in den Kaninchenbau gefallen ist … mit den Drogen und mit mir. Ein Junkie aus Louisiana ohne Verbindungen außer ihrem neuesten Taugenichtsfreund könnte in dieser Sekunde verschwinden, und niemanden würde es interessieren. Ich könnte meine Hände um die kreppartige Haut ihres Halses legen und zudrücken. Sie wäre nicht in der Lage, ein Geräusch zu machen. Ich weiß genau, wo ich drücken muss, wie die Blutgefäße in ihren Augen platzen und wie ihr Körper sich anspannen und schließlich, endlich erschlaffen wird. Und wenn ich loslasse, wird die Luft, die in ihr eingeschlossen wurde und in ihr eitert, in einem Todesröcheln herauskommen. Mehr Blut an meinen Händen. Ein weiteres unfreiwilliges Opfer für den Vater des Feuers. Wie zum Teufel bin ich hierhergekommen?

»Hören Sie überhaupt zu?«

Ich richte meine Aufmerksamkeit wieder auf Delilahs Mutter, die sehr lebendig ist. »Nein. Fangen Sie noch einmal von vorne an.«

»Arschloch. Ich *sagte,* Sie können meine Tochter dortbehalten«, sie hebt einen Finger, *»unverletzt,* und ich werde keinen Stress machen. Aber ich brauche etwas Geld, um diese Monate ohne sie durchzustehen.«

Da ist es. Ihre Tochter an den Teufel zu verkaufen, solange sie ihren nächsten Schuss bekommt. Vielleicht sind alle Eltern wie sie. Mein Vater ist es auf jeden Fall.

»Wie viel?«

Sie zieht an ihrer Zigarette. »Hunderttausend sollten reichen.«

Ich lasse mir die Zahl durch den Kopf gehen. Ist es

das, was Delilah wert ist? Eine mickrige Summe. Dreißig Silberstücke.

»Ich könnte gierig sein, wissen Sie.« Sie zuckt mit den Schultern, und ein Stück Asche fällt auf ihren Bademantel. »Aber ich versuche, das vernünftig zu halten.«

Ich erhebe mich und verspüre plötzlich das Bedürfnis, aus diesem Raum herauszukommen, weg von diesem schwachen, profanen Schatten von Delilah. »Fünfzigtausend, und Sie setzen keinen Fuß mehr in diesen Staat. Niemals.«

»Fünfundsiebzig.« Sie macht ihre Zigarette aus.

»Sechzig. Nehmen Sie es oder lassen Sie es bleiben.«

Sie streckt eine lederne Hand aus. »Abgemacht.«

Ich drehe ihr den Rücken zu und gehe zur Tür. »Das Geld wird innerhalb einer Stunde geliefert. Ich will, dass Sie vor Sonnenuntergang die Staatsgrenze überschreiten.«

»Das werde ich.« Sie folgt mir. »Und noch eine Sache.«

»Es gibt keine weiteren Sachen.« Ich öffne die Tür und atme die kühle Luft ein.

»Töten Sie sie nicht.« Ihre Stimme wird leiser. »Nicht so wie die andere.«

Ich bleibe stehen. »Wir haben niemanden getötet.«

»Schön, was immer Sie sagen. Töten Sie einfach meine Tochter nicht.« Es ist das einzig Mütterliche, was sie gesagt hat, obwohl ihre Bitte die Latte ziemlich niedrig legt. »Versprechen Sie es mir?«

»Was ist mein Versprechen wert?« Ich ergreife das Geländer, als eine Taube ein paar Meter entfernt landet. »Soll ich weitere fünftausend von dem Preis runtergehen?«

»Nein. Wir haben uns auf sechzig geeinigt.« Sie antwortet zu schnell, und ich bin einmal mehr angewidert von ihr.

»Dann mache ich mit Ihrer Tochter, was ich will. Halten Sie sich von Alabama fern oder Sie tragen die Konsequenzen.« Ich drehe mich um und blicke sie finster an.

Sie schrumpft zurück in ihr Zimmer. »Bitte töten Sie sie nicht wie Georgia.« Sie schließt die Tür und ich höre, wie das Schloss umgelegt wird.

Georgia … die ermordete Jungfrau. Ich betrachte die Tür. Sie muss Nachforschungen angestellt haben, über den Skandal gelesen und ihn mit der Himmlischen Mission in Verbindung gebracht haben, trotz unserer großen Bestechungsgelder an die örtliche Polizei und die Medien, um es geheim zu halten. *Scheiße.*

Ich könnte die Tür eintreten, sie an den Haaren herausziehen, und niemand würde etwas sagen, während ich sie schreiend die Treppe hinunterziehe. Aber das tue ich nicht. Nicht, weil ich mir Gedanken um sie mache. Sie ist nur ein weiteres Nicht-Elternteil, jemand, der vertrauenswürdig sein sollte, sich aber als leer und von innen heraus verrottet herausgestellt hat.

Anstatt mich an der Frau zu rächen, gehe ich weiter. Das ist es nicht wert, sage ich mir. Ich weigere mich, zu glauben, dass ich sie am Leben gelassen habe, damit Delilah nicht unnötig verletzt wird.

Delilah zu verletzen ist schließlich meine Berufung.

KAPITEL VIERUNDZWANZIG

Delilah

CHASTITY SCHULTERT EINEN RUCKSACK, und wir gehen aus dem Kloster heraus in den stürmischen Nachmittag. Die Sonne scheint, und ich habe noch nie eine solche Freude bei dem Aufsaugen der hellen Strahlen empfunden.

»Gehen wir.« Sie macht sich auf den Weg in die sonnenverwöhnte Gasse, und ich bleibe bei ihr und trinke die Gerüche und Geräusche des Waldes.

Obwohl Grace offensichtlich beabsichtigt, dass diese Reise eine Art Bestrafung sein soll, hebt sich meine Stimmung, als ich zwischen den überhängenden Baumstämmen blauen Himmel sehe und Vogelgezwitscher höre. Ich werde diese Dinge nie wieder als selbstverständlich hinnehmen. Aber ich muss meine Gedanken auf die Erde richten, zu

Chastity. Dies ist vielleicht meine einzige Chance, mit ihr zu sprechen, ohne dass mir jemand zuhört.

»Also, wie bist du ins Kloster gekommen?« Ich stecke meine Hände in den zu großen weißen Mantel, den sie mir vor dem Losgehen gegeben hat.

»Wir dürfen nicht reden.« Sie verschränkt ihre Arme vor der Brust, als eine Brise die kurvenreiche Straße hinunterrauscht.

»Oh, ich dachte nur …«

»Nicht reden.« Sie wirft mir einen strengen Blick zu, dann blickt sie hinter uns.

Ich folge ihrem Blick und sehe einen Protektor, der mit einem über die Schulter gehängten Sturmgewehr die Straße entlangschlendert. *Was zum Teufel …?*

»Grace«, flüstert Chastity und beschleunigt ihr Tempo.

Das ist die einzige Erklärung, die sie geben muss. Sogar beim Spaziergang im Freien auf dem Gelände werden wir beobachtet.

Wir gehen weitere zehn Minuten schweigend, und ich versuche, mich auf die Welt um mich herum zu konzentrieren, um meine Enttäuschung zu mildern. Aber meine Gedanken schweifen zurück zu Georgia, und dann zu Adam. Seine Dunkelheit ist tief, scheinbar bodenlos, aber er hat Newell getötet, um mich zu retten. Dieses eine Ereignis … auch wenn ich nicht darüber sprechen darf … sagt mir, dass irgendwo noch Licht in ihm ist. Vielleicht begraben unter einer Lawine von Finsternis und schrecklichen Taten ist ein Stückchen Hoffnung übriggeblieben. Oder es könnte sein, dass ich wahnhaft bin und nach Dingen suche, die nicht da sind. Aber wenn das wahr wäre, warum sollte er dann wollen, dass ich ihm vertraue? Ist es nur ein weiteres Psychospielchen, das mich kaputtmachen soll?

Wir erklimmen eine weitere Anhöhe, und auf dem Abhang nach unten befindet sich rechts eine Kirche. Sie erinnert mich an Landkirchen, an denen ich auf dem Highway vorbeifuhr, als ich von Louisiana nach Alabama fuhr. In meiner Drohnenüberwachung nahm ich einfach an, dass es ein alter Gottesdienstraum war, vielleicht die erste Kirche der Himmlischen Mission, bevor das riesige Stadionheiligtum gebaut wurde.

Chastity bewegt sich an den Rand der Straße und steuert direkt auf die weiße Kirche mit dem Kirchturm zu, der sich himmelwärts erstreckt. Ein paar Gemeindejeeps und Golfcarts sowie eine schwarze Limousine, die fehl am Platz wirkt, stehen auf dem Kiesparkplatz neben dem Gebäude.

Der Protektor mit dem Gewehr folgt uns in einigem Abstand, eher zur Warnung als eine unmittelbare Bedrohung.

»Ist das die Kapelle?« Ich bleibe so nahe bei Chastity, dass unsere Ellenbogen zusammenstoßen.

»Ja.«

»Was ist sie?«

Sie zieht den Rucksack höher auf den Rücken. »Die Hölle.«

Mein Magen zieht sich zusammen, als unsere Schritte auf dem Kiesparkplatz knirschen. Die scharfkantigen Steine drücken sich in den Boden meiner weißen flachen Schuhe und hinterlassen wahrscheinlich steinerne Abdrücke.

»Folge mir einfach. Sprich mit niemandem.« Sie geht die abblätternden Holztreppen hinauf, deren weiße Farbe abgenutzt ist und deren graue Bretter darunter zum Vorschein kommen, dann öffnet sie eine der Doppeltüren. Warme, parfümierte Luft strömt heraus, als wir die Vorhalle betreten. Das Erste, was mir auffällt, ist violett. Der Teppich, die Wände, die Türen … alles ist in verschiedenen Farbtönen von Flieder bis Aubergine gehalten.

Ein bewaffneter Wachmann sitzt auf einem Stuhl rechts neben der nächsten Doppeltür, die zum Heiligtum führt. Er kaut auf einem Zahnstocher und spielt auf seinem Telefon, während er uns zugrunzt und mit dem Kopf in Richtung des Heiligtums nickt.

Mir dreht sich der Magen um, als schwache Geräusche durch die holzgetäfelten Wände zu mir dringen. Seufzen, Stöhnen, männliches Lachen. Wir sollten nicht hier sein. Ich will mich umdrehen und wieder aus der Tür ins Sonnenlicht stürzen, aber der Protektor, der uns gefolgt war, kommt herein und blockiert den Ausgang.

»Gehen wir.« Chastity geht den Weg über den zu plüschigen violetten Teppich voran und betritt den Lobpreisraum.

Aber es ist überhaupt kein Heiligtum. Der schmale Mittelgang bildet einen Korridor, in dem auf beiden Seiten Gerüste aufgestellt wurden, um zwei Stockwerke von Räumen zu schaffen, die alle offen sind. Einige haben hauchdünne Vorhänge vor sich, andere sind kahl. In jedem befindet sich eine Frau. Einige in der oberen Etage sitzen auf dem schmalen Gang entlang der Vorderseite der Räume und lassen ihre nackten Beine baumeln. Andere liegen in Betten oder unterhalten sich, während sie uns unfreundliche Blicke zuwerfen. Die meisten sind nackt, jung und feindselig, während ich Chastity die Reihe entlang der geschätzt zwei Dutzend Frauen, die in den offenen Würfeln gestapelt sind, folge.

Wir gehen rechts an einem mit zwei Frauen vorbei, in dem ein grauhaariger Mann stöhnend in eine von ihnen hineinstößt, während die andere ihm einen dicken Dildo in den Arsch schiebt.

Ich lege meine Hand über den Mund und werde schneller, wobei ich fast auf Chastitys Fersen trete. Aber sie wird langsamer. Ich schaue an ihr vorbei und sehe einen Mann in einem Anzug im Gang stehen, der drei Frauen in einem Würfel zusieht, die sich gegenseitig lecken und aneinanderreiben. Er ist gerade dabei, seine Krawatte abzunehmen, als wir versuchen, vorbeizugehen.

Er streckt seinen Arm aus und hält uns neben der schmalen Treppe auf, die in die obere Ebene führt. Mitte dreißig, blond, gutaussehend … aber keine Spur von Freundlichkeit ist in seinen hellblauen Augen zu entdecken. »Steht ihr zwei auf der Speisekarte?«

»Nein, Sir.« Chastity schüttelt den Kopf, die Augen niedergeschlagen.

»Ich denke, du solltest es sein.« Er nimmt meine Hand und zieht mich zu sich.

Ich grabe meine Fersen in den violetten Teppich. »Nein.«

»Nein?« Er lacht und reißt mich an sich. »Du sagst Nein zu einem U.S.-Senator?«

Alles Blut läuft mir aus dem Gesicht, und ich kann nicht atmen. Er beugt sich vor, als würde er mich gleich küssen.

Ich schiebe mich von ihm weg und versuche, mich zum Altar zurückzuziehen, aber sein Griff an meinem Handgelenk ist wie ein Schraubstock.

»Schau mal, wer wieder da ist.« Eine Frau in einem schwarzen Bustier und Stöckelschuhen läuft vom oberen Laufsteg die rauen Holzstufen hinunter. »Es tut mir leid, Senator Roberts, aber diese beiden gehören dem Propheten. Wenn Sie mehr Gesellschaft möchten …« Sie schnippt mit den Fingern, und drei weitere Frauen verlassen ihre Zimmer und eilen auf uns zu. »Ich habe genug für Sie.«

Schließlich lockert er seinen Griff so weit, dass ich mein Handgelenk wegreißen kann. Ich frage mich, ob er die heilende Haut wieder verletzt hat, aber alles scheint in Ordnung zu sein.

Er schmunzelt. »Eine Jungfrau also?«

Ich versuche zu schrumpfen, indem ich meine Schultern einziehe und meine Ellenbogen umklammere.

»Ich werde dich wiedersehen.« Er zwinkert mir zu und kehrt zu der Ausschweifung vor ihm zurück.

»Kommt.« Die große Frau im Bustier geht vor uns her, ihre Hüften schwingen und ihr dunkles Haar fällt glatt nach unten.

Sie geht durch eine Tür und ein paar flache Stufen hinauf zum Altar der alten Kirche. Er wurde zu einem Lounge-Bereich umgebaut, Sofas und ein Schreibtisch füllen den Raum. Ein Bereich auf der rechten Seite ist mit einer Mauer abgetrennt und hat eine Tür, die in ein separates Schlafzimmer führt. Das Taufbecken ist mit Erde gefüllt, und exotische Pflanzen mit tiefgrünen Blättern entfalten sich im farbigen Sonnenlicht, das durch das Buntglas fällt. Zwei bronzene Vogelkäfige hängen an den Ästen eines Zitronenbaums, und die Vögel darin sind seltsam still und wachsam.

Die Frau sinkt auf einen verzierten Holzstuhl mit einem goldenen Kissen, der ursprünglich aus der Kirche stammen könnte, und überschlägt ihre Beine. »Nehmt Platz.«

»Wir haben Arbeit zu erledigen.« Chastity reißt ihren Rucksack ab und stellt ihn auf den Schreibtisch.

»Hast du einen Moment Zeit für mich?«

Zuerst dachte ich, dass sie älter ist, aber als ich sie in dem Licht betrachte, das durch die Glasmalerei hineinströmt, würde ich sagen, dass sie vielleicht Ende zwanzig ist. Sie ist wunderschön, und ihre nackten Brüste brauchen nicht die Hilfe des Bustiers, um sich aufzustellen und Aufmerksamkeit zu verlangen. Ich betrachte meine Finger, aber schaue sie erst an, als ich denke, dass sie nicht hinsieht.

»Ich bin nur wegen der Tupfer hier, Jez, sonst

nichts.« Chastitys Stimme wird härter, als ich sie je gehört habe.

Jez streckt ihre Hand aus und berührt Chastitys Rock. »Wie geht es der Narbe?« Etwas in ihrem Gesicht scheint aufzubrechen, und das übertriebene Make-up kann ihren Kummer nicht verbergen.

»Sie tut nicht weh.« Chastity zieht eine Reihe von langen Tupfern, wie extragroße Q-Tips, heraus, die jeweils in einer sterilen Blisterpackung eingeschlossen sind. »Kannst du die Mädchen rufen?«

»Können wir bitte reden? Nur für eine Minute?« In Jez' Augen sammeln sich Tränen, und das tiefe Braun glänzt wie geschmolzene Schokolade.

Chastity wirft einen Blick in die obere vordere Ecke des Heiligtums. Ich folge ihren Augen und sehe eine Kamera mit einem blinkenden roten Licht, das direkt auf uns gerichtet ist.

»Wir können nicht.«

Jez lässt ihre Hand fallen und zieht sich in den goldenen Stuhl zurück, aber sie nimmt ihre Blicke nie von Chastity. Ich schätze es, ignoriert zu werden, während ich versuche, alles wahrzunehmen. Ein Bordell auf dem Gelände. Aber andererseits … was ist das Kloster anderes als ein Ausbildungszentrum für ein Hurenhaus?

»Was ist los?« Jez blickt mich an.

»Die Jungfrauen. Wir kommen hierher? Hier enden wir?«

Jez grinst, und die Wärme, die sie Chastity gezeigt hatte, schwindet, als sie mich von oben bis unten betrachtet. »Bist du zu gut, um etwas Zeit in der Kapelle zu verbringen?«

Das Wort *Ja* leuchtet in meinem Kopf auf und brennt wie eine alte Glühbirne durch. »Ich … ich …«

»Wir sind so weit.« Chastity reicht mir ein Paar medizinische Handschuhe und runzelt dann die Stirn über den gebrochenen Finger. »Pass nur auf, dass du nichts mit der bloßen Hand berührst. Ich gebe dir die Probe. Jede wandert in eines von diesen hinein.« Sie stellt eine Reihe von langen Glasfläschchen auf die Theke. »Bevor du sie hineinlegst, musst du den Namen des Mädchens daraufschreiben. Ich werde ihn entweder sagen oder sie fragen, wenn sie hereinkommt.« Sie zieht einen Edding aus ihrer Tasche und gibt ihn mir, ohne mich anzuschauen.

»Was genau tun wir hier?« Ich betrachte die langen Tupfer.

»Die hier redet zu viel. Ich dachte, Jungfrauen dürfen nur sprechen, wenn man sie anspricht.« Jez zuckt mit den Schultern. »Vielleicht sind die Regeln seit meiner Zeit im Kloster lasch geworden.«

Ich blicke zu Chastity, die mit ihrer Arbeit weitermacht, als hätte sie mich nicht gehört. Ich versuche es noch einmal. »Also, was machen wir hier?«

»STD-Tests.« Jez schmunzelt. »Wir können nicht zulassen, dass die Mädchen den feinen Gentlemen, die dieses Etablissement frequentieren, irgendetwas anhängen, oder?« Ihr Ton sagt mir, dass sie mehr als glücklich wäre, wenn jeder Mann, der sie besucht, mit Herpes gehen würde.

»Was ist mit HIV?«

»Noch mehr Fragen, Jungfrau?« Sie schaut mich von oben bis unten an. »Du bist eine interessante Jungfrau. Wir geben alle sechs Monate Blutproben ab. Aber unsere Kunden machen sich mehr Sorgen um den Tripper als um alles andere.«

»Oh.« Ich sage dieses *Oh,* als ob das alles für mich klärt. Als ob ein Hurenhaus auf einem religiösen Gelände absolut Sinn ergibt. Als ob ich keine Fragen hätte, wie die Jungfrauen hier landen. Ich rechne schnell nach und versichere mich, dass es unmöglich ist, dass jede Jungfrau in die Kapelle kommt. Es gibt nicht genug Platz, und ich habe nicht so viele Frauen auf dem Weg hierher gesehen. Ganz zu schweigen davon, dass ich weiß, dass einige wichtige oder wohlhabende Männer heiraten. Einige der anderen kehren in die Kongregation oder zu ihren Eltern zurück, aber nur sehr wenige.

»Nur zu.« Chastity bewegt sich zur Tür, und Jez geht … mit einem weiteren langen Blick … hinüber und öffnet sie.

Als sie sich umdreht und ihr dunkles Haar zur Seite streicht, erscheint eine Reihe von Narben. Kleine Kreise sprießen in einer Reihe ihre Wirbelsäule hinunter und verschwinden im Bustier. Obwohl ich es nicht mit Sicherheit sagen kann, sehen sie wie Verbrennungen durch Zigaretten aus.

Sie schwingt die Tür auf und ruft: »Mädchen, Zeit für den Test. Kommt her, wenn ihr nicht beschäftigt seid. Wenn ihr es seid, kommt, wann ihr könnt.«

»Ich komme schon«, schreit ein Mann den Korridor hinunter. Einige der Frauen lachen. Andere verlassen schweigend ihre Kabinen und machen sich auf den Weg zu uns. Die meisten sind nackt, was für mich erschreckend normal geworden ist. Ich bin im Kloster öfter nackt als bekleidet.

»Jetzt geht's los.« Chastity senkt sich auf die Knie.

Die erste Frau kommt herein, und ihre Wimperntusche ist bereits verlaufen und auf dem Gesicht getrocknet. Ihre Rippen ragen hervor, und sie sieht zehn Jahre älter aus, als sie wahrscheinlich ist. Sie blickt Chastity böse an, bevor sie sich mir zuwendet. Etwas wie geschmolzene Wut läuft über ihr Gesicht. Sie tritt auf mich zu, aber Jez packt ihren zu dünnen Arm und zieht sie zurück. »Bring es hinter dich.«

»Cherry«, sagt Chastity.

Cherry beugt sich vor und spreizt ihre Backen.

»*Cherry.*« Chastity wirft mir einen spitzen Blick zu.

»Oh, richtig.« Ich schnappe mir den Edding und schreibe den Namen der Frau auf das Fläschchen.

Chastity nimmt einen sauberen Tupfer und führt ihn sanft in Cherry ein, zieht ihn dann heraus und reicht ihn mir. Ich lege ihn in das Fläschchen und drücke den Deckel darauf.

»Ist er schon drin?« Cherry lacht, aber es ist keine Freude dabei.

»Du bist fertig.« Jez winkt die nächste Frau herein.

Wir verbringen die nächsten paar Minuten damit, Proben zu nehmen. Es ist erniedrigend, aber keine der Frauen scheint es zu stören. Sie kommen mit toten

Augen herein und gehen genauso heraus. Die meisten von ihnen sind geradezu abgemagert, obwohl einige füllig sind, als ob sie anders behandelt worden wären, um den besonderen Wünschen bestimmter Kunden zu entsprechen. Es ist mir nicht entgangen, dass Chastity die meisten ihrer Namen zu kennen scheint.

Als wir fertig sind, sammelt Chastity die Fläschchen ein und legt sie in den Rucksack.

»Das war's dann also?« Jez spricht zu kraftvoll, aber die Lautstärke kann die Verwundbarkeit in ihren Augen nicht verbergen.

»Bis zum nächsten Monat.« Chastity hebt den Rucksack. »Ich werde diese so schnell wie möglich ins Labor schicken.«

»So effizient.« Jez tritt näher an Chastity heran.

»Jez …«

Sie berührt das Gesicht von Chastity so sanft, dass ich mich plötzlich deplatziert fühle, wie ein Zuschauer in einer intimen Szene.

»Sie werden es sehen«, zischt Chastity, lehnt sich aber trotzdem in die Berührung von Jez.

Ich drehe ihnen den Rücken zu und gehe einen Schritt zur Seite, bis ich vor der Kamera stehe. Der Winkel ist knifflig, aber vielleicht kann ich sie abschirmen, zumindest ein bisschen.

»Tut es weh?« Jez' Stimme ist sanft, das Giftige verschwunden.

»Nicht mehr.«

»Es tut mir leid.« Jez' Stimme versagt ein kleines bisschen, wie ein Haarriss.

Chastity atmet schwer aus. »Es ist nicht deine Schuld.«

»Deine auch nicht.«

»Wir müssen gehen.«

»Ich weiß.«

Ich kann nicht sagen, ob sie sich umarmen, aber dann klopft mir Chastity auf die Schulter. »Komm schon. Wir müssen zurückkehren.«

Ich sehe Jez' Augen, die Tränen, die überzulaufen drohen, und sie bedeckt ihren Mund mit ihrer Handfläche, um ein Schluchzen zu ersticken.

Chastity geht hinaus, und ihr langer Rock schwingt auf dem grellen Teppich. Ich folge ihr, vorbei am stöhnenden Senator und einigen anderen verdorbenen Szenen. Haut klatscht auf Haut, Frauen stöhnen laut, und ich konzentriere mich darauf, hier herauszukommen. Meine Augen starr nach vorne gerichtet, bleibe ich im Gleichschritt mit Chastity, bis wir aus den Türen in die Vorhalle hinausdrängen. Der Wachmann schaut nicht auf, als wir vorbeigehen, und ein Gewehr lehnt neben den Außentüren. Es war vorher nicht da. Eine Sekunde lang erwäge ich, es zu ergreifen, aber die Dummheit des Gedankens lässt mich weitergehen. Es würde nichts bringen, und schließlich würde ich sowieso bis zum Ende hierbleiben … bis ich erfahre, was mit Georgia passiert ist.

Die kühle Luft umspült mich, als wir in den sonnigen Tag hinausgehen und es sich anfühlt, als ob ich endlich wieder atmen kann. Kein süßliches Parfum mehr oder der schwere Geruch von Sex.

Als wir den Weg zurück zum Kloster zu gehen beginnen, blicke ich hinter uns. Kein Wachmann. Das muss seine Waffe an der Tür gewesen sein. Er ist immer noch in der Kapelle, einer der vielen gesichtslosen Benutzer, die ich gehört hatte, als ich durch die Kapelle ging.

Chastity eilt den Aufstieg hinauf. Ich muss fast rennen, um Schritt zu halten, und ich möchte sie bitten, langsamer zu werden, die Freiheit zu genießen, so lange wir können, aber als wir außerhalb der Sichtweite der Kapelle sind, wirbelt sie sich zu mir um.

Sie schnappt sich meinen Mantel und zieht mich von Angesicht zu Angesicht. »Du wirst *nichts* über das sagen, was du heute gesehen und gehört hast.«

»Das würde ich nicht tun.« Ich versuche, diese grimmige Chastity mit der sanftmütigen aus dem Kloster in Einklang zu bringen. »Ich bin deine Freundin.« Meine Worte sind keine Manipulation. Sie sind die Wahrheit. Seit der Nacht mit Newell wusste ich, dass Chastity anders war als die anderen Oberinnen. Ich wusste einfach nicht, wie anders, bis ich ihre Interaktionen mit Jez sah.

Sie lockert ihren Griff. »Es ist nur, ich will nicht, dass Jez …«

»Schwierigkeiten bekommt. Ich verstehe.« Ich greife ihren Handrücken und lege mein Herz in meine Worte. »Ich würde nie etwas tun, das dich verletzt.« Sie war schon genug verletzt worden, wenn man die

Narbe auf ihrer Stirn und die Gefühle, die sie heruntergeschluckt hat, als wir in der Kapelle waren, beurteilt.

»Vielen Dank.« Sie lässt mich los und tritt zurück, dann atmet sie zitternd aus. Die Harte zu spielen ist nicht ihr Stil, aber sie bringt definitiv ihren Standpunkt rüber, wenn sie es will. »Wir sollten besser gehen.«

Wir gehen Ellenbogen an Ellenbogen, nicht gehetzt, aber nicht langsam, den baumgesäumten Weg zurück zum Kloster hinunter.

»Kann ich dich etwas fragen?«

Sie spannt sich an.

»Nicht darüber.« Ich bewege mein Kinn in Richtung Kapelle. »Etwas anderes.«

»Sicher.« Ihre Antwort ist zurückhaltend, aber ich nehme, was ich bekommen kann.

»Wann warst du eine Jungfrau?« Wenn sie in Georgias *Klasse* war, erhalte ich vielleicht endlich ein paar Antworten.

»Vor drei Jahren. Warum?«

Scheiße. Sie war ein Jahr vor Georgia. »Also, als dein Jahr vorbei war …«

»Es gibt nichts, worüber ich reden möchte.«

Mein Herz wird schwerer und schwerer und flirtet mit der Verzweiflung. »Ich habe mich nur etwas über eine Jungfrau gefragt, die nach dir hier war. Diejenige, die verletzt wurde …« Ich atme tief ein. »Getötet wurde.«

»Es ist uns verboten, über sie zu sprechen.« Ihre Worte sind schroff und signalisieren das Ende aller

Vertraulichkeiten, die gerade zwischen uns ausgetauscht wurden.

Der Kreuzgang kommt in Sicht, und die Gefängnisgitter winken uns näher. Wir gehen in Stille, den Kopf nach unten gesenkt, und die Brise verliert etwas von ihrer Klarheit, die Landschaft macht mir nicht mehr Lust, weiterzugehen.

Als wir ein paar Meter von unserem Gefängnis entfernt sind, streckt Chastity eine Hand aus und hält mich auf.

Ich drehe mich zu ihr um, das Blau ihrer Augen strahlt selbst vor dem Hintergrund des azurblauen Himmels. »Was?«

Sie kaut auf ihrer Lippe, dann sagt sie etwas so leise, dass es mir fast entgeht. »Sie hat über dich gesprochen.«

»Wer?«

Das Türscharnier knarrt, und die Priorin kommt aus dem hinteren Teil des Klosters heraus, wobei ihr raptorenartiger Blick mit unheimlicher Konzentration auf uns gerichtet ist.

KAPITEL FÜNFUNDZWANZIG

Delilah

»GENAU DORT, wo du hingehörst.« Er kommt herein und wirft seine Jacke auf den Boden neben mir, bevor er sich aufs Bett setzt.

Hier gehört niemand hin, aber ich schlucke meine Kritik herunter. »Du bist spät dran.«

»Bin ich das, kleines Lamm?« Er zieht mein Gesicht an seines heran. »Bedeutet das, dass du mich vermisst hast?«

»Nein.« Habe ich ihn vermisst? Ich wehre die Frage ab. »Ich meine, ich habe mich gefragt, ob du das Video an meine Mutter geschickt hast, das ist alles.«

Er dreht seinen Hals und knackt ihn mit nervtötender Präzision. »Das habe ich.«

»Und?«

»Warum so besorgt?« Er schaut auf mich herab,

eine Furche bildet sich zwischen seinen dunklen Brauen.

»Ich …« Ich zucke mit den Schultern und warte mit der plausibelsten Erklärung auf. »Ich weiß, wie die Himmlische Mission mit Außenstehenden umgeht.«

»Oh, ich verstehe.« Er lächelt, langsam und giftig. »Sie lebt, und es geht ihr gut. Sie ist auf dem Weg zurück nach Hause.«

»Wirklich?« Ich habe nicht erwartet, dass meine Mutter so schnell aufgibt. Wenn Adam allerdings ihre Sprache sprach … »Hast du sie bezahlt, damit sie geht?«

»Natürlich. Sie ist eine Süchtige. Etwas, was du versäumt hast zu erwähnen.« Seine Nasenlöcher beben.

Meine Eingeweide ziehen sich zusammen, weil sie nachgab, aber Erleichterung mildert die Enttäuschung … sie scheint den Mund über Georgia gehalten zu haben. Adam wäre nicht so gut gelaunt, wenn sie damit herausgeplatzt wäre.

Und vielleicht mache ich Fortschritte. Ich konnte seit heute Nachmittag nicht mehr mit Chastity sprechen, aber ich muss glauben, dass sie Georgia meinte, als sie »sie hat über dich gesprochen« sagte. Ich habe mich an dieser Flamme der Hoffnung festgehalten und mich für den Rest des Tages davon genährt. Ich richte meine Aufmerksamkeit wieder auf Adam. Nicht, dass das schwierig wäre. In seinem tiefgrauen Anzug und Krawatte sieht er aus wie eine

Art dunkler CEO. »Heroin macht sie zu einer anderen Person. Ich wollte nicht, dass du es erfährst.«

»Schämst du dich dafür?« Er streichelt meine zu warme Wange.

»Ja.« Meine Stimme ist kaum ein Flüstern. Ich hasse es, zuzugeben, dass ich mich für meine eigene Mutter schäme, aber es stimmt. Und vielleicht, nur für einen Moment, fragte ich mich, ob sie sich wieder für mich interessierte. Die Flugblätter, dass sie hierherkam und versuchte, mich zu finden … aber es war nur eine Scharade, eine andere Art von Erpressung. Ich ignoriere die schmerzende Tatsache, dass eine einfache Auszahlung für sie genug ist, um ihre einzige Tochter zu verlassen.

Seine Finger wandern tiefer, zu meinem Hals. »Du hättest es mir sagen sollen. Vertrauen, erinnerst du dich?«

Ich zittere von seiner sanften Berührung und der zurückgehaltenen Gewalt, die sie suggeriert. »Ja.« Ich möchte widersprechen, dass er nie gefragt hat, dass es nicht wichtig war. Aber ich weiß, es wird keine Rolle spielen. Der angespannte Ton seiner Stimme sagt es mir.

»Du weißt, ich muss dich bestrafen.« Er versucht, Reue vorzutäuschen, aber es gelingt ihm nicht ganz. Sein Hunger ist immer noch da, unter der Oberfläche, Krallen, die darauf warten, zu fangen, zu zerreißen und zu zerstören.

Ich kann nicht antworten.

»Auf Hände und Knie.« Er steht auf, knöpft sein

Hemd auf und enthüllt helle, muskulöse Haut mit einer Spur dunkler Haare, die nach Süden führt.

Ich schlucke und krieche auf das Bett.

»Warst du heute draußen?«

Ich drehe mich um und schaue ihn an, während er sich hinter mich stellt.

»Ja, wie hast du …?«

»Ich habe mit Grace gesprochen.« Seine Hände ballen sich zu Fäusten, aber dann schüttelt er sie aus. »Ich habe ihr gesagt, dass du draußen sein darfst.«

»Oh.« Ich erwähne nicht, dass die Art des Ausflugs in ein Bordell nicht das war, was ich mir vorgestellt hatte … aber ich ziehe es dem Eingeschlossensein im Kloster vor. »Vielen Dank.« Ich schaue wieder auf das Kopfteil, und mir fällt auf, dass ich gerade etwas habe, was als normale Unterhaltung durchgehen könnte, während ich völlig nackt bin, auf allen vieren, und kurz davor, von einem Mann bestraft zu werden, der mich eher wie ein Haustier als wie eine Person behandelt. Und ich habe ihm gerade *gedankt.* »Nein.« Das Wort schießt heraus, bevor ich eine Chance habe, es zu stoppen.

»Was?« Er kommt auf mich zu, zieht sein Hemd aus und wirft es auf den Boden.

Ich setze mich auf meine Fersen. »Nein. Du wirst mich nicht bestrafen.«

Er schmunzelt. Das Schmunzeln ist hart und kalt, wie seine Augen. Aber die Hitze geht trotzdem durch mich hindurch.

»Willst du heute Abend so spielen?«

»Ich spiele nicht.« Meine Stimme zittert und ich schiebe mich vom Bett und stehe auf. »Du bestrafst mich nicht. Ich bin kein …«

Er springt vom Bett und hat mich in seiner Gewalt, bevor ich überhaupt auf den Gedanken kommen kann, wegzulaufen. Ich werde mit dem Gesicht zuerst auf das Bett geschleudert, mit seinem Gewicht auf meinem Rücken und seiner nackten Brust, die gegen mich drückt.

Sein Mund an meinem Ohr lässt mich meine Zehen krümmen. »Ich glaube, hier könnte ein kleines Missverständnis vorliegen, kleines Lamm.« Er ergreift mit einer Hand meine Haare und fährt mit der anderen Hand an meiner Seite hinunter. »Schau, ich bin derjenige, der das Sagen hat, wenn es um dich geht. Du gehörst mir.«

»Halt.« Ich versuche, mich nach oben zu drücken, aber gegen seine schlanken Muskeln nützt das nichts.

»Ich kann nicht. Erst wenn du es verstehst. Das ist eine Lektion, die du brauchst.« Seine Hand gleitet unter mich. »Und eine, die du *willst*.«

»Nein.«

»Du wolltest es seit der ersten Nacht, in der ich dich sah. Feuer in deinem Rücken. Die Hölle vor dir.« Er drückt seine Fingerspitze gegen diese eine superempfindliche Stelle zwischen meinen Beinen.

Ich keuche.

»Dieser Körper, dieser Geist, sogar diese Seele … alles meins. Ich habe schon dafür getötet. Ich würde es tausendmal wieder tun.« Er streichelt langsam, und

Hitze brutzelt tief in mir. »Und ich werde mit dir tun, was ich will. Ich werde dich nicht zwingen. Das ist nicht das, was das hier ist.« Sein Finger gleitet nach unten, taucht in meine Nässe ein, und dann wieder nach oben und umkreist meinen Kitzler. »Dies ist eine Lektion.« Seine dicke Länge drückt gegen meinen Po, und dunkle Funken sprühen in meinem Kopf. »Eine, die ich dich bereits hätte lehren sollen.« Er beißt mir ins Ohrläppchen, und ein ungebetenes Stöhnen steigt aus meiner Kehle auf. »Vergnügen und Schmerz. Ich biete beides an. Du wirst *beides* nehmen. Und du wirst mir vertrauen, dass ich sie in der Menge gebe, die ich für angemessen halte.« Seine Zähne wandern zu meinem Hals und beißen zu, wie ein wildes Tier, das sein Weibchen festhält.

Ich kämpfe um Luft, als er aufhört zu kreisen und beginnt, an meiner Klitoris zu spielen. Sein Schwanz reibt gegen meinen Arsch, und seine Hüften bewegen sich im Takt der verrückten Streicheleinheit seiner Finger. Alles in mir zieht sich zusammen und wirbelt um ihn herum. Ich bin schon früher gekommen, durch meine eigenen Finger, aber so war es noch nie. Ein strafendes Bedürfnis nach Erlösung, ein verzweifelter Ansturm auf die Ekstase.

»Bitte.«

Er beißt härter zu, verletzt fast die Haut, und ich schreie auf, unsicher, ob es Vergnügen oder Schmerz ist, was mir eine Stimme gibt. Mein Kopf wird leer und konzentriert sich auf die aufbauende Spannung, das intensive Bedürfnis, das ursprüngliche Verlangen, mich zu entladen.

Aber dann verschwinden seine Finger.

Ich stoße wütend meinen Atem aus. Er reibt sich immer noch an mir. »Willst du, dass ich dich kommen lasse, kleines Lamm?«

Alles wird leer, und mein Körper jagt dem hinterher, was er angeboten hat. Ich hasse mich selbst, aber ich lüge ihn nicht an. »Ja.«

Sein Gewicht hebt sich. »Umdrehen.«

Ich schiebe mich auf meinen Rücken und starre ihn an, einen dunklen Gott mit der Hölle in seinen Augen.

»Spreiz deine Beine.«

Ich bin verdammt, zu gehorchen. Nein, ich *will* gehorchen.

»Gutes Lamm.« Seine Wimpern sinken tiefer, und er fällt auf die Knie. Er packt meine Hüften und reißt mich zu sich. »Sag mir, dass du willst, dass ich deine jungfräuliche Muschi lecke.«

Ich beiße mir auf die Lippe, denn die Wahrheit steckt in meiner Kehle fest.

Ein Ruck und ein Brennen rasen durch mich hindurch. Ich schreie auf und versuche, mich aufzusetzen. Seine breite Handfläche auf meiner Brust drückt mich wieder nach unten.

»Du hast mich geschlagen.« Ich ergreife sein Handgelenk. »Du hast *mich da unten* geschlagen.«

Klatsch. Ich zucke und winde mich, als er mich wieder schlägt. Ein berauschendes Gefühl, eines, das stärker ist, als wenn er seinen Finger in mir hat, rauscht durch mich hindurch.

»Das ist für den Ungehorsam.« Er schlägt mich wieder, direkt auf die Klitoris.

Ich versuche, meine Beine zu schließen, aber seine breiten Schultern verhindern es.

»Das auch.« Noch ein Schlag.

Ich winde mich, versuche verzweifelt, zu entkommen … oder etwas Schlimmeres, mich zu ergeben.

»Sag mir, dass du durch meinen Mund kommen willst.« Er bäumt sich auf und gibt mir einen brennenden Klaps, der mir die Tränen in die Augen treibt.

Sein Blick brennt sich in meinen, als er sich wieder aufrichtet.

»Ja«, würge ich heraus. »Ja, bitte.«

Mit einem kehligen Geräusch beugt er sich vor und öffnet den Mund weit. Ich zucke, als seine Zunge mich von unten nach oben leckt. Es fühlt sich falsch an, überwältigend und absolut süchtig machend.

»Adam!« Ich kralle mich in die Decke.

Er schiebt seine Zunge nach oben und konzentriert sich auf meine Klitoris, dieses kleine Nervenbündel, das meinen ganzen Körper zu erleuchten scheint. »Augen auf mich gerichtet.«

Ich starre ihn an, und meine Brüste heben sich, während ich versuche, zu Atem zu kommen … und scheitere. Seine Zunge ist eine Waffe, eine, die er mit köstlicher Effizienz handhabt. Sie durchschneidet meine Sittsamkeit, meine Angst und geht direkt zum Angriff über. Ich kann mich von diesem Moment nicht lösen, kann seinen Fängen nicht entkommen, und ich will es auch nicht.

Meine Hüften bewegen sich, während seine Finger sich in meine Haut graben. Er ist nicht sanftmütig, gibt mir keine Gnade vor seiner peitschenden Zunge. Feuchte Geräusche prallen von den Wänden ab, und ich bin zu high, um mich zu schämen. High von ihm.

Als ich meine Hüften gegen seinen Mund drücke, stöhnt er, und das Geräusch vibriert durch mich hindurch und verstärkt den Strudel der Anspannung zwischen meinen Schenkeln. Ich habe noch nie eine solche Erregung gespürt. Sie ist so intensiv, dass mir fast schlecht davon wird.

Ich schließe die Augen, aber keuche und öffne sie, als er mit den Zähnen in meine Klitoris beißt.

»Schau mich an.« Er leckt sich die Lippen. »Ich will dein Gesicht sehen, wenn ich dich in Stücke reiße.«

»Oh mein …«

Er konzentriert sich auf diesen einen Punkt weißer Hitze, und seine Zunge peitscht schneller. Meine Beine zittern, und alles schrumpft … all meine Gedanken und Gefühle falten sich in sich zusammen, bis ich nicht mehr bin als ein pulsierender Kern des Verlangens. Und er weiß genau, wie er mich zum Explodieren bringen kann.

Ich kann es nicht aufhalten, und mein ganzer Körper spannt sich an. Meine Lust zerplatzt auf seiner Zunge und überflutet meinen Körper wie eine Flutwelle. Ich dachte, ich wäre davor schon einmal gekommen. Aber das war ich nicht, nicht bis Adam Monroe zwischen meinen Schenkeln war. Die Gedanken verschwinden, als ich einen archaischen Schrei ausstoße, mein Körper sich zusammenzieht und sich im Tempo seiner Zunge entspannt. Mein Orgasmus ist nicht linear. Er ist eine Achterbahn, mit Windungen und Gefällen, die mir das Gleichgewicht rauben und mich in Unsicherheit lassen. Ich kann erst am Ende wieder atmen, als der Zug langsam und träge in den Bahnhof zurückkehrt, die Insassen gesättigt und euphorisch sind.

»Ungezogenes kleines Lamm. Nächstes Mal nehme ich diese obszönen Geräusche auf, die du machst.« Er leckt mich noch einmal ab, steht auf und blickt mit tierischer Befriedigung auf meinen knochenlosen Körper herab. Nach unten gebeugt, fährt er mit seinen Fingern an meinem Schlitz entlang. Ich erzittere bei seiner Berührung, weil das Gefühl zu stark ist. Er bringt sie zu seinen Lippen und verschmiert dort meine Nässe, dann leckt er den Rest von seinen Fingerspitzen.

Oh mein Gott.

Meine Augen wandern nach Süden zu der Beule in seiner Hose, und ich schlucke. Zum ersten Mal in meinem Leben geht ein Nervenkitzel durch mich hindurch, wenn ich daran denke, einen Mann mit meinem Mund zu verwöhnen. Aber Adam ist nicht irgendein Mann. Das weiß ich jetzt. Er ist meine

Schwäche, die einzige Sache, die meine Suche nach der Wahrheit entgleisen lassen könnte.

»Willst du ihn haben?« Er fährt mit seiner Handfläche über seine dicke Erektion.

»Ich … ich …«

»Ich werde dir sagen, was ich will. Meinen Schwanz so tief in deinem Mund, dass du nicht atmen kannst, dass du nichts anderes tun kannst, als zu saugen und zu beten, dass ich mich zurückziehe, bevor du erstickst.« Seine kehlige Stimme streichelt die kantigen Teile meines Verlangens. »Dass du Tränen in deinen Augen hast, deine Hände meine Schenkel umklammern, und du Angst hast. So viel Angst.«

Ich setze mich auf, und mein Körper zittert. »Du willst, dass ich Angst habe?«

Er kippt mein Kinn hoch, damit ich seinem Blick begegne. »Angst, dass du es liebst. Angst davor, wie schmutzig du bist, wenn du vor mir auf die Knie gehst. Angst vor deinen eigenen Wünschen. Angst davor, wie weit du gehen wirst, um mir und dir selbst Lust zu bereiten. Das ist es, was ich sehen will. Was ich sehen *werde*.« Er lässt seine Hand fallen, geht um das Bett herum und schnappt sich Hemd und Jacke.

Als er geht und die Tür hinter sich zuschlägt, blicke ich ihm nach. Seine Schritte verstummen und verschwinden, und das Mädchen, mit dem ich eine Wand teile, weint leise auf der anderen Seite. Kälte breitet sich in meinen Knochen aus und ich reiße die Decke hoch, wickele sie um mich und versuche, das zu verstehen, was gerade passiert ist.

Er gab. Ich schüttele den Kopf. Er hat nichts von mir genommen. Nicht, wie ich erwartet hatte. Nicht wie in der Vergangenheit. Adam hatte mich gedrängt, mir das Ausmaß seiner Kontrolle gezeigt, aber anstatt sie auszunutzen, *gab* er.

Ich lege mich zurück und starre auf die Balken in der Decke, obwohl Adam sich wie ein Film vor meinen Augen abspielt. Als ein Schrei quer durch den Saal tönt und ausstirbt, versuche ich, mich aus ihm herauszuschütteln. Dieser Ort ist die Hölle, und Adam ist nur ein weiterer Teufel.

Vielleicht hat er heute Abend gegeben, aber er ist ein Nehmer. Das sind sie alle. Es ist nur ein weiterer Gedankenfick. Er muss diese Dinge nicht mit mir machen, mit niemandem. Er genießt es. Er ist ein Sadist, genau wie alle anderen. Ich schließe die Augen und rolle mich zu einem Ball zusammen.

Mein Kopf wiederholt die Sünden dieses Ortes, die von Adam. Aber mein Körper ist für immer verändert und so, fürchte ich, auch mein Herz.

KAPITEL SECHSUNDZWANZIG

Adam

DER SONNTAGSGOTTESDIENST BEGINNT mit dem üblichen Gebet und der Ermahnung, dass der Heilige Geist den Raum bewohnt, wenn der Prophet die Bühne betritt. Das Heiligtum ist mit Weihnachtsdekoration geschmückt, und riesige Girlanden hängen auf jeder Ebene der Balkone und sind über die Vorderseite der Bühne drapiert. Die Himmlische Mission scheut keine Kosten für das Fest und hat eine Live-Krippenszene vor der Tür aufgebaut, die jeden Tag rund um die Uhr läuft, komplett mit einem weinenden oder schlafenden Baby.

Die saisonale Dekoration erinnert mich nur an die bevorstehende Wintersonnenwende. Die Vorbereitungen sind im Gange, aber drei Wochen sind nicht viel Zeit. Newell hat es halbherzig gemacht, aber ich kann nicht dasselbe tun. Mein Vater erwartet von mir, dass ich scheitere, dass ich klein werde. Ich habe vor, ihn mit dem Spektakel umzuhauen. Nicht, dass es mir viel bringen wird, aber ausnahmsweise hat dieser Punkt etwas mit einer normalen Vater-Sohn-Beziehung gemeinsam. Oder zumindest denke ich, dass es normal ist, die beschissenen Erwartungen des alten Mannes sprengen zu wollen. Vielleicht ist es auch verdreht.

Delilah kniet an ihrer gewohnten Stelle nieder, die Augen nach unten gerichtet, die Hände gefaltet. Geisterhaft in ihrem weißen Gewand, scheint sie zwischen dieser und der nächsten Welt zu zögern. Ein vergänglicher Geist, einer, den ich mit jeder Berührung meiner Hand, mit jedem Wort von meinen Lippen langsam verdunkeln werde. Ich bin das Gift, das ihren Geist aussaugen wird, der Wolf, der sie Glied für Glied zerreißen wird.

Diese kalten Fakten hielten mich gestern Abend nicht davon ab, sie zu kosten. Ich wechsele von einem Fuß auf den anderen, als mein Schwanz erwacht. Sie tut mir das an, allein der Gedanke an sie, wie sie auf Knien aussieht. Es erforderte all meine Selbstbeherrschung, um mich von ihr loszureißen, nachdem ich mich an ihrer Muschi genährt hatte. Ich schaffte es nach Hause, nur um mir ganze dreißig Sekunden einen zu wichsen, bevor ich mir auf den Bauch spritzte, mit dem Bild von mir zwischen ihren Beinen in einer Schleife in meinem Kopf. Ich wünschte, ich hätte noch ihren Geschmack auf meinen

Lippen. Aber heute Abend wird mein Wunsch in Erfüllung gehen.

»... im kommenden Krieg.« Ich neige den Kopf, als mein Vater vom Drehbuch abweicht.

»Ihr müsst wissen, es kommt ein Krieg, meine Freunde. Einer, auf den wir uns nicht vorbereitet haben. Aber es ist einer, den wir gewinnen müssen.«

Noah stößt mich mit dem Ellenbogen an und formt mit dem Mund *Was zum Teufel ...?*

Ich zucke mit den Schultern. Das ist neu. Der Teleprompter hat bei den Worten *Wir müssen zu unserem Himmlischen Vater beten, für ein wohlhabendes ...* angehalten.

Diese Worte kommen nicht aus Vaters Mund.

»Die Gefallenen dieser Welt werden versuchen, uns zu zerstören. Die guten Leute hier ... die Heiden da draußen wollen euren Tod.«

Einige zustimmende Stimmen erheben sich aus dem vollen Haus. Der Rest schweigt und schaut mit großen Augen, wie mein Vater die Endzeit predigt.

»Terroristen, Feministen, Juden, Atheisten, Muslime, illegale Einwanderer, Sozialisten, Black Lives Matter, Kommunisten, Babymörder, die Gottlosen, die so verdorben sind, dass sie nicht einmal mehr die Worte *Frohe Weihnachten* sagen, und, noch schlimmer, Transgender, die sich selbst verstümmeln und das Gleiche mit euren Kindern tun wollen, die Homosexuellen, die sich an den Schwachen vergehen ...«

Noch mehr wütende Rufe hallen im Heiligtum wider, und meine Nackenhaare stellen sich auf.

»All dies sind Kräfte des Bösen. Jeder einzelne von ihnen will uns wehtun. *Euch* verletzen.« Er zeigt auf die Versammlung. »Bobby Williams. Deine Tochter, Ivy. Gerade jetzt gibt es Männer in der gefallenen Welt, die sie begehren. Die ihren fünfzehn Jahre alten Körper anschauen und lüsterne Gedanken haben.«

Ich ersticke ein trockenes Lachen. Mein Vater hat Bobbys Tochter begehrt, seit sie zwölf war.

Er zeigt auf einen anderen Kongreganten. »Penny Barnes, du bist eine Witwe, die drei Kinder großzieht. Wie kann eine alleinerziehende Mutter überhaupt in der Lage sein, die Dämonen dieser Welt abzuwehren, wenn sie alleine da draußen ist?«

Penny schüttelt den Kopf und bricht in Tränen aus.

»Das ist richtig, Penny. Die Welt bricht um uns zusammen, reißt an unseren Seelen. Es ist nicht göttlich. Sie sagen, konservativ zu sein, christlich zu sein, ist eine Sünde. Nun, ich sage, sie werden in der Hölle brennen, und wir werden in das gelobte Land des Herrn gehen.«

Rufe der Zustimmung erschüttern die Bühne. Noah wirft mir einen Blick zu, der verschiedene Schattierungen von *Oh, Scheiße* trägt. Ich drehe mich zu Delilah. Ihr Blick ist auf mich gerichtet, und ihre grauen Augen sind weit aufgerissen, während mein Vater weiterhin feurige Rhetorik vor einer zunehmend aufgewühlten Menge abfeuert.

Aber mein Vater ist ein Showman. Und er kann eine Menge wie ein Bauchredner bearbeiten, mit einer Hand im Arsch der Puppe.

Seine Stimme wird leiser, sein Ton wird ruhiger. »Gott hat zu mir gesprochen.«

Die Menge beruhigt sich, als ob der Sturm nachgelassen hätte, die Wasseroberfläche wird still und verzückt.

»Das Evangelium von St. Jakobus erinnert uns daran: ›Die Weisheit, die vom Himmel kommt, ist erst rein, dann friedliebend, rücksichtsvoll, unterwürfig, voller Barmherzigkeit und guter Früchte, unparteiisch und aufrichtig.‹« Mein Vater schaut himmelwärts, eine Hand erhoben zu dem Gott, den er sich über den Wolken vorstellt. »Aber Gott hat mir von den Bösen hinter unseren Toren erzählt, die keine Liebe zum Frieden haben. Er hat mir gesagt, dass die Zerstörung kommt und dass wir uns vorbereiten müssen. Genau wie Er es Noah gesagt hat, hat Er mich vor der Flut der Sünde, des Bösen und den weltlichen Schrecken gewarnt. Aber Er sagte mir auch, dass es einen Weg gibt, wie wir das bekämpfen können. Nur *einen* Weg.«

Ein ehrfürchtiges Schweigen ist über die Menge gefallen, alle Augen richten sich auf die Bühne oder auf eine der vielen riesigen Leinwände, auf die der Prophet projiziert wird.

»Wir müssen zusammenstehen, meine Freunde. Wir müssen eins sein. Nur wenn wir uns miteinander verbinden und die Reihen geschlossen halten, können wir diese Finsternis zurückschlagen. Unsere Liebe und unsere Ressourcen zu vereinen …«

»Und da ist sie«, flüstere ich. »Die in der Prophezeiung verborgene Geldgier.«

»… das zusammen durchstehen. Wir müssen zusammenhalten, um die Übel dieser Welt zu bekämpfen. Deshalb bauen wir, wie einige von euch wissen, unsere eigene Gemeinschaft auf. Monroeville wird in Phasen gebaut, und die erste wird voraussichtlich in nur zwei Monaten abgeschlossen sein. Dies wird ein Ort sein, an dem eure Kinder auf der Straße spielen können, draußen bleiben können, um in der Dämmerung Glühwürmchen zu fangen, und ihr werdet euch niemals Sorgen machen müssen, dass einer der Gottlosen sie euch wegnimmt, ihnen wehtut oder Schlimmeres. Ihr werdet sicher sein. Sie werden sicher sein. Und das beste daran? Die Miete ist kostenlos.«

Ein Jubel schwillt durch die Massen. Ich halte mich an Delilahs Entsetzen fest, als sie den Propheten ansieht und dann zu mir zurückblickt, als wolle sie sagen: *Hast du davon gewusst?*

Die Stimme meines Vaters hellt sich weiter auf, ist wie Licht, das durch eine dichte dunkle Wolke scheint. »Jeder, der in Monroeville leben will, kann das tun. Wir werden bauen, bis alle Gläubigen im Inneren sicher sind. Unsere Schulen werden wachsen, unser Volk wird gedeihen, und wir werden ein strahlendes Leuchtfeuer für den Rest der Welt sein. Christus ist lebendig, und Er ist hier, in uns, in *euch*.«

Als die Menge vor Zustimmung brüllt, sagt Noah: »Ich dachte, wir würden das noch für eine ganze Weile nicht ansprechen.«

Ich zucke mit den Schultern. »Ich schätze, er will, dass sie ihre Beiträge eher früher als später bezahlen. Und an diesem Punkt werden sie nicht einmal davor zurückschrecken, die Hälfte ihres Verdienstes der Himmlischen Mission zu übergeben.«

»Ah, das Kleingedruckte.« Noah rümpft die Nase. »Vielleicht werden sie den Glauben verlieren, wenn sie diesen kleinen Zusatz sehen.«

»Es wird ihnen nichts ausmachen. Verdammt, viele von ihnen haben sowieso schon die doppelten Abgaben. Sie werden auf der gepunkteten Linie unterschreiben, und dann werden sie der Himmlischen Mission gehören.« Genauso wie Noah und ich. Ich wende mich erneut Delilah zu, da ich immer wieder zu ihrem Licht zurückgezogen werde. Obwohl ich weiß, dass sie der Himmlischen Mission gehört, meinem Vater, halte ich immer noch die Fantasie aufrecht, dass sie meine ist. Dass ich sie vor allem außer mir schützen kann. Das ist eine Fiktion, aber eine, der ich sogar jetzt noch fröne, während sie mein Gesicht für eine Art Beruhigung absucht. Sie glaubt, dass ich sie geben kann, und ich will, dass sie sie glaubt, auch wenn sie eine Lüge ist, so groß wie die, die mein Vater erzählt.

»Sie werden pleite sein und auf einem Grundstück leben, das ihnen nicht gehört, aber sie werden *in Sicherheit* sein«, spöttelt Noah.

Manchmal erinnert er mich an mich, und in diesen

Momenten mache ich mir Sorgen um ihn. Aber vielleicht wacht er wenigstens auf und sieht den immer schlimmer werdenden Schwachsinn.

»Alles, was ich höre, ist, dass ich noch mehr Scheiße machen muss.« Ich hatte begonnen, mit unserem Anwalt an den Verträgen für die Häuser zu arbeiten, aber da mein Vater den Prozess jetzt in Gang gesetzt hat, muss ich das als oberste Priorität vorziehen. Ich werde auch etwas Geld verschieben müssen, um Platz für die neuen *Spenden* zu schaffen. die Himmlische Mission ist ein perfekter Kanal, um Geld zu waschen, da es eine nicht steuerpflichtige Kirche ist, aber große Geldzuflüsse könnten immer noch Fragen aufkommen lassen. Ich werde neue Konten vorbereiten müssen, um den Zehnten zu akzeptieren, die Spur sauber aussehen zu lassen und das meiste davon auf die Offshorekonten meines Vaters zu leiten. Ich massiere meinen Nasenrücken, als sich Spannungskopfschmerzen anbahnen.

Der Prophet fährt schließlich damit fort, dem Teleprompter zu folgen, und macht nahtlos da weiter, wo er aufgehört hat. Die Menge geht direkt mit ihm, Schritt für Schritt, ohne zu spüren, dass sich die Mauern um sie herum aufbauen. Sie wird eingeschlossen und lebendig begraben werden und dem Propheten für ihren nächsten Mund voll Essen oder Atemzug verpflichtet sein.

Delilah betrachtet noch einmal den Boden, mit dem Kopf nach unten, was aus den meisten Blickwinkeln wie Ehrfurcht aussieht. Aber ich kann spüren, dass ihr

Verstand rast und sie die Worte meines Vaters wiederholt. Vielleicht ist sie unempfindlich für seinen Zauber, aber das spielt keine Rolle. Sie ist immer noch nur ein weiteres Lamm, das geschlachtet werden muss, und ich bin derjenige, der das Messer schwingen wird.

KAPITEL SIEBENUNDZWANZIG

Delilah

ES IST FERNSEHDIENSTAG, und die Jungfrauen verteilen sich auf die schäbigen Sessel und Sofas, während die Leinwand zum Leben erwacht. Abigail beschränkt ihr Gemurmel diesmal auf ein Minimum, es scheint, als hätte sie den Dreh raus, wie das alles funktioniert.

Ich blicke auf Sharons leeren Stuhl, und eine böse Vorahnung fällt wie ein Leichentuch über mich. Wo haben sie sie hingebracht? Mir dreht sich der Magen um, als ich mir vorstelle, was für eine Folter sie ihr wegen ihrer Rebellion auferlegen könnten. Ich frage mich, ob Georgia wie Sharon war … mutig, bereit, für ihre Freiheit zu kämpfen. Oder war sie gefügig und akzeptierte die ständige Scheiße, die von den Oberinnen und dem Propheten gepredigt wurde? Wer war ihr Protektor? Adams Gesicht schießt mir durch den Kopf, aber ich schiebe es beiseite. Ob er es war oder nicht, spielt keine Rolle. Was zählt, ist, wer ihr das Leben genommen hat. Aber der Fortschritt an dieser Front ist gering. Ich habe jetzt sogar noch mehr Fragen als zu dem Zeitpunkt, als ich in dieses Irrenhaus kam.

Das Licht blinkt und reißt mich aus meinen Gedanken. Ein jüngerer Prophet erscheint auf dem Bildschirm, und seine Haltung ist entspannt, während er auf einer braunen Ledercouch sitzt. Er lächelt und gibt Mr. Rogers-Schwingungen ab, als er uns einlädt, uns mit ihm über das Leben im Kloster zu *unterhalten*.

»Ich weiß, dass einige von euch vielleicht Zweifel haben.«

Sarah schnaubt.

»Aber ich bin hier, um euch zu versichern, dass alles nach Gottes Plan läuft. Die Dinge, die ihr von den Oberinnen und euren Protektoren lernt, sind die Wegweiser, die euch durch euer Leben als Lamm Gottes führen werden. Ihr seid die Zukunft, die reinsten Hoffnungen, welche die Himmlische Mission für ein erfüllendes Leben auf Erden wie im Himmel hat …«

Ich blende ihn aus, und meine Gedanken schweben wieder zu seinem Sohn. Adam war noch nicht wieder in meinem Zimmer. Zwei Nächte sind vergangen, in denen ich auf dem Bett wartete und mich fragte, welcher Adam durch die Tür kommen würde … der Peiniger oder der Liebhaber. Und als er nicht auftauchte, hasste ich die Enttäuschung, die ich fühlte. Um den Selbsthass zu mildern, sage ich mir, dass es natürlich ist, dass ich Trost in ihm finde. Er ist der Einzige, der mir wirklich nahekommen darf, also ergibt es Sinn, dass ich ihn will. Aber das ist natürlich nur ein weiterer Teil des Gedankenficks, der das Kloster ist. Die Bedingungen zwingen einen, sich an den Peiniger zu klammern, denn es gibt niemand anderen. Ich bin erst seit etwas mehr als einer Woche hier, und mein Geist ist bereits ein Sumpf aus Leiden und Verwirrung.

Meine Aufmerksamkeit schwindet noch weiter, als Chastity den Raum betritt und Abigail etwas ins Ohr flüstert. Ich muss wieder mit ihr allein sein, um sie zu befragen, um herauszufinden, ob sie über Georgia gesprochen hat. Das *muss* sie. Abigail nickt bei dem, was Chastity ihr erzählt, dann gehen beide Frauen zusammen hinaus.

Sobald die Tür ins Schloss gefallen ist, springt Sarah auf, geht zur Vorderseite des Raumes, und ihr Gesicht wird vom Licht des Projektors beleuchtet. »Genug von dieser Propaganda-Scheiße.« Sie winkt auf das Brett hinter sich. »Wir müssen besprechen, was wir gegen diese Hölle, in der wir uns befinden, unternehmen werden.«

»Wir sind da, wo wir hingehören.« Marys sanfte Stimme überlagert sich mit der des Propheten.

»Okay, Mary ist verloren. Ich wusste das von der Sekunde an, in der sie mich angepisst hat.«

Susannah schlägt sich eine Hand vor den Mund, um das Lachen zu unterdrücken.

Sarahs Ton wird ernster. »Und ich weiß, dass du in

diesem Moment, in deinem kleinen glaubensverwirrten Gehirn, daran denkst, mich zu verraten. Aber, liebe Mary, wenn du das tust, verspreche ich dir, dass ich dir viel Schlimmeres antun werde als Natursekt.«

Mary zappelt auf ihrem Sitz, sagt aber nichts.

Sarah bewegt sich zur Seite, und der Schritt des Propheten liegt auf ihrem Gesicht. »Dafür haben wir uns nicht gemeldet. Keine von uns. Nicht einmal Mary dort drüben. Wir werden missbraucht, vergewaltigt und gebrochen, damit der Prophet uns an den Meistbietenden verkaufen kann oder Schlimmeres.« Sie fährt sich mit der Hand durch ihr dunkles Haar. »Ich weiß noch nicht, was das Schlimmste ist, aber ich nehme an, mit irgendeinem reichen Arschloch nach Hause zu gehen ist wie der Hauptgewinn. Das andere Ende der Skala … nun, das kann ich mir nicht vorstellen.«

Ich weiß, wo wir dann landen. In der Kapelle. Aber ich habe nicht vor, Sarah zu unterbrechen.

»Also, sieht jemand Sharon hier drin? Nein. Sie haben sie mitgenommen, nachdem sie versucht hat, zu fliehen. Weiß jemand, wo sie sie hingebracht haben? Ich kann euch versichern, dass es nicht irgendwo ist, wo jemand von uns sein möchte. Und wenn wir hierbleiben, werden wir nur noch mehr und mehr Schaden nehmen. Das ist es, was sie wollen.« Sie blickt zur Tür. »Sie werden jede Sekunde zurückkommen. Schaut, wenn ihr nicht auf meiner Seite seid … gut. Aber wenn ihr es seid, braucht ihr nichts zu sagen. Lass es mich einfach auf die eine oder andere Weise wissen. Passt auf euch auf. Und wenn jemand auch nur daran *denkt,* mich zu verpfeifen«, sie blickt Mary an, »sollte er wissen, dass ich herausfinden werde, wer es war, und ich ihm so viel Schmerz zufügen werde, dass er mich für einen Protektor halten wird.« Sie huscht die Stufen hinauf, als sich die Tür öffnet und Abigail zum Projektor zurückkehrt.

»Diese Lektionen sind notwendig und unterscheiden euch von den gottlosen Huren, die vor den Toren des Himmels gedeihen …« Die Stimme des Propheten tritt noch einmal in den Vordergrund und verspricht Vernunft und Schutz an einem Ort, der beides nicht bietet.

ES GIBT KEIN MITTAGESSEN. Ein paar der Frauen murren, als die Oberin uns ohne anzuhalten am Speisesaal vorbeiführt. Wir gehen direkt in den Trainingsraum und ziehen uns aus, dann verbringen wir zwei Stunden abwechselnd mit einem Flogger. Unglücklicherweise, für mich, werde ich mit Mary verkuppelt.

Sarah zieht eine Augenbraue hoch, als ich mich auf den Boden begebe und die Oberin Mary anweist … über das Knurren meines Magens hinweg …, wie man den Flogger hält und aus dem Ellenbogen schwingt.

Ich zucke zusammen, als der erste Schlag über meinen nackten Hintern peitscht, aber ich bin erleichtert, zu sehen, dass Mary das Leder leicht schwingt. Sie schlägt mich mehrmals, aber der Schmerz ist schwach und erträglich. Ich denke darüber nach, wie ich mich fühlen würde, wenn es Adam wäre, der den Flogger hält und mein Fleisch immer und immer wieder scheuert, bis ich um die sanfte Berührung seiner Zunge bettele. Hitze sickert in meine Adern, und ich konzentriere mich schnell auf etwas anderes. Schlimme Dinge … wie die Frauen in der Kapelle, ihre Erniedrigung und der Senator dort, der mich festhielt. Mein Blut kühlt ab, und ich nehme die Schläge klaglos hin.

»Tauschen.« Die Oberin klatscht in die Hände, und die Reihe der Jungfrauen steht auf und wechselt.

Mary reicht mir die Flogger, aber die Oberin geht die Reihe hinunter und tauscht sie mit frischen aus. Zumindest die Hygiene ist wichtig, wenn schon nicht die Würde.

»An die Arbeit.« Die Oberin klatscht in die Hände.

Ich benutze mein Handgelenk, um die Lederstreifen auf Marys Hintern aufzufächern. Zuerst verspannt sie sich, dann lockert sie ihre Schultern, als ich sie schone. Noch ein paar Schläge, und ich komme in einen Rhythmus, konzentriere mich auf meine Bewegungen und ignoriere den nagenden Hunger in meinem Bauch. Unten in der Reihe geht eine der Jungfrauen auf die arme Susannah los. Sogar die Oberin sagt ihr, sie solle einen Gang zurückschalten, denn »intensiveres Training kommt später, wenn wir alle die richtige Technik haben.« Natürlich.

Die Tür des Trainingsraums öffnet sich, und die Priorin kommt herein. Ihre Hände sind vor ihr verschränkt, während sie die Reihe der Jungfrauen entlangschreitet. Ich wünsche mir von ganzem Herzen, dass sie weiter an mir vorbeiläuft, dass sie ignoriert, dass ich überhaupt hier bin. Aber, nein. Natürlich nicht.

Sie bleibt direkt hinter mir stehen. »Schlechte Haltung, Delilah.«

Mein Arm zittert, aber ich schwinge ihn trotzdem.

»Erbärmlich, wirklich.« Sie bewegt sich hinter mich, so dass ihr gestärktes Kleid meine Haut berührt, und ergreift mein Handgelenk. »So«, zischt sie mir ins Ohr. Nach hinten ziehend, schwingt sie meinen Arm nach vorne, das Leder klatscht gegen Marys Hintern. Sie zuckt, gibt aber keinen Laut von sich.

»Härter.« Grace zieht meinen Arm weiter zurück und schwingt ihn noch härter.

Mary schreit, als rote Streifen auf ihrer blassen Haut erscheinen. Das ist nicht wie das, was uns die anderen Oberinnen gelehrt haben.

»Das ist es, was ich hören will.« Grace lässt mich los und tritt zurück. »Schlag sie noch einmal.«

Mary ist angespannt, ihr Rücken zittert von der Anstrengung. Ich schlage sie, aber nicht annähernd so hart wie Grace. Das Zimmer ist jetzt ruhig, und alle Augen sind auf mich gerichtet.

»Ich verstehe.« Grace geht zur Wand und nimmt eine kurze Peitsche. »Entweder machst du das richtig, oder ich *zeige* es dir.«

Das Blut schießt mir in den Kopf, und meine Ohren rauschen, als ich mir den Schaden vorstelle, den die Peitsche anrichten könnte.

»Flogge. Sie. Aus.« Sie zieht das Leder durch ihre Handfläche, und ihre hellen Augen sind auf mich gerichtet.

Ich ziehe mich zurück und lege etwas mehr Kraft hinein. Mary zuckt, aber macht keinen Mucks.

Grace schnalzt mit der Zunge. »Ich fürchte, das wird nicht ausreichen. Tritt zurück und ich werde …«

»Ich kann es tun.«

Ihre blonden Brauen furchen, dann glätten sie sich. »Nur zu.«

Mary schaut mich über ihre Schulter an. Ich forme mit meinem Mund *Es tut mir leid* zu ihr, aber sie antwortet nicht, sondern lässt einfach den Kopf zwischen ihren Schultern hängen.

Die Galle steigt mir im Hals auf, aber ich schlucke sie hinunter und ziehe den Flogger zurück. Mit einem bösartigen Schwung lasse ich das Leder mit einem kräftigen Schlag aufkommen.

Mary schreit.

Grace lächelt. »Schon wieder.«

»Aber ich …«

»Soll ich es tun?« Sie droht mit der Peitsche.

»Nein.« Ich bekämpfe die Tränen, die auszubrechen versuchen, und schaue auf die wunde, rote Haut entlang Marys Hintern. *Du rettest sie,* sage ich mir. Der Flogger ist besser als die Peitsche. Ich muss es besser machen.

Ich schwinge ihn wieder. Marys Schrei durchschneidet all meine Schichten und zieht das Blut aus meiner Seele.

»Viel besser.« Grace bringt die Peitsche zurück an die Wand. »Die richtige Haltung ist wichtig, meine Damen.« Damit verlässt sie den Raum und schließt die Tür hinter sich.

Ich falle neben Mary auf die Knie. »Geht es dir gut?«

Ihre Tränen machen leise Geräusche auf der Matte. »Mir geht es gut. Es ist für den Propheten, also ist es das wert.«

Ich finde keinen Trost in ihren Worten, und die Reue droht mich zu ersticken. Es wird nur noch schlimmer, als ich nach oben schaue und mehrere Augenpaare auf mich gerichtet entdecke, in denen Misstrauen wie dunkle Glut glüht.

NACH DEM TRAINING, hungrig und erschöpft, machen wir uns auf den Weg zurück zum Schlafsaal. Eine Oberin erinnert uns daran, dass von uns erwartet wird, dass wir uns in unserer wöchentlichen Nacht mit dem Propheten von unserem besten Benehmen leiten lassen, und sagt uns dann, dass wir duschen und beten sollen.

Ich betrete mein Zimmer und unterdrücke einen Schrei, als sich etwas auf meinem Bett bewegt. Ich schalte das Licht an und sehe Adam. Er ist ausgestreckt, hat die Hände hinter dem Kopf, und seine dunklen Wimpern fliegen auf.

»Schließ die Tür.« Seine Stimme ist vom Schlaf belegt.

»Wie lange bist du schon hier?« Ich schiebe die Tür zu, gehe zu ihm hinüber und setze mich neben ihn, anstatt auf den Boden. »Und wo warst du gestern Abend? Und die Nacht davor?«

»So viele Fragen.« Er packt meinen Arm, reißt mich neben sich, und mein Körper kracht gegen seinen, während er seinen Arm um mich schlingt.

»Hm.« Mein Gesicht ruht auf seiner Brust, und Wärme blutet aus ihm und in mich hinein. Ich bin zu müde, um zu protestieren, und ich atme ihn ein … eine Art Tabak, gemischt mit einem Hauch Seife.

»Ich war beschäftigt, kleines Lamm. Mein Vater will die Gläubigen schnell auf das Gelände bringen. Er trifft spontane Entscheidungen auf der Grundlage seiner Vision von Gott. Ich mache die ganze verdammte Arbeit, um seine *Prophezeiung* wahr werden zu lassen.«

Seine Hand schlängelt sich über meine Seite und bleibt auf meiner Hüfte liegen. »Hast du mich vermisst?«

»Nein.«

»Lügnerin.« Er drückt meinen Po.

»Was wurde heute trainiert?«

Ich schließe die Augen und versuche, die Striemen auf Marys Hintern nicht zu sehen. »Auspeitschen.«

»Einer meiner Favoriten.« Seine Hand gleitet über meinem Po hin und her, und dann fangen seine Finger an, den Stoff zu zerknittern und ziehen mein Kleid Stück für Stück hoch. »Hast du es genossen?«

»Nein.«

»Das wirst du, wenn ich an der Reihe bin.« Seine bloße Hand berührt meine Haut, und seine Fingerspitzen fahren darüber.

»Und wann ist das?«

»Du willst bereits meinen Schmerz. Ich wusste, dass ich die richtige Wahl getroffen habe, als ich dich auswählte.«

»Ich habe nur eine Frage gestellt.«

»Du stellst viel zu viele Fragen. Sogar Jez hat mir das gesagt.«

Ich versteife mich. »Sie hat dir davon erzählt?«

Er lacht, und das tiefe und dunkle Geräusch zieht mich hinab wie einen Köder auf den Grund eines kalten Sees. »Es gibt keine Bewegung, die du machst, von der ich nichts weiß.«

Schauer überziehen meine Haut, aber ich kann nicht sagen, ob sie von seinen Worten oder seiner Berührung stammen.

»Wie fandest du unsere kleine Kapelle?«

»Ich hasse sie.« Ehrlichkeit ist dumm und wird mich in Schwierigkeiten bringen. Aber ein paar Wahrheiten hier und da können nicht schaden. Zumindest sage ich mir das selbst.

»Das dachte ich mir schon.«

»Werde ich dort enden?«

»Nein.« Seine Antwort ist schnell, sein Griff um

meinen Arsch grenzt an Schmerz. »Mach dir darüber keine Sorgen.«

»Was unterscheidet sie von den anderen? Warum gehen einige der Jungfrauen dorthin?«

»Solche Fragen darfst du nicht stellen, kleines Lamm. Dafür wirst du diszipliniert werden.«

»Du willst mich disziplinieren?« Ich tanze über das dünne Eis und nehme das kalte Wasser unter mir wahr.

»Ja.« Er zieht mich auf sich und mein Kleid bis zur Taille hoch. »Nimm mich zwischen deine Beine.«

Ich entspanne meine Oberschenkel und spreize meine Beine um seine schmalen Hüften. Als meine nackte Muschi seine Erektion durch seine Hose berührt, grabe ich meine Nägel in seine Bauchmuskeln.

»Ich will dich nicht nur bestrafen.« Er ergreift meine Hüften und reibt mich an ihm hin und her. »Ich will dich ficken«, knirscht er aus. »Ich möchte deine Jungfräulichkeit nehmen und sie wie ein verdammtes Abzeichen tragen.«

Meine Hüften bewegen sich mit ihm, reiben an seinem Schwanz, und meine Wangen erröten, als ich merke, dass meine Nässe seine Hose verdunkelt.

»Zieh es aus.« Er reißt an meinem Kleid.

Ich ziehe es über meinen Kopf. Seine Hände sind auf meinen Brüsten, bevor es den Boden berührt. Er richtet sich auf und fordert eine Brustwarze mit seinem Mund ein, während ich ihn weiter reite, obwohl ich weiß, wie falsch das alles ist. Ich kann nicht aufhören. Ich will diese Befreiung, diese Ekstase, die nur Adam mir geben kann.

Er legt sich zurück und schlägt auf eine meiner Brüste. Ich bin überrascht, aber als er es wieder tut, krümmen sich meine Zehen.

»Mein Lamm mag den Schmerz.« Er verdreht meine Brustwarzen und lässt das Verlangen durch mich hindurchschießen.

Ich keuche, und er ergreift meine Hüften, zieht mich an seinem Körper hoch, bis ich auf seinem Gesicht bin. Als er mich leckt, ergreife ich das Kopfteil, und hemmungsloses Verlangen quillt in einem Stöhnen aus mir heraus.

Er haut mir klatschend auf den Arsch, vergräbt sein Gesicht zwischen meinen Beinen, und seine dunklen Stoppeln reiben an meiner empfindlichen Haut, während seine Zunge jede geheime Stelle, die ich habe, bereist. Noch einen Klaps auf meinen Arsch, und ich bewege meine Hüften in seinem Rhythmus. Als ich versuche, mich wegzubewegen, aus Angst, dass er nicht atmen kann, schlägt er mir härter auf den Hintern und reißt mich herunter.

»Adam!« Ich kann nicht atmen, wenn er hinter meiner Klitoris her ist, seine Zunge böse und perfekt und zu viel ist, aber noch nicht genug.

Ich reibe mich rücksichtslos an ihm und lasse mir von meinen Hüften sagen, was ich tun soll. Jede Welle sendet pulsierende Hitze zwischen meine Schenkel. Als sie anfangen zu zittern, schlägt er mir wieder auf den Hintern, hart. Ich dachte, ich hätte Zeit. Aber das habe ich nicht. Der Schmerz verbindet sich mit der Lust, und ich falle. Mein Orgasmus lässt mich erzittern, die

Wellen rollen und rollen und rollen, bis ich endlich wieder Luft holen kann. Meine Hüften hören auf, sich zu bewegen, mein Körper ist träge, und mein Kopf summt, als ich mich gegen seine Brust lehne.

Er nimmt mich, wirft mich herum, und kniet sich zwischen meine Beine. »Verdammt.« Er starrt meine nackte, nasse Muschi an und greift nach unten, um seinen Gürtel aufzuschnallen.

Wir sollten das nicht tun, und ich sollte es nicht wollen. Sollte *ihn* nicht wollen. Aber als er seinen Schwanz aus seiner Hose befreit, hebe ich meine Hüften an, weil ich seine Haut spüren muss.

»Tu das nicht.« Seine tiefe Stimme, die kaum aus seinem Mund dringt, transportiert mehr Spannung als eine Hochspannungsleitung.

Er lehnt sich zurück, und der Puls in seinem Nacken pocht schnell, während er meinen Körper betrachtet, bevor er mir in die Augen schaut. »Beweg dich nicht. Mach keinen Mucks. Wenn du das tust, werde ich dich ficken. Dann muss ich dich ficken, oder ich verliere meinen gottverdammten Verstand. Aber ich kann es nicht.« Er streichelt sich langsam.

Ich starre ihn an, die glatte Eichel, die Art und Weise, wie sich seine Hand um den dicken Schaft legt.

»Scheiße, kleines Lamm. Ich kann deine Augen darauf spüren.«

In diesem Moment will ich ihn in mir haben. Ich möchte fühlen, wie er so tief in mir wogt, dass ich an nichts anderes denken kann als an ihn.

Er streichelt schneller, und seine Fingerspitzen

liegen auf der Unterseite seiner Länge, während er auf seiner anderen Faust balanciert. »Ich werde dich mit mir bedecken.«

Ich spreize meine Beine weiter, und er stöhnt. »Beweg dich verdammt nochmal nicht!«

Er streichelt noch ein paarmal, dann stöhnt er leise. Heißes Sperma spritzt auf mein nacktes Fleisch, als er sich auf mir leert, und seine leisen Geräusche jagen brennende Hitze durch mich hindurch.

Als er sich zurücklehnt, schaue ich auf das Ergebnis hinunter, den obszönen, erotischen Anblick seines Zeichens auf meiner unschuldigen Haut. Er scheint auch nicht wegsehen zu können. Wir kommen beide herunter, unsere Atemzüge verlangsamen sich, und unsere Herzen klopfen, anstatt zu rasen.

Er beugt sich vor und benutzt mein Kleid, um mich sauberzuwischen, und dann sich selbst. Er macht den Reißverschluss zu, steht vom Bett auf und schließt seinen Gürtel.

»Du gehst?« Ich kann meine Gefühle nicht verarbeiten. Der Hunger, die Erschöpfung, die Angst … all das hat mein Urteilsvermögen gestört.

»Ich muss.« Er dreht sich um und geht weg. »Wir sehen uns bei der Audienz beim Propheten.«

Als die Tür zuschlägt, drehe ich mich auf die Seite und rolle mich zu einer Kugel zusammen. *Was mache ich hier?* Diese Frage hallt durch meinen Kopf.

Selbst als an meine Tür geklopft und mir gesagt wird, dass es Zeit ist, den Propheten zu sehen, habe ich noch keine Antwort auf diese Frage.

KAPITEL ACHTUNDZWANZIG

Adam

ICH HABE es heute Nachmittag zu weit getrieben. Es war zu nah. *Ich* war zu nahe an dem Punkt, an dem es kein Zurück mehr gab. Aber Scheiße, ich wurde zwei Tage lang mit Scheiße zugedröhnt, ohne Schlaf, und kein Ende in Sicht.

Noah schließt sich mir am Eingang des Tempels an. Er sieht fast so schlimm aus wie ich, der Glanz des Goldjungen ist verblasst, seine Kleidung ist zerknittert und seine Augen sind blutunterlaufen. »Ich will diesen Scheiß jetzt wirklich nicht durchstehen.« Er knöpft sein Hemd auf, während wir gehen.

»Auslassen ist keine Option.« Ich wünschte, es wäre eine. Zu sehen, wie mein Vater, der Herr, über seine Jungfrauenernte wacht, steht nicht ganz oben auf meiner Spaß-Liste. Andererseits möchte ich sehen, was er mit Delilah macht, damit ich jede Berührung von ihm mit einer meiner eigenen überdecken kann. Hätte ich meinen Samen überall in ihrer jungfräulichen Fotze lassen können, hätte ich es getan. Es wäre perfekt, den Ausdruck auf dem Gesicht meines Vaters zu sehen, wenn ihm klar wird, was ich getan habe. Aber das hätte sowohl für Delilah als auch für mich Disziplinierungsmaßnahmen zur Folge gehabt. Ich kann so viele Peitschenhiebe einstecken, wie mein Vater auf mich schwingen kann, aber Delilah hat keine Strafe verdient, vor allem nicht, wenn das bedeutet, dass sie ins Pfarrhaus geschickt wird.

»Wach verdammt nochmal auf, Arschloch.« Noah klopft mir auf den Oberarm.

»Brauchst du einen Snickers?« Ich knöpfe mein Hemd auf. »Hattest du keinen Nachmittagssnack oder so?«

»Ich habe keinen Hunger« Er zuckt mit den Schultern. »Okay, vielleicht ein bisschen. Aber ich habe diese Scheiße einfach satt.«

»Willkommen im Klub.«

»Aber wir sollten dem folgen, was Papa sagt.« Sein Ton verliert etwas von seiner Schärfe. »Er ist der Prophet und so.«

»Glaubst du das immer noch?« Ich mag meinem Bruder nicht viel vorwerfen, aber diese eine Sache … sein Glaube an unseren Vater … ist unangebracht.

»Ich muss mich an etwas festhalten, Mann. Sonst …«

Sonst würde er die Hitze um uns herum spüren, die Feuer der Hölle nahen sehen und den Geruch unseres brennenden Fleisches riechen. Das kann ich nicht verurteilen.

»Bringen wir es hinter uns.« Wir folgen Protektor Gunn in den heiligen Kreis, und mein Vater schwebt bereits high auf seinem Thron in der Mitte des Raumes. Sein Koksen ist außer Kontrolle. Gut. Ich hoffe, es tötet den Bastard.

Ich nehme meinen Platz ein und knie mich hin. Die anderen Protektoren sind bereits hier und in Position. Gute kleine Schoßhündchen, jeder von ihnen. Aber warum sollten sie es nicht sein? Sie bekommen ständig Leckereien, und frische junge Mädchen in Weiß, jedes Jahr ein neues.

»Warum siehst du mich so an, mein Sohn?« Mein Vater wirft einen düsteren Blick auf mich.

Ich wusste nicht, dass ich ihn überhaupt angeschaut hatte. Mein Unterbewusstsein ließ mich wahrscheinlich Dolche starren. »Ich wollte dich nicht beleidigen.«

»Wolltest du nicht, hm? Ist das so?« In seiner Stimme lebt der Kampfgeist. »Nun, ich bin beleidigt. Was hast du dazu zu sagen?«

Noah beugt sich nach vorne. »Papa …«

»Ich rede nicht mit dir, Noah. Ich rede mit dem Hurensohn, den du deinen Bruder nennst.«

Meine Finger krümmen sich zu Fäusten, als er das sagt, und ich weiß, dass Noah genauso wütend ist wie ich. Unsere Mutter ist die sanftmütigste Seele auf diesem gottverlassenen Gelände. Und sie hat dafür teuer bezahlt.

Die Türen öffnen sich, Grace stolziert herein, und ihr Blick schweift über mich, bevor er auf meinem Vater landet. »Wir sind hier für deinen Segen, Prophet.« Sie macht sogar einen kleinen Knicks.

»Wir werden das später beenden.« Das eisige Benehmen meines Vaters schmilzt, als er sich den Türen zuwendet. »Bring sie herein.« Jetzt öffnet er gut gelaunt seine Arme zur Begrüßung. Eine Spinne, die die Fliege mit den perfektesten Manieren begrüßt.

Die Mädchen kommen herein, bereits nackt. Ich betrachte sie, um mein kleines Lamm zu finden. Delilah ist so blass, dass sie sogar inmitten von einem Dutzend anderer Schönheiten auffällt. Diesmal sind sie kriegerischer, setzen sich aber wie angewiesen vor meinen Vater.

Als die Oberinnen das vergiftete Essen bringen, greift nur eine von ihnen nach den Früchten. Delilah schaut mich mit großen Augen an. Sie wird versuchen zu widerstehen, aber es wird nicht funktionieren. Die Oberinnen haben sie heute hungern lassen, um eine gute Vorstellung bei meinem Vater zu gewährleisten. Sie werden essen, denn sie haben keine Wahl.

»Meine geliebten Jungfrauen.« Mein Vater steht auf und wandelt unter ihnen. »Ich heiße euch hier noch einmal zu unserem wöchentlichen Treffen willkommen. Wie ich euch alle vermisst habe.«

Er setzt sich neben eine der Frauen mit dunklen Haaren, bei der blaue Flecken die hellbraune Haut auf einer Wange verdunkeln. »Du bist gesegnet unter den Frauen. Wie ist dein Name, Kind?«

Sie bleibt ruhig, ihr Gesicht ist ungerührt. »Sarah.« Ihr Tonfall ist tadellos, aber etwas in ihren Augen sagt mir, dass sie ein bisschen verschlossener ist als die anderen.

»Liebliche Sarah.« Er fährt ihren Arm hinunter, dann umschließt er ihre Brust mit seiner Hand. »Ich habe auf dich gewartet. Und du bist hier bei mir sicher. Immer.« Er reibt seinen Daumen über ihre Brustwarze, und ihr Ausdruck verhärtet sich noch mehr, wird eine undurchdringliche Hülle. »Und jetzt iss.«

Schließlich schaut sie ihm in die Augen, dann schüttelt sie leicht den Kopf.

»Oh, Scheiße«, atmet Noah. »Oh *Scheiße*.«

»Er wird es nicht hier tun.« Ich sehe zu, wie die Maske meines Vaters unverrückbar bleibt. Er greift nach einem Teller mit Weintrauben, pflückt eine und zwingt sie dann zwischen die Lippen und in den Mund von Sarah.

Eine einzige Träne rollt über ihre Wange, während mein Vater darauf wartet, dass sie kaut und schluckt. Als sie fertig ist, lässt er sie los und wendet sich den anderen Jungfrauen zu. »Esst und trinkt. Das ist mein Geschenk an euch. Ich liebe jede Einzelne von euch. Alles an euch ist mir heilig. Eure Schönheit«, er erhebt sich und wandelt weiter unter ihnen, »eure Anmut, euer vollkommener Gehorsam.«

Sie alle essen und trinken und geben ihrem Hunger und der schieren Macht nach, die der Prophet über sie ausübt. Sogar Delilah erliegt, und ihre Augenlider werden schwer, als das LSD in ihren Blutkreislauf sickert und ihren Verstand vernebelt. Sie legt sich zurück auf die Kissen, ihr Blick ist auf das vergoldete, auf dem Kopf stehende Kreuz über dem Thron gerichtet. Als Symbol für unseren Gehorsam gegenüber dem Vater des Feuers glänzt das Emblem im schwachen Licht.

Noah beugt sich zu mir. »Wird er sich diesmal eine aussuchen?«

»Das hat er schon.« Ich beobachte das dunkelhaarige Mädchen, das meinen Vater zurückgewiesen hatte. Ihr Schicksal ist besiegelt.

Der Prophet mischt sich unter sie, dann setzt er sich mit jeweils einer Jungfrau auf jeder Seite hin.

Er zieht sie näher heran und positioniert sie dann so, dass sie sich gegenübersitzen. »Nichts ist süßer als die reinste Frucht.« Auf Drängen meines Vaters küssen sich die Jungfrauen. Er schaut eine Weile zu, dann nimmt er ihre Hände und legt sie auf die jeweils andere. Bald ertönt Stöhnen aus ihren Kehlen und sie liegen auf den Kissen, ineinander verstrickt.

»Wenigstens bekommen wir dieses Mal etwas Unterhaltung.« Noah hockt sich hin, als Papa nicht hinsieht.

Zufrieden mit seiner Arbeit zieht mein Vater zu einer anderen Gruppe von Jungfrauen weiter und ermutigt sie zu demselben Verhalten, wobei er sogar eine auf den Rücken drückt und die andere dazu drängt, sie zu lecken. Ich verkrampfe, als er nach Delilah greift und sie in eine sitzende Position zieht. Er küsst ihre Stirn, dann bewegt er eine andere Jungfrau zu ihr herüber.

Alles in mir verkrampft sich, als Delilah einen Kuss von einer anderen Jungfrau erhält. Mein Vater geht weiter, bevor er sie zu niederträchtigeren Taten drängt, aber Delilah erlaubt der Jungfrau, sie hinzulegen, während sie sie immer noch küsst und mit einer Hand über Delilahs Brüste streicht. Mein Schwanz wird schmerzhaft hart, als ich mir vorstelle, dass ich es bin, der sie erforscht, sie berührt. Ich weiß, wie himmlisch sich ihre Haut anfühlt, wie weich ihre Brüste sind, wie perfekt ihre Brustwarzen zum Zubeißen sind. Die andere Jungfrau fährt mit der Hand durch Delilahs Haar, und ich will die Harpyie von meinem kleinen Lamm wegreißen. Aber das kann ich nicht. Genau wie bei allem anderen hier bin ich gezwungen, in der Reihe zu bleiben.

Ich beobachte sie noch zehn Minuten lang, bis die andere Jungfrau zu einem Dreier gezogen und Delilah auf den Kissen sich selbst überlassen wird. Erleichterung pulsiert durch mich, aber sie ist von kurzer Dauer. Diese Orgien finden wöchentlich statt, und Delilah kann nicht jedes Mal entkommen. Sie wird betäubt und befleckt sein, und ich kann nichts tun, um das zu verhindern.

Sie liegt für einen Moment still, dann verdreht sie ihren Hals, bis wir Blickkontakt hergestellt haben. Ich schaue sie an, als ob mein Blick eine Art Kraft wäre, bis ihre Wimpern nach unten fallen und sie einschläft.

Die Szene geht noch eine Stunde weiter, bis mein

Vater ihre Aufmerksamkeit wieder auf ihn lenkt. Er ruft sie auf seinen Thron, damit er jede Jungfrau einzeln bearbeiten kann. Ich bin erleichtert, als er Delilah keine besondere Aufmerksamkeit schenkt. Es bedeutet nur, dass er nicht bemerkt hat, dass sie etwas Besonderes für mich ist. Wenn er das jemals täte … Ich beschließe, mir diese gewalttätigen Gedanken für später aufzuheben.

Als jede der Jungfrauen meinen Vater mit verträumten Augen anschaut und den Propheten statt des Mannes sieht, ist er zufrieden und erlaubt ihnen, ins Kloster zurückzukehren. Es ist genial, wirklich. Sorge dafür, dass die Oberinnen und die Protektoren sie jeden wachen Moment missbrauchen, dann bringe sie zum Tempel, wo der Prophet Nahrung, Liebe und leere Versprechungen anbietet, die bis zum Rand mit Hoffnung gefüllt sind und fest wie ein Granitblock klingen.

»Grace, ich möchte mich mit Sarah allein treffen«, ruft er, als die Frauen aufbrechen.

»Ja, Prophet.« Eine grinsende Grace zieht Sarah zur Seite.

Das Mädchen ist immer noch in der warmen Blase der Droge, und ihre Glieder sind schwer, als Grace sie zurück zu meinem Vater bringt.

Ich schließe die Augen nicht. Es wäre so einfach, genau das zu tun. Aber das tue ich nicht. Weil ich hier bin, und ich nichts tun werde, um das aufzuhalten, was gleich passieren wird. Ich verdiene es, sie zu sehen, zu hören, sie verdammt tief in meinem Bauch zu fühlen … die Falschheit davon.

Mein Vater schiebt das Mädchen auf ihrem Bauch auf die Kissen. Ich kann ihr Gesicht nicht sehen, aber ich beobachte sie trotzdem. Weil es das ist, was ich verdiene. Grace steht direkt vor ihr, bereit, sie zu packen, wenn es sein muss. Er zieht ihre Hüften zu sich hoch.

Als sie vor Schmerzen schreit, schaue ich weiter zu. Grace packt ihr Haar und schiebt sie zurück, hält sie still, während mein Vater wie ein gottverdammtes Biest über sie herfällt. Ich schaue weiter zu. Als er fertig ist, aufsteht und ihr dann in den Bauch tritt, schaue ich weiter zu. Als er sie anspuckt, schaue ich weiter zu.

»Du bist nichts weiter als eine dreckige Hure. Alle Frauen sind das. Man sagt nicht Nein zu seinem Propheten. Du tust, was ich sage, wann ich es sage. Perfekter Gehorsam mir gegenüber ist der einzige Weg, wie eine Schlampe wie du in den Himmel kommen kann. Du wirst gehorchen, oder du wirst brennen.«

Sie ist schon in der Fötusstellung und sagt nichts mehr. Aber sie weiß, was gerade mit ihr passiert ist. Genauso wie ich.

Ich bin befleckt von ihrer Vergewaltigung, und ich fühle es. Ein weiterer Fleck auf meiner Seele. Ein weiterer Grund, meinen Vater zu hassen.

»Und du.« Er dreht sich zu mir um, und sein Gewand ist immer noch unordentlich. »Ich bin noch nicht fertig mit dir. Dein Eigensinn hat dafür gesorgt, dass ich deiner Mutter heute Abend einen Besuch abstatte.«

»Papa, bitte …« Noah versucht, auf die Beine zu kommen.

»Setz dich hin!« Seine Stimme donnert durch den Raum. »Ich werde tun, was ich tun muss, um diese Kirche am Leben zu erhalten, meine Schwüre vor Gott und dem Vater des Feuers zu halten. Du wirst mir verdammt nochmal *gehorchen*!«

Er hat keinen Raum gelassen, keine Möglichkeit, den Horror zu stoppen, den er unserer Mutter antun will. Noah und ich sollen es als angemessene Bestrafung für die Kränkung hinnehmen, die mein Vater fühlt … ob real oder eingebildet. Genau wie bei den Frauen erwartet er von seinen Söhnen vollkommenen Gehorsam. Ich verneige mein Haupt und tue so, als würde ich ihn geben.

Was er nicht weiß, ist, dass ich ihn dafür töten werde. Für all das.

KAPITEL NEUNUNDZWANZIG

Delilah

AM NÄCHSTEN MORGEN gehen wir als allererstes alle in den Projektionsraum, um noch mehr vom Propheten zu lernen. Mein Verstand ist immer noch mit einem dünnen Film der Drogen überzogen. Ich versuche, mich an alles zu erinnern, was in der vergangenen Nacht geschah, aber alles, was ich sehen kann, sind Lichtfunken, Neon, das von mir zu den anderen Jungfrauen wandert, und eine gerade Linie gleißend heller Energie, die über den karmesinroten Boden schießt und mich an Adam bindet. Ich hatte vor dem Kloster noch nie Drogen genommen, und ich wollte auch bereits wieder damit aufhören. Aber dass wir am Dienstag hungern gelassen wurden, ist ein Anzeichen dafür ist, dass wir gezwungen werden, an dem wöchentlichen Ritual teilzunehmen.

Abigail dreht den Projektor um, und wir werden

von Miriam Roberts in einem weißen Kostüm mit roten Absatzschuhen und einem zu weißen Lächeln begrüßt. »Mädchen, es ist so schön, heute mit euch sprechen zu können. Der Prophet war so freundlich, mich zu bitten, ein paar Worte über meine wunderbare Erfahrung im Kloster zu sagen.« Eine Frau in schwarzer Dienstmädchenkleidung stellt einen Eistee auf den kleinen Tisch rechts von Miriam und eilt dann davon. »Ich weiß, dass die ersten Wochen die schwersten sind. Ihr habt das Gefühl, dass ihr am falschen Ort seid, oder vielleicht, dass der Prophet euch verlassen hat. Aber ich kann euch versichern, dass dies nicht weiter von der Wahrheit entfernt sein könnte.« Ein weiteres souveränes Lächeln. Sie plappert weiter, und ich werfe einen Blick auf Sarahs leeren Sessel.

Wo ist sie? Ich versuche, mich an letzte Nacht zu erinnern. War sie mit uns im Bus zurück zum Kloster gekommen? So sehr ich es auch versuche, ich kann mich nicht erinnern.

»… eure Erziehung bereitet euch darauf vor, eurem Ehemann vollkommenen Gehorsam zu leisten. Dies ist der Weg, um dem Propheten und Gott zu gefallen. Die Welt ist ein schrecklicher Ort. Der Prophet ist der Einzige, der euch beschützen kann, also bedankt euch bei jeder Gelegenheit bei ihm.« Sie nippt an ihrem Getränk. »Jetzt, da ihr voll in das investiert habt, was wir hier im Kloster tun, ist es an der Zeit, über eure Zukunft zu sprechen.«

Ich horche bei diesen Worten auf.

Sie lächelt wieder und faltet die Hände in ihrem Schoß. »Eine Jungfrau zu sein ist mehr als nur zu lernen, wie man seinem zukünftigen Ehemann perfekt gehorcht. Das ist natürlich wichtig.« Sie beugt sich vor und schaut direkt in die Kamera. »Aber eure Beziehung zum Propheten ist viel wichtiger als jede andere in eurem Leben. Dem Propheten zu gefallen ist der Grund, warum ihr hier seid, und sie ist der Grund, warum ihr über allen anderen Frauen auserwählt seid.« Sie nickt und stimmt sich selbst zu. »Es gibt viele Möglichkeiten, wie ihr dem Propheten dienen könnt. Der Prophet wird das Richtige für euch entscheiden, wenn die Zeit gekommen ist. Aber egal, wohin ihr geht, ihr müsst immer daran denken, dass der Prophet das Oberhaupt eures Lebens, das Oberhaupt eures Haushalts und das Oberhaupt eures Herzens ist. Alle Informationen, die ihr von den Menschen um euch herum erfahrt … auch wenn ihr sie für unbedeutend haltet …, müssen dem Propheten gemeldet werden. Und das ist für Jungfrauen wie euch doppelt wichtig. Mächtige Männer haben noch mächtigere Geheimnisse. Der Prophet muss diese Geheimnisse kennen, um euch zu schützen.«

Während sie ihre Propaganda fortsetzt, macht es in meinem Kopf klick. Ich wusste bereits, dass einige der Jungfrauen später Politiker und reiche Geschäftsleute heiraten, aber ich wusste nicht, dass der Prophet diese Verbindungen als geheimes Spionagenetzwerk benutzt.

Ich lehne mich zurück, verdaue diese

Informationen und versuche zu entschlüsseln, was das für Georgias Schicksal bedeuten könnte. Hat sie auf der Suche nach Informationen den falschen Mann verärgert? Ursprünglich hatte ich den Propheten des Mordes an ihr verdächtigt, vor allem angesichts der rituellen Schändung ihres Körpers, aber könnte es ein Vorwand gewesen sein, um eine noch heimtückischere Verschwörung zu verbergen?

Wir sitzen eine Stunde lang ihre sanfte Propaganda ab … die Rädchen in meinem Kopf schnurren und drehen sich die ganze Zeit … dann pausieren wir und gehen in den Trainingsraum. Es ist mein Tag auf dem Tisch, also nehme ich die Position ein, während Abigail den Einlauf anlegt. Ich fühle nicht einmal mehr die Demütigung. Ich akzeptiere es einfach. Vielleicht funktioniert die ganze Gehirnwäsche bei mir.

»Hey«, flüstert Susannah neben mir her.

»Ja?«

»Weißt du, wo Sarah ist?«

Ich blicke zurück zu Abigail, die am Waschbecken beschäftigt ist. »Nein. Habe sie nicht gesehen.« Und ich schäme mich, zuzugeben, dass ich zu sehr mit Gedanken an Georgia beschäftigt war, um mich auf Sarahs Abwesenheit zu konzentrieren.

»Scheiße.« Sie stützt ihren Kopf auf ihre Hand. »Etwas ist passiert.«

Die gleiche herzzerreißende Sorge, die ich fühlte, als sie nicht zur Filmzeit auftauchte, überkommt mich wieder. »Erinnerst du dich an letzte Nacht? Ich kann nicht.«

Ihre Wangen erröten. »Ja. Du erinnerst dich an nichts mehr?«

»Nur Licht.«

»Du erinnerst dich nicht daran, mich geküsst zu haben?«

Meine Kinnlade klappt nach unten. »Wir haben uns geküsst?«

»Ja.«

»Warum sind wir nicht in Schwierigkeiten?«

»Der Prophet hat uns dazu gezwungen. Alle von uns«, sie verstummt, als Abigail hinter uns herumstolpert und dann zum Waschbecken zurückkehrt, »haben zusammen Sachen gemacht. Verbotene Sachen. Aber es war alles in Ordnung. Weil«, sie zuckt mit den Schultern, »er uns gesagt hat, dass wir es tun sollen.«

»Und Sarah?« Ich beiße die Zähne zusammen, während Abigail die warme Flüssigkeit in mich laufen lässt.

»Zieh es hoch, Liebes. Behalte es einfach so lange in dir, wie du kannst.« Sie klopft mir auf den Hintern, was nicht hilfreich ist, dann geht sie weiter zu der Jungfrau zu meiner Linken.

»Sie auch. Aber als wir gingen, blieb sie zurück.«

Mein Magen zieht sich zusammen. »Das ist schlecht.«

»Ich weiß.« Sie schweigt, als eine andere Oberin vorbeikommt und uns anschaut.

Ich versuche, einen Weg zu finden, um Chastity zu entdecken. Sie wird wissen, was mit Sarah passiert ist, und vielleicht kann sie mir endlich sagen, was sie über Georgia weiß. Vielleicht, wenn ich mich während des Nachmittagsgebets aus meinem Zimmer schleichen kann.

Die Doppeltüren schwingen auf, und Grace schreitet hinein. Sarah folgt in ihrem üblichen weißen Kleid, das nun mit einem roten Kreuz über dem Herzen bestickt ist. *Was soll das*?

»Schwestern, freut euch für Sarah, die die Gabe des Propheten erhalten hat.«

»Wir freuen uns für dich und deinen Segen«, sagen die Oberinnen einstimmig, und Schüttelfrost läuft mir über den Rücken.

Sarah schaut nicht auf, der übliche Funke ist verflogen, als sie hereinkommt und ihr Kleid ablegt.

»Okay, lass es raus.« Abigail tätschelt meinen Hintern.

Ich entspanne mich und gebe mich der Erleichterung hin, aber mein Blick kehrt zu Sarah zurück. Sie kniet auf dem Boden neben einer der Oberinnen, die ihre Hände um den Hals einer Jungfrau geschlungen hat, um das Atemspiel zu demonstrieren.

Abigail wischt mich mit Babytüchern ab, und als ich sauber bin, zeigt sie auf die Trainingsfläche und winkt eine der anderen Jungfrauen zu sich.

Ich gehe zu Sarah hinüber und setze mich neben sie. Ich kann nichts sagen, nicht mit einer Oberin genau hier, aber ich strecke meine Finger aus und streiche über ihren Oberschenkel. Sie zuckt vor mir zurück, und ihre Augen sind riesig.

»Ihr zwei, lasst uns üben.« Die Oberin löst ihren Griff von der Jungfrau und lässt sie aus dem Weg rollen. »Delilah, leg dich auf den Rücken. Sarah, du wirst den Mann spielen.«

Ich gehorche und bleibe still, während Sarah sich auf mich setzt. Der weit entfernte Blick in ihren Augen ist etwas so anderes als ihr übliches Feuer, dass ich sie wieder erreichen möchte. Aber das tue ich nicht. Sie ist erschüttert, ängstlich und irgendwie leer.

»Jetzt leichten Druck ausüben.« Die Oberin nimmt Sarahs Handflächen und drückt sie gegen meinen Hals.

Sarah drückt leicht zu.

»Du musst ihren Atem anhalten. Sie kontrollieren.« Die Oberin beugt sich über mich. »Drücke nicht auf die Vorderseite, sondern benutze die Seiten deiner Hände. Das stoppt auch den Blutfluss, was sie an den Rand der Ohnmacht bringt. Das ist es, was wir wollen.«

Sie verändert ihren Griff nicht.

»Sarah!« Der wütende Ruf der Oberin schneidet durch den Raum. »Tu, was man dir befiehlt.«

Ich greife hoch und berühre ihre Taille, um sie wissen zu lassen, dass es okay ist. Sobald meine Finger ihre Haut streifen, greift sie fester zu, beugt sich nach vorne und legt ihr Gewicht auf meine Luftröhre. »Rühr mich nicht an. Rühr mich nie wieder an.«

»Sarah«, versuche ich zu sagen, aber ich bekomme das Wort nicht heraus.

»Zu viel.« Die Oberin runzelt die Stirn. »Sarah.«

Sie ergreift ihren Unterarm, aber Sarah stößt sie weg und legt ihre Hand wieder an meinen Hals.

»Fass mich verdammt nochmal *nie* wieder an.« Ihre Augen blicken wild, und sie sieht mich nicht.

Ich ergreife ihre Handgelenke, als meine Lungen zu brennen beginnen.

»Sarah!«, schreit Susannah, rennt hinter sie und schlingt ihre Arme um ihren Oberkörper. »Lass sie los. Es ist Delilah!« Sie zuckt zurück, als die Oberin zu Sinnen kommt und ihren Schlagstock zieht.

Sarah will nicht loslassen, und meine Welt verblasst.

Das vertraute Geräusch eines Schlagstocks, der auf Fleisch trifft, fügt kleine Funken zu den schwarzen Punkten hinzu, die mein Sichtfeld überfluten. Ein weiterer Schlag, und Sarah fällt neben mich. Ich ziehe einige abgehackte Atemzüge ein und kämpfe darum, mich aufzusetzen.

»Sarah.« Ich greife nach ihr, aber halte inne.

Tränen sammeln sich in ihren Augen und tropfen auf die Matte, und jetzt scheint sie mich zu sehen. »Delilah? Es tut mir leid.«

»Es ist in Ordnung.« Zögernd streiche ich ihr Haar von ihrem Gesicht weg. »Ich gewöhne mich gerade ans Ersticken.« Ich gebe mein Bestes für ein Lächeln.

Sarah erwidert es nicht. »Es tut mir leid«, flüstert sie.

»Es ist in Ordnung. Wirklich.« Ich berühre meinen Hals. Der Schaden ist nicht annähernd so schlimm wie bei Newell. »Es wird sofort heilen. Geht es dir gut?« Ich weiß nicht, wo die Oberin sie getroffen hat.

»Keine Berührungen, Jungfrau.« Die Oberin sticht mir den Schlagstock ins Gesicht, und ich lasse meine Hand sinken.

»Es tut mir leid«, flüstert Sarah wieder.

»Ich schwöre, es geht mir gut.«

Der Schlagstock trifft meine Schläfe, aber nicht hart genug, um wirklich wehzutun. »Auch nicht reden.«

Ich lehne mich zurück, während Sarahs Tränen weiter fallen.

»Zurück zum Training. Susannah, auf deinen Rücken. Delilah, du hast die Kontrolle über ihren Atem.« Die Oberin belästigt Sarah nicht, sie lässt sie einfach dort, wo sie hingefallen ist. Das Kloster ist voll von kleinen Segnungen.

ADAM PLATZT in mein Zimmer wie ein Tornado. Ich springe auf, rutsche zu Boden und ziehe dabei mein Kleid aus. Er kommt zu mir, reißt mich hoch und wirft mich aufs Bett, bevor er auf mich draufkriecht. Er vergräbt sein Gesicht in meinem Haar, atmet ein und schlingt seine Arme um meinen Rücken.

Ich kann kaum atmen, aber ich habe Angst, mich zu bewegen. »Harter Tag im Büro?«, frage ich.

Er lacht tief in seiner Kehle. »Das könnte man so sagen.« Er kuschelt an meinem Hals. »Was ist mit dir? Gab es heute gutes Training?«

»Ich wurde wieder fast erwürgt, also ja.«

Er zieht sich zurück und schaut sich meinen Hals an. Die Stellen, an denen Sarah zu fest gedrückt hat, sind geschwollen, aber sonst ist es nicht so schlimm.

»Sie hat es nicht richtig gemacht.« Er zieht seine Zunge an einer der empfindlichen Stellen entlang.

»Ich weiß. Ich denke …« Ich keuche, als er seine Lippen an die zarte Stelle direkt unter meinem Ohr klebt. »Ich glaube, ihr ist etwas zugestoßen. Und sie ist, ich weiß nicht, sie denkt nicht klar.«

»Sarah?« Er knabbert an meinem Ohr.

»Woher wusstest du das?«

»Ein Schuss ins Blaue.«

»Warum hat sie jetzt das rote Kreuz auf ihrem Kleid?«

»Haben wir nicht schon besprochen, dass Fragen nicht erlaubt sind?« Er küsst meine Brust hinunter.

»Ich dachte nur …«

»Nicht *denken*. Nicht jetzt.«

»Hey.« Ich ergreife seine Schultern. Der Hunger und die Drogen und die völlige Verwüstung dieses Ortes steigen in mir hoch, löschen meine Mission und meine Vernunft aus und erzwingen einem rauen Schrei aus meinem Hals. »Hey! Du kannst nicht einfach hier reinkommen und mich wie ein Fickspielzeug behandeln.« Ich versuche, mich unter ihm herauszuwinden, aber er schnappt sich eine Handvoll meiner Haare.

»Müssen wir nochmal durchgehen, wer hier das Sagen hat?« Er beugt sich herunter und beißt in meine

Brustwarze, bis ich schreie. »Weil ich mehr als glücklich bin, diese Lektion so oft wie nötig zu lehren, damit du sie verstehst. Du *bist* mein Fickspielzeug, und ich werde dich benutzen, wann immer ich dich will.«

»Halt!« Ich ergreife sein Haar und ziehe.

Er knurrt und reißt meine Hand weg, wobei einige seiner Haare noch in meiner Handfläche zurückbleiben. Er krabbelt an meinem Körper hoch und hält mir die Hände über den Kopf.

Seine dunklen Augen sind kalte Wasser, ein Monster, das in ihren Tiefen lauert. »Warum bettelst du um Bestrafung?«

»Das tue ich nicht. Ich will Antworten.«

»Was du willst, ist egal und das wird es immer sein«

Ich fauche und versuche, meine Handgelenke zu befreien, aber sein Griff ist so sicher wie eiserne Handfesseln und genauso hart. »Fick dich!«, schreie ich ihm ins Gesicht, wohl wissend, dass ich einen Fehler mache. Aber ich kann mich nicht zurückhalten, nicht nach dem, was mit Sarah passiert ist, nicht nach dem, was mit Georgia passiert ist. Ich habe nichts herausgefunden, seit ich mich für diesen Wahnsinn angemeldet habe. Jeder flüchtige Hinweis auf Georgia verschwindet, bevor ich ihn auch nur berühren kann, und jetzt wird Sarah direkt vor meinen Augen zum Opfer gemacht, und ich kann nichts dagegen tun. Aber ich kann schreien. »Lass mich los, du kranker Wichser!«, wüte ich und winde mich und benutze jedes bisschen Kraft, um ihn zu bekämpfen. »Ich hasse dich!«

Er flucht, aber er hält mich gefangen, und sein

Körper ist zu schwer für mich und seine Kraft viel zu beständig, als dass ich sie überwinden könnte. Als ich verbraucht bin und aufhöre, mich zu bewegen, lässt er meine Handgelenke los und setzt sich mit dem Rücken zu mir auf die Bettkante.

Ich atme schwer, und mein Körper zittert von der Anstrengung. Das bisschen Essen, das sie mir beim Abendessen gegeben haben, ist schon lange verbraucht, und ich bin außerdem zu müde. Mein Herz und mein Verstand zerbrechen bereits. Ich kam hierher, um diesen Ort zu zerstören, aber stattdessen zerstört er mich. Tränen steigen in meinen Augen auf, und diesmal kann ich sie nicht aufhalten.

Er seufzt schwer. »Sie hat das Kreuz, weil sie vom Propheten beansprucht wurde.« Er schüttelt den Kopf. »Vom Propheten *gefickt* wurde, in der normalen Sprache. Nun wird ihr Protektor ihren Körper auf alle möglichen Arten haben dürfen. Das Kreuz auf ihrem Kleid bedeutet einfach, dass sie Freiwild ist, abgesondert, schon verkostet, keine Jungfrau mehr.«

Fassungsloses Schweigen. Es ist, als hätte der Prophet *Der scharlachrote Buchstabe* gelesen und beschlossen, diesen puritanischen Schwachsinn in die Tat umzusetzen.

Ich schlucke. »Wird mir das auch passieren?«

»Ja.« Er reibt sich mit einer Hand über das Gesicht, und ich merke, dass er abgemagert aussieht. Sich seit Tagen nicht rasiert hat und seine Haare schon zerzaust waren, noch bevor ich sie gepackt hatte. Seine

Schultern sind immer noch breit und kräftig, aber sie fallen leicht nach vorne.

»Wann?«

»Ich weiß es nicht. Wenn er so früh eine Jungfrau nimmt, ist es zur Strafe. Sarah …«

»Wollte das vergiftete Essen nicht essen.« Ihr Moment des Trotzes fällt mir kristallklar wieder ein.

»Exakt.«

»Aber irgendwann wird er …«

»Ja. Der Prophet wird die Jungfräulichkeit jeder Jungfrau zu gegebener Zeit nehmen.«

»Einschließlich meiner.« Ich sage es ruhig, obwohl sich alles in mir zu einem bösartigen Knoten verdreht.

»Einschließlich deiner.« Seine Stimme ist tief und fast dünn, zu abgenutzt und angespannt.

Ich setze mich auf und würge, aber es kommt nichts hoch. Ich bin auf allen Ebenen leer, ausgehöhlt dadurch, wie krank der Prophet ist, wie verkommen jeder einzelne Teil der Himmlischen Mission geworden ist. War es jemals ein rechtschaffener Ort?

Meine Gedanken drehen sich, und jeder stolpert über den letzten. Es gibt kein Entkommen. Ich wusste das, als ich damit anfing, aber ich kannte die Kosten nicht. Keine der Jungfrauen tat das. Der Missbrauch, die Gehirnwäsche, die Drogen … wäre ich hier, wenn ich das gewusst hätte? Ein Blitz von Georgias blonden Locken kreuzt den Weg meiner Gedanken. Und ich kenne die Antwort. Ja. Ich bin es ihr schuldig, die Wahrheit herauszufinden, um die zu bestrafen, die sie verletzt haben.

Ich starre Adam an, und ich schaue in den zerbrochenen Spiegel. Er ist auf der anderen Seite, und die gezackten Scherben durchbohren sein Bild genauso, wie sie meins durchbohren. Der Prophet zermalmt ihn, vielleicht auf eine andere Weise, aber er vernichtet ihn trotzdem.

Ich atme tief aus. »Ich will, dass du es bist.«

»Was?« Er blickt mich mit gerunzelter Stirn an.

»Ich will, dass du mir meine Jungfräulichkeit nimmst.«

Feuer entzündet sich in ihm, eines, das direkt unter seiner Oberfläche brennt. »Du weißt nicht, was du da verlangst.«

Ich rutsche zu ihm hinüber. »Das tue ich.«

»Nein, das tust du nicht. Die Konsequenzen sind unvorstellbar. Für uns beide.«

Ich lasse mich langsam zu Boden gleiten und rutsche zwischen seine Knie. »Ich werde nicht zulassen, dass dein Vater sie mir nimmt.«

Er umarmt meine Wange, und sein Daumen streicht über meine Lippen. »Du kannst sie nicht mehr vergeben. Als du ins Kloster eingetreten bist, hast du das Recht auf dich selbst aufgegeben.«

»Das ist nicht wahr.« Ich schüttele den Kopf. »Ich bin immer noch ich. Es muss zwischen uns nicht so sein.«

»Wir können nicht zusammen sein. Ich bin dein Protektor. Ich bin hier, um dich auf den Propheten vorzubereiten, und danach auf den Mann, der dich während der Prüfungen auswählt.«

»Prüfungen?«

Er spannt sich noch mehr an. »Keine Fragen mehr.«

»Also, werde ich *ausgewählt* oder lande ich in der Kapelle? Ist das alles?« Ich kann die Bitterkeit nicht aus meiner Stimme heraushalten.

»Dort oder schlimmer.«

Eis rieselt durch meine Adern. »Es gibt Schlimmeres als die Kapelle?«

»Es kann immer schlimmer werden, kleines Lamm. Das solltest du inzwischen wissen.« Er seufzt und zieht mich auf seinen Schoß, so dass ich mich auf ihm abstütze. »Warum kämpfst du gegen mich?«

»Ich kann nicht anders.« Ehrlichkeit ist das Einzige, was mein Herz geben kann.

»Du musst damit aufhören.«

»Du magst es.« Ich schaue in seine dunklen Augen, versuche, einen Blick auf die Seele zu werfen.

Er lächelt, ein wenig schief, der Rest ist perfekt. »Vielleicht, aber ich kann dir versichern, dass der Prophet das nicht zu schätzen wissen wird.«

Ich beuge mich näher zu ihm und flüstere mit meinen Lippen über seinen. »Nimm mich, bitte.«

Seine Hände gleiten meine Oberschenkel hinauf und zu meinem Po. Er drückt ihn und zieht mich näher heran, bis meine nackten Brüste gegen sein Hemd drücken. »Nein.«

Ich nehme seine Unterlippe zwischen meine Zähne und ziehe sie nach unten.

Er stöhnt und knetet meinen Hintern. »Du gehst

eine dunkle Straße entlang.« Die Warnung in seiner Stimme kommt abgehackt heraus.

»Wartest du dort, um mich zu fangen?« Ich schlinge meine Arme um seinen Hals und spreize meine Beine, bis ich seinen dicken Schwanz an mir spüre.

»Scheiße.« Er beansprucht meine Lippen, rau und hungrig. Sein Bart kratzt an meiner glatten Haut, und ich atme ihn ein. Seine Hände streichen über meinen Rücken, dann wandern sie wieder nach unten, greifen hart zu und ziehen mich auf seinen steifen Schwanz.

Ich werde verschlungen. Sein Kuss ist eine Inbesitznahme, dauerhafter als eine Tätowierung und narbenbildender als Feuer. Ich öffne mich weit für ihn, und seine Zunge sucht und findet die meine. Dunkler Tabak, harter Whisky und er tanzen alle an meinen Geschmacksnerven entlang.

Ich winde meine Finger in seinem Haar, greife die Strähnen und ziehe, bis er stöhnt. Ich bringe meine Lippen auf seinen Hals und knabbere und lecke. Salzig und durchdringend flüstert sein Geschmack zu einem primitiven Teil meines Gehirns, und ich möchte ihn überall probieren.

Er schlingt seine große Handfläche um meine Schulter und schiebt, lehnt mich zurück, bis meine Brüste zu ihm gerichtet sind. Er senkt den Kopf, küsst das Tal zwischen ihnen, dann leckt er immer und immer wieder um eine Brustwarze, bis ich mich winde und verzweifelt bin. Als er den harten Nippel mit seinem Mund beansprucht, wölbt sich mein Rücken, und ein zitterndes Stöhnen entweicht aus meinen

Lungen. Er peitscht meine Brustwarze aus, saugt und beißt, dann führt er die gleiche Folter an der anderen aus. Ich fummele an seinen Knöpfen, aber er reißt sein Hemd auseinander, zerrt es weg und zieht mich dann auf seine Brust. Haut an Haut.

»Wir können das nicht tun.« Er beansprucht immer wieder meinen Mund, und sein Kuss wird immer eindringlicher, das Bedürfnis in ihm passt zu meinem eigenen.

Ich greife nach unten, öffne seinen Knopf, ziehe den Reißverschluss herunter und schiebe dann meine Hand hinein. Er spannt sich an, als sie sich um seine Erektion legt. Weich und doch hart, und die Haut ist so warm. Ich reibe auf und ab, so wie er es tat, als er auf mir kam. Allein die Erinnerung daran, wie er mich mit seiner Befreiung umhüllt hat, spornt mich an, ihn härter zu ergreifen.

Er wippt mit seinen Hüften gegen meine Hand, während sie auf und ab gleitet. Ich will mehr. Das Bedürfnis in mir gibt nicht nach, und ich folge dem gewundenen Weg, den es nimmt. Ich knie mich hin, lehne mich nach vorne und bringe meinen Mund nah an seine nasse Eichel.

»Das solltest du nicht tun.« Er greift mein Haar. »Nicht nach dem, was dir passiert ist, als …«

»Das ist etwas anderes.« Ich schiebe meine Zunge heraus und berühre die salzige Nässe. »Ich will das.«

Seine Barmherzigkeit verflüchtigt sich, wird vom Hunger eines Tieres ersetzt. »Dann nimm ihn.« Er schiebt seine Finger in meine Haare und zieht mich auf seinen Schwanz. Ich öffne meinen Mund weit und nehme ihn auf, so weit ich kann. Ich würge, ziehe mich ein wenig zurück und versuche es dann noch einmal. Er stöhnt, und seine Hüften schieben sich in meinen Mund. Mein Würgereflex lässt nach, und er kann tiefer hineinrutschen. Ich nehme ihn, streichele mit meiner Zunge die weiche Haut, während sein Kopf gegen meinen Gaumen drückt.

Ich sauge und lecke, und es ist mir egal, ob mir Spucke über mein Kinn läuft. Sein Stöhnen und sein schweres Atmen kanalisieren sich in diesem süßen Fleck zwischen meinen Beinen, und ich bin für ihn durchnässt.

Ich ziehe mich zurück und lecke seine Eichel. »Ich will dich in mir haben.«

»Wir können nicht.« Er blickt in die Kamera, und sein Gesicht ist gequält.

»Badezimmer.« Ich stürze mich wieder auf seinen Schwanz, und seine Hüften zucken. Dann zieht er mich auf meine Füße und schiebt mich in Richtung Badezimmer.

Ich stolpere und eile dann durch die Tür.

Er folgt mir, knallt sie hinter uns zu und hebt mich dann auf das Waschbecken. »Scheiße, ich sollte das nicht tun.« Aber seine Stimme ist angespannt, als ob mein Betteln ihn bricht.

»Bitte fick mich.« Ich lecke meine Lippen. Das hier begann aus Trotz. Mein Stinkefinger für den Propheten. Aber je mehr er mich ansieht, desto mehr sehe ich, wie nahe er daran ist, wieder zu zerbrechen, zu explodieren. Und dieses Mal möchte ich, dass er es in mir tut.

»Spreizen«, befiehlt er heiser.

Er schaut nach unten und beobachtet, wie ich meine feuchte Mitte für ihn öffne. Er zieht seine Finger über meine Klitoris und leckt sie dann ab. Er kniet sich hin und bekommt einen direkten Geschmack, als er meine Nässe aufleckt. Ich ergreife das Waschbecken, als er einen Finger in mich schiebt.

»Bitte.« Ich bekomme das Wort kaum heraus.

»So eng.« Das ist zu viel für ihn, und seine Stimme verwandelt sich in groben Kies, als er mich schmeckt. »Ich werde dir wehtun, kleines Lamm.« Er leckt mich wieder, von der Öffnung bis zur Klitoris. »Ich werde dir sehr wehtun.«

Meine Schenkel zittern, als er einen weiteren Finger hineinsteckt und mich ausdehnt, während er mich leckt.

»Adam.« Ich lehne mich zurück gegen die Wand, da der zerbrochene Spiegel nicht mehr dort hängt. Mein Vergnügen steigt, mit jedem Streicheln seiner Zunge, jedem Eintauchen seiner Finger. Alles in mir verkrampft sich, und er spürt es und fickt mich härter mit seinen Fingern, peitscht mit seiner Zunge.

Ich zerbreche, und der Orgasmus bricht mit einem erstickten Schrei aus mir heraus. Er überrollt mich, während seine Finger sich immer weiter hinein- und hinausarbeiten. Ich zittere, und mein Körper entlädt sich in gleichmäßigen Wellen, bis nur noch Nachbeben bleiben. Er steht mit meiner Nässe auf seinen Lippen auf und küsst mich. Ich schmecke mich selbst, mein Verlangen.

Er öffnet meine Oberschenkel noch weiter und schiebt seine Eichel an meine Öffnung. Die Spannung beginnt sich erneut aufzubauen, wirbelt in meinem Bauch.

»Entspann dich, kleines Lamm.« Er küsst mich wieder und schluckt jeglichen Protest, den ich vielleicht gehabt hätte. Aber ich habe keinen.

Er schiebt sich in mich hinein, dann wartet er, und jeder Muskel in ihm ist steinhart. Dann schiebt er weiter und hält inne, als ob er auf Widerstand stößt. »Das wird wehtun, aber danach werde ich dafür sorgen, dass es sich gut anfühlt. Vertraust du mir?«

Ich nicke und ergreife seine Schultern, halte mich an ihm fest, während er das Einzige nimmt, was ich ihm anbieten kann. Er beansprucht mich mit einem weiteren sengenden Kuss und schiebt sich ganz hinein. Ich schreie auf, aber er schluckt das Geräusch, seine Zunge nimmt es weg, während er in mir bleibt.

Voll, so voll. Ich bin auf ihm aufgespießt. Meine Wände winden sich um seine Dicke. Er streichelt sanft meinen Rücken, und sein Mund liegt weich auf meinem, während er mir langsam alles gibt, was er mir versprochen hat.

Als er sich zurückzieht, keuche ich. Er taucht wieder ein, und seine Erektion bewegt sich geschmeidig, bis er vollständig in mir ist.

»Schau uns an.« Er schaut zu, wie er sich wieder herauszieht, dann schiebt er sich wieder hinein, bis wir vollständig vereint sind. »Deine rosa Muschi nimmt mich komplett auf. Eine perfekte, gierige Fotze.«

Ich zittere bei seinen schmutzigen Worten, aber ich will mehr davon. Und zwar alle.

»Sie gehört jetzt mir.« Seine dunklen Augen treffen auf meine. »Du gehörst zu mir. Es ist mir egal, was passiert. Du gehörst mir.« Er stößt wieder zu, diesmal härter. »Zum Ficken. Zum Lecken. Zum Schmerzenbereiten.« Noch ein harter Stoß, und ich kralle mich an seinem Rücken fest. »Verstehst du, kleines Lamm?«

»Ja.« Wir schauen uns an, als er in mich eintaucht, sich aus mir zurückzieht und unsere Körper auf jeder Ebene kommunizieren. Er fickt brutal, jeder Stoß ist hart und direkt. Er ergreift mein Haar und küsst mich grob, wobei seine Zunge im gleichen Tempo wie sein Schwanz arbeitet. Ich kann nicht zu Atem kommen, und er will nicht, dass ich es tue, indem er mich fickt, als wäre es das letzte Mal. Vielleicht ist es das auch.

»Ich kann bei dir nicht langsam sein. Diesmal nicht. Kannst du so kommen?« Er greift mir an den Arsch, hebt mich hoch und drückt mich gegen die Tür. Es erhöht die Reibung an meiner Klitoris und lässt ihn noch tiefer eindringen.

Ich keuche.

»Oder so?« Er nimmt einen Daumen und drückt ihn zwischen uns, reibt meine Klitoris, während er in mich stößt.

Ich grabe meine Nägel in seine Schultern, als der Druck zwischen meinen Beinen nach oben rast. »Ich werde …« Ich kann den Satz nicht beenden. Ich halte den Atem an, und dann sehe ich Sterne.

Meine Hüften versteifen sich, und ich falle. Er hämmert härter auf mich ein, die Tür knarrt unter der Belastung und dann stößt er so tief, dass es wehtut. Sein leises Stöhnen vermischt sich mit meinem, während er sich in mir entleert. Ich treibe auf den rollenden Wellen dahin, ertrinke in Ekstase, während er noch ein paarmal zustößt und dann seine Stirn neben mir gegen die Tür legt.

»Verdammt.«

Ich würde zustimmen, aber es kommen keine Worte. Ich bin wund und köstlich gesättigt.

Er schlägt seine Stirn gegen das Holz. »Das hätten wir nicht tun sollen.«

Sein Bedauern schmerzt mich genug, um mich aus den Wolken zu ziehen. Ich versuche, mit den Füßen auf den Boden zu kommen, aber er verhindert es. Sein Schwanz pulsiert in mir und erfüllt mich immer noch mit unerwarteter Glückseligkeit. Er gibt seiner Lust nach, schiebt sich noch einmal hinein und schickt einen süßen, brutzelnden Schmerz durch mich hindurch.

»Wenn du es jemandem erzählst, werde ich dich töten.« Er hält eine Hand vor mich, und die Knöchel sind immer noch geprellt. »Ich werde diese Hände dazu benutzen. Und ich werde dir in die Augen sehen, bis dein Licht erlischt.«

Ich glaube ihm jedes Wort.

»Ich schätze, du musst mir jetzt vertrauen«, flüstere ich.

Er streicht mir über die Wange, dann legt er seine Hand besitzergreifend um meinen Hals, während seine dunklen Augen die meinen finden. »Wenn ich das erst einmal tue, werde ich dich nie wieder gehen lassen.«

KAPITEL DREISSIG

Adam

AM NÄCHSTEN TAG schlafe ich aus und versuche, all die verlorene Zeit aufzuholen. Zum ersten Mal seit Jahren bin ich in der Lage, die Nacht durchzuschlafen, ohne Träume, ohne Schweißausbrüche.

Aber als ich die Augen öffne und Noah mit ernstem Gesicht über meinem Bett auftaucht, wird mir klar, dass die Qualen darauf warteten, dass ich aufwache.

»Was?« Ich reibe mir die Augen.

»Papa will dich sehen.«

Ich schaue zum Fenster. »Es dämmert gerade erst, verdammt nochmal.«

»Steh auf.« Er wirft die Decke von mir ab.

»Scheiße!« Ich setze mich auf und schwinge meine Beine vom Bett. »Was geht hier vor?«

»Er vermutet, dass du gestern die Regeln gebrochen

hast.« Er verschränkt seine Arme über dem Bauch und geht in meinem Zimmer auf und ab. »Hast du das?«

»Ob ich eine Jungfrau gefickt habe?« Ich schüttele den Kopf und schaue ihn verwirrt an.

Er entspannt sich ein winziges bisschen. »Ich wusste, dass du das nicht tun würdest. Ich weiß nicht, warum Papa dich plötzlich verdächtigt.«

Und der Oscar geht an … Adam Monroe.

Ich stehe auf. »Komm, lass uns hoch ins Haus gehen und das Feuer löschen.« Ich gehe in meinen Schrank und ziehe frische Kleidung an. Ich mache mir nicht die Mühe, in den Spiegel zu schauen. Ich weiß, dass ich scheiße aussehe. Noah geht vor mir hinaus in den Flur im zweiten Stock. Ich folge ihm links an der Tür vorbei, die seit vier Jahren nicht mehr geöffnet wurde. Ich schaue sie nicht an, aber die Wahrheit ist immer da, wie ein Dolch in meinem Rücken, den ich nicht erreichen kann.

Wir schreiten in die kalte Luft, und unser Atem formt düstere Wolken.

»Irgendeine Idee, was diese brandneue Dosis Paranoia ausgelöst hat?«

»Nö. Aber er hat den Rest der Protektoren einberufen.«

Scheiße. Ich mache große Schritte und eile meinem Schicksal entgegen. Wenn Delilah geredet hat, dann wäre es für uns beide vorbei. Aber wenn es nur ein Flüstern von einer Oberin ist oder etwas Indizienhaftes, kann ich mich herausreden.

Das Haus ist warm und duftet nach Zimt, als wir hineingehen. Mama wartet an der Hintertür.

»Was machst du hier?« Ich schaue mich um, und Noah schließt schnell die Tür und legt das Schloss um.

»Er ist auf einem Höhenflug. Die ganze Nacht lang Koks und Mädchen aus der Kapelle.«

»Was hat er getan?« Ich schiebe ihr das dunkle Haar aus der Stirn. Ein Pflaster bedeckt etwa zweieinhalb Zentimeter ihrer Haut. Mörderische Wut bricht in mir aus wie ein Geysir.

»Er hat schon Schlimmeres getan.« Sie schaut sich um. »Ich wollte dich nur warnen. Er sagt, er hat ein Video von dir, wie du sein Gesetz brichst. Aber ich schaute durch einen Türspalt, den Castro offen gelassen hatte. Es ist nichts.« Ihre Wangen werden heiß. »Ich meine, es ist etwas, aber es ist nicht …«

»Mama, Fußstapfen.« Noah greift ihren Ellenbogen und drückt unsere Mutter hinter die Kellerbar.

»Der Prophet wartet.« Castro erreicht grinsend die unterste Stufe der Hauptebene und winkt uns, weiterzugehen.

Mama bleibt an Ort und Stelle. Wenn er sehen würde, dass wir mit ihr reden, wäre noch mehr die Hölle los. Ich bin ihr seit Jahren nicht mehr so nahe gewesen, jedenfalls nicht unter vier Augen. Ein alter, vertrauter Schmerz durchschneidet meine Brust, aber ich ignoriere ihn und folge Castro in das Büro meines Vaters.

»Hier ist er, mein verlorener Sohn.« Mein Vater blickt wütend, als Noah und ich eintreten. Die anderen

Protektoren sind bereits im Raum verteilt, auf Sofas zusammengepfercht oder stehen an den Fenstern.

»Ich habe noch mehr Verträge, an denen ich arbeiten muss, also wenn wir gleich zur Sache kommen könnten, wäre das perfekt.« Ich lehne mich gegen den Türrahmen und verschränke die Arme vor der Brust.

»Seht ihr, wie er mein Gesetz missachtet?« Er schaut sich im Raum um.

Die Protektoren nicken, während er an ihren armseligen Marionettenfäden zieht.

»Mein Erstgeborener, der sich für die Ziele der Himmlischen Mission einsetzen *sollte,* der das Vorbild sein *sollte,* nach dem alle anderen leben. Stattdessen rümpft er die Nase sowohl über Gott als auch über den Vater des Feuers. Und schlimmer noch, über *mich.*«

Ich lasse ihn weiter und weiter darüber reden, wie schrecklich ich bin. Das meiste davon stimmt, also gibt es keinen Grund, zu widersprechen. Als er endlich auf den Punkt kommt, stehe ich gerade.

»Und jetzt hat er die eine Regel gebrochen, nach der wir alle leben. Die *eine* Regel, die ich mit unerschütterlicher Sicherheit durchsetze, basierend auf dem, was Gott mir offenbart hat. Er hat mit einer Jungfrau Unzucht getrieben.«

Die Köpfe der Protektoren drehen sich zu mir. Sie können mich anstarren, so viel sie wollen.

»Hast du irgendwelche Beweise?« Ich inspiziere meine Fingernägel.

»Und ob ich das habe!«, brüllt er und greift nach einer Fernbedienung.

Castro drückt einen Knopf an der Wand und lässt einen Flachbildschirm von der Decke fahren. Mein Vater drückt auf Play, und ein Video aus Delilahs Zimmer erscheint.

Ein Grinsen breitet sich über mein Gesicht aus, als sich die Szene abspielt und sie auf die Knie geht. »Was dagegen, wenn ich erzähle? Ich kann dir mit Sicherheit sagen, dass ihre Zunge weich wie Seide ist und, dank meiner Anweisungen, ihr Würgereflex an nicht vorhanden grenzt.«

Ein paar Protektoren treten unruhig auf der Stelle. Ich würde mich auch unbehaglich fühlen, wenn ich so einen Ständer hätte wie sie.

»Hier!« Mein Vater zeigt auf mich, während ich Delilah vom Bildschirm stoße und ihr ins Badezimmer folge. »Hier hast du mein Gesetz gebrochen.« Er rast vorwärts, stoppt die Aufzeichnung und notiert den Zeitstempel, als wir den Raum verlassen. »Fünfzehn Minuten. Was hast du da drin eine Viertelstunde lang gemacht?«

Ich lächele. »Sie schluckte meine erste Ladung, tröpfelte aber etwas an ihrem Kinn herunter. Ich sagte ihr, sie solle sich säubern gehen. Du hast gesehen, wie ich ihren wertlosen Arsch weggeschoben habe. Dann blies sie mir noch einen und schluckte in vollkommenem Gehorsam bis zum letzten Tropfen.«

Die Brauen meines Vaters sind immer noch zusammengepresst. Er muss mit seinem Botox-Zeitplan im Rückstand sein.

»Du erwartest, dass wir das glauben?«

»Hast du sie gefragt?«

»Ich habe heute Morgen Grace geschickt.«

Mir dreht sich der Magen bei dem Gedanken um, was Grace Delilah angetan hat, wenn sie die Anschuldigungen für wahr hielt. »Und?«

Er wirft die Fernbedienung auf den Schreibtisch, die Rückseite springt ab, und die Batterien rollen auf den Boden. »Grace!«

Sanfte Schritte ertönen über das Gemurmel in meinem Rücken, und Grace erscheint. Sie muss im Wohnzimmer gewartet haben.

»Ja, Prophet?«

»Was hat das Mädchen gesagt?«

Ihre Augen wandern zu mir. »Ich habe sie eine Stunde lang befragt. Ich habe ein paar Taktiken angewendet, um sicherzustellen, dass sie ehrlich ist. Ihre Geschichte stimmt bis ins kleinste Detail mit seiner überein. Ich habe auch den Test durchgeführt«, sie hält zwei Finger hoch, »aber er war nicht eindeutig, was die Jungfräulichkeit betraf, da sie in ihrem Aufnahmegespräch zugab, dass sie eine schmutzige Frau war, die sich mit Tampons vergewaltigt hat. Aber ich würde gerne weiter nachforschen.«

»Wie?« Mein Vater sitzt endlich auf seinem Stuhl, aber er lässt mich nicht aus den Augen.

»Wenn ich Adams Männlichkeit inspizieren darf?«

Ich balle meine Hände zu Fäusten, aber gebe kein anderes äußeres Anzeichen, dass ich sie zu Tode prügeln will.

»Auf jeden Fall.« Mein Vater winkt mir mit der Hand zu.

»Vielen Dank.« Sie stellt sich mir gegenüber hin, und ein Lächeln umspielt ihre dünnen Lippen. Sie lässt sich auf die Knie fallen, schnallt meinen Gürtel ab, löst meine Hose und zieht sie bis zu den Knöcheln herunter. »Keine Unterwäsche?« Sie grinst mich an.

»Mach weiter.« Mein Schwanz zuckt nicht einmal bei ihrer Inspektion.

Sie beugt sich vor, atmet tief ein und setzt sich dann wieder auf die Fersen.

»Nun?« Mein Vater klopft mit den Knöcheln auf den Schreibtisch.

Grace steht auf. »Er ist sauber. Kein Geruch an ihm.«

»Er muss geduscht haben«, murmelt mein Vater.

Ich kratze mir meinen Stoppelbart. »Leider nein.«

»Verschwinde verdammt nochmal von hier!« Er reißt seine Schreibtischschublade auf und holt seinen Koksvorrat heraus. »Ihr alle!«

Noah holt tief Luft und zieht mich in das Foyer. »Scheiße, Mann.«

»Komm schon.« Ich eile die Treppe hinunter und durch die Hintertür hinaus, ohne auch nur einen Blick auf die Bar zu werfen. Meine Mutter mag immer noch dort sein, aber ich werde ihr Versteck nicht verraten.

Ich bewege mich schnell, dank des Adrenalins, das in mir explodiert.

Noah ist mir dicht auf den Fersen. »Das war knapp. Zu knapp.«

»Ich weiß.« Ich stecke meine Hände in die Taschen und gehe in mein Haus. Mein Vater verliert seinen ohnehin schon wackeligen Griff der Realität, und niemand wird etwas tun, um ihn aufzuhalten.

»Papa benimmt sich wie ...«

»Wie ein Psychopath? Sogar mehr als sonst?« Ich halte meine Stimme leise, obwohl wir außer Hörweite vom Rest der Protektoren sind.

Noah zuckt mit den Schultern. »Ich vermute, er tut nur, was Gott ihm sagt, oder der Vater des Feuers.«

»Glaubst du immer noch an diese Pferdescheiße?« Ich hasse mich dafür, dass ich ihn verprügeln will.

»Du hast die Flammen gesehen. Du hast gesehen, was er tun kann.«

Ich schüttele den Kopf. »Was wir *glaubten*, gesehen zu haben, als wir dumme Kinder waren, bedeutet gar nichts. Und es erklärt nicht, was er Mom oder dir oder mir oder irgendjemand anderem in dieser gottverdammten Grube antut.« Ich wirbele zu ihm herum. »Wach verdammt nochmal auf, Noah! Unser Vater spricht weder mit Gott noch mit dem Teufel oder sonst jemandem außer seiner Kokssucht. Dieser Ort ist am weitesten von der Heiligkeit entfernt. Und er hat vor, alles noch schlimmer zu machen.«

Sein Kiefer spannt sich an. »Das glaube ich nicht.« Er runzelt die Stirn. »Nun, nicht alles davon.«

»Verpiss dich, Noah.« Ich drehe ihm den Rücken zu und halte dann inne. Ich drehe mich um und sage: »Schau, ich ...«

»Nein, ich hab's verstanden.« Er hält seine Hände

hoch und weicht zurück. »Ich verpisse mich. Vergiss, dass ich gekommen bin, um dich zu warnen, dass ich *immer* hinter dir stehe, dass ich immer deine Seite gegen Papa einnehme.«

Meine Eingeweide ziehen sich vor Bedauern zusammen, aber ich lasse ihn gehen. Ich füge den Schmerz in seinen Augen zu meinen ohnehin schon überwältigenden Problemen hinzu.

KAPITEL EINUNDDREISSIG

Delilah

ADAM KOMMT NICHT. Ich warte auf ihn und frage mich, was er heute Morgen ertragen hat. Grace fragte mich, indem sie ihren Schlagstock jedes Mal gegen mich einsetzte, wenn ich ihr eine Antwort gab, die sie nicht mochte, und dann verletzte sie mich auf noch schlimmere Weise. Ich bin wund, geprellt, aber ich halte an der Hoffnung fest, dass Adam merkt, dass ich kein Wort gesagt habe. Und ich muss ihn sehen. Nicht wegen dem, was mit Grace passiert ist, oder um herauszufinden, was los ist, oder auch nur, um nach Georgia zu fragen. Ich muss einfach *ihn* sehen.

Ich stehe auf, gehe ins Badezimmer und betrachte meine Verletzungen unter dem grellen Badezimmerlicht. Meine blauen Flecken werden mit der Zeit verblassen, und sogar mein gebrochener Finger beginnt zu heilen. Ich schaue auf die neu installierte Kamera in der Ecke, und mir wird schlecht. Ich kann mich nirgendwo verstecken. Nicht mehr.

Ich ziehe mein Kleid wieder an seinen Platz und kehre in mein Bett zurück. Alles tut weh, also lege ich mich hin und starre auf die Tür. Warte. Vielleicht kommt er nie wieder. Der Gedanke dreht sich in meinem Bauch wie ein Messer. Sicherlich würde er ihnen nie etwas sagen. Oder würde er mich aufgeben? Ich schüttele meinen Kopf bei dem Gedanken. Das würde er nicht tun. Und wenn er es getan hätte, habe ich das Gefühl, ich würde es wissen. Grace freut sich mehr darauf, mich zu bestrafen, als auf ihren nächsten Atemzug. Sie würde jede Gelegenheit nutzen, um mich niederzumachen.

Ich versuche, mein rasendes Herz zu beruhigen. Als ich die Augen schließe, höre ich Phantomschritte, die genau wie Adams klingen. Aber sie sind es nicht. Die anderen Protektoren sind bereits gekommen und gegangen. Ich bin allein. Ich ziehe meine Knie hoch und umarme sie. Es ist jetzt einfacher, mich klein zu machen. Langsames, methodisches Hungern macht das mit einem Menschen.

Meine Augen schließen sich, aber ich lausche immer noch nach ihm. Ich kann ihn in mir spüren, den Schmerz, der mich mit jedem Schritt daran erinnert, dass ich jetzt anders bin. Aber ist er das auch?

EIN KRATZENDES GERÄUSCH an meiner Tür schreckt mich hoch. Der Mond ist verschwunden, der Himmel draußen schwarz … es ist spät in der Nacht. Das Kratzen ertönt erneut. Ich springe aus dem Bett und zögere an der Tür.

»Lass uns rein.« Sarahs Stimme beruhigt mich, und ich öffne.

»Wir können nicht ins Badezimmer gehen«, flüstere ich, während sie, Susannah, Eve und Hannah sich an der Wand unter der Kamera aufstellen.

»Ja, ich habe gehört, dass du ein wenig zusätzliche Hardware installiert bekommen hast.« Sarah hebt eine Hand hoch, um mich daran zu hindern, die Tür zu schließen. »Wir gehen jetzt.«

»Jetzt sofort?« Der Drang, mit ihnen zu rennen, zieht mich wie ein starker Sog an.

»Die Schlampe ist im Badezimmer. Das ist unsere Chance. Kommst du mit?«

Ich sollte Nein sagen, stattdessen kommen andere Worte heraus. »Ich-ich bin mir nicht sicher.«

»Du solltest dir besser sicher sein.« Sarahs dunkle Augen treffen meine, und die Intensität in ihren bringt mich zu mir selbst zurück.

Sarah hat recht. Ich sollte diesen Ort verlassen. Ich bin keinen Schritt weitergekommen, um herauszufinden, was mit Georgia passiert ist, und bei diesem Tempo könnte ich in kurzer Zeit in der Kapelle landen. Die Gedanken sind alle so vernünftig, aber meine Füße sind am Boden verankert.

Georgia hält mich hier fest … ihr Geist verweilt in

den dunklen Fluren, Andeutungen von ihr wie Spinnweben, so fein, dass man sie nur fühlen kann, nicht sehen. Weggehen ist Versagen. Sie aufzugeben war nie eine Option. Aber ist das Aufgeben? Oder ist dies die Wahrheit auf eine andere Weise zu finden?

»Zehn Sekunden, und dann sind wir draußen.« Sarah schaut in den Flur.

Und jetzt ist es nicht nur Georgia, die mich an das Kloster bindet. Adam … er ist ein weiterer Grund, dieses Angebot abzulehnen. Mein Herz zieht zu ihm und verlangt, dass ich genau dort bleibe, wo ich bin. Aber ich kann diesem Organ nicht mehr vertrauen, nicht, wenn es mich hierhergeführt hat. Hier zu sterben, oder etwas Schlimmeres, ist nicht das, was Georgia für mich gewollt hätte. Es *muss* einen anderen Weg geben. Und vielleicht, belüge ich mich selbst, kann ich immer noch mit Adam zusammen sein.

»Jetzt oder nie.« Sarah streckt ihre Hand aus.

Ich schwanke für eine Sekunde, hin- und hergerissen zwischen allem, was ich für meine Schwester, meinen Entführer und meine Freiheit empfinde. Mit zitternder Hand nehme ich ihre.

»Kluges Mädchen. Gehen wir.« Sie geht zuerst auf den Flur.

Ich schließe mich mit ihr den anderen drei an, schließe auf, während wir durch den Schlafbereich schleichen. Als sie die Tür zum Rest des Klosters erreicht, zieht sie einen Schlüsselbund aus ihrer Tasche.

»Woher hast …?«

»Pst.« Sie wirft mir einen tödlichen Blick zu, dann wendet sie sich wieder der Tür zu.

Die Toilette in der kleinen Vorkammer wird gespült, und wir erstarren alle, außer Sarah. Sie probiert immer wieder Schlüssel aus. Die Schritte der Oberin sind laut in meinem Ohr, einer nach dem anderen, während sie das Badezimmer durchquert.

Scheiße, Scheiße, Scheiße, Scheiße. Wir werden geschnappt werden, bevor wir überhaupt den Schlafbereich verlassen haben.

Klick. Sarah dreht den Schlüssel um, und die Tür schwingt mit einem leisen Quietschen auf. Wir eilen hindurch und schließen sie im gleichen Moment, als sich die Badezimmertür zu öffnen beginnt.

»Bleibt dicht zusammen.« Sarah übernimmt wieder die Führung durch den langen Gang, der sich durch das gesamte Gebäude zieht. Wir bleiben an Kreuzungen stehen und suchen in allen Richtungen nach etwas viel Schlimmerem als zu schnellen Autos. Sarah streckt eine Hand aus, als wir uns dem Speisesaal nähern.

Ein schwaches Schnarchen vibriert durch die Luft. Sarah zeigt auf ihre Augen und dann den Flur hinunter. Ich vermute, es bedeutet, dass sie jemanden sieht. Sie geht an der offenen Tür vorbei, die zu den Räumen der Oberinnen führt. Ich folge ihr und sehe, dass es Chastity ist, die zusammengesunken auf ihrem Stuhl schnarcht. Ein Anflug von Schuldgefühlen ereilt mich, als ich daran denke, was mit ihr geschehen könnte, wenn Grace merkt, dass wir uns unter ihrer

Aufsicht hinausgeschlichen haben. Aber darüber kann ich nicht länger nachdenken. Ich muss dabeibleiben. Meine Entscheidung wurde unwiderruflich getroffen.

Das letzte Mädchen schleicht vorbei, und wir wenden uns nach rechts zu den Hintertüren. Diejenigen, die zum Öffnen einen Code benötigen.

Ich schnappe mir Sarah. »Hast du den Code?«

»Nein.« Sie geht den Korridor entlang.

Ich packe sie wieder. »Wie kommen wir hier raus?«

»Wir werden es herausfinden.« Sie nimmt meine Hand und drückt mich.

Ich schlucke den Rest meiner Proteste und folge, in der Hoffnung, dass Sarah irgendeine Art von Code-Magie kennt, um uns aus diesem Gefängnis zu befreien. Wir müssen zu diesem Zeitpunkt von der Kamera eingefangen worden sein, aber es ertönt kein Alarm. Wenn jemand zusehen sollte, ist er neben dem Auslöser eingeschlafen.

Wir erreichen die Hintertüren, und Sarah bleibt stehen und zieht etwas aus ihrem Kleid, was aussieht wie ein Messer aus einem Gefängnisfilm. »Susannah.« Sie gibt es ihr, und Susannah zieht ihren Ärmel hoch.

»Wirst du …« Susannah sticht das scharfe Ende in ihre Haut, genau dort, wo sie den Tracker implantiert haben. Das Blut läuft in einem Rinnsal ihren Arm hinunter.

Sarah zieht ein weiteres Messer, das wie ein geschärfter Zahnbürstengriff aussieht, aus ihrer Tasche und sticht es unter die Abdeckung der Tastatur. Sie arbeitet es unter das Plastik, gräbt es so weit wie möglich hinein und zieht dann daran. Das Plastik zersplittert an der Seite.

»Hier.« Ich greife dorthin, ziehe daran, und das harte Material schneidet in meine Finger, während ich ihr helfe, den Deckel abzuhebeln. Es springt heraus und fällt zu Boden.

Wir zucken von dem hohlen Geräusch zusammen, das das Plastik macht, als es auf den Holzboden trifft, dann bewegen wir uns für ein paar Sekunden nicht. Schnelle Schritte und wütende Schreie ... sie kommen nicht. Wir atmen alle wieder auf, als Sarah die Drähte hinter der Tafel herauszieht.

»Weißt du, was du da tust?«

»Ich habe einige Elektrokurse am Community College belegt.« Sie betrachtet die Drähte. »Also nein.«

Eve reicht mir die blutbefleckte Klinge. Jetzt bin ich dran. Ich taste meinen Arm entlang und finde das Implantat. Mit so viel Mut, wie ich kann, schneide ich mit dem scharfen Ende in mein Fleisch und hinterlasse ein Loch, aus dem Blut austritt. Ich bin jetzt an Schmerzen gewöhnt, aber es tut immer noch weh.

»Lass mich.« Susannah legt ihre Finger auf beide Seiten des Lochs und drückt, als ob sie einen riesigen Pickel vor sich hätte. Ich beiße mir auf die Lippe, um nicht zu schreien. Einen Moment später ist das Implantat draußen und liegt zusammen mit den anderen auf dem Boden.

»Sarah?«

»Ich habe meins schon rausgeholt.« Sie hebt den

Arm, um den roten Fleck zu zeigen, und fummelt weiter an den Drähten.

»Bekommst du es hin?«

»Ich weiß nicht …« Sie zieht einen gelben Draht heraus, dann einen blauen.

Ich untersuche die Tür und versuche herauszufinden, wo das Schloss ist. Als ich mich nach unten beuge, sehe ich einen Metallstab durch den Riss, der sich zwischen den beiden Türen spannt.

»Gib mir die Zahnbürste.« Ich strecke meine Hand aus, und jemand legt sie in meine Handfläche. Ich versuche, sie in den Spalt unter der Stange zu schieben, aber sie ist zu dick. *Scheiße.*

»Was ist da?« Eve sieht sich den Bereich an.

»Ich glaube, dieser Riegel könnte von der einen oder anderen Seite fallen, um die Tür zu verschließen. Wenn wir etwas finden, das dünn genug ist, um da reinzupassen, und stark genug, um die Stange anzuheben, könnte das unser Weg nach draußen sein.«

Sie blickt auf den Spalt zwischen den Türen, dann huscht sie den Korridor hinunter.

»Eve«, zische ich.

»Was macht sie da?« Hannah knetet den Rock ihres Kleides mit der Hand, dann lässt sie ihn los, dann knetet sie ihn wieder. »Uns verraten?«

»Auf keinen Fall.« Sarah hat verschiedene Drähte herausgezogen, aber sie scheint nicht näher dran zu sein, die Tür zu öffnen.

Ich versuche erneut, die Zahnbürste

einzuklemmen, aber sie passt nicht, und es gibt keine Möglichkeit, sie schmaler zu machen.

Als Schritte ertönen, stellen sich meine Nackenhaare auf, und ich starre in die Finsternis, bis Eve wieder auftaucht. Wir atmen alle tief durch, als wir erkennen, dass sie es ist.

»Ich habe das hier.« Sie kniet vor der Tür nieder und schiebt etwas in die Ritze.

»Was ist das?«

»Unser guter Freund, der Dildomesser.« Ein metallisches Klirren ertönt von der Tür, als das Lineal auf die Metallstange trifft.

»Clever.«

Sie versucht, die Stange zu heben, aber entweder funktioniert es so nicht … oder sie ist zu schwer. »Es gräbt sich in meine Hände, also kann ich keine Hebelwirkung erreichen.«

»Hier.« Ich wickele den Rock meines Kleides um meine Handfläche und greife dann den Teil des Lineals, der der Tür am nächsten liegt.

Eve hält das Ende.

»Auf drei.«

Sie nickt.

»Eins, zwei.« Wir beide drücken auf das Lineal, und die Stange bewegt sich, aber nicht genug. Sie klappert wieder nach unten. »Scheiße.« Ich ziehe meine Hand weg, und Eve lässt die Schultern hängen.

Es ist so viel Zeit vergangen. Meine Hoffnung schwindet, und ich werfe immer wieder ängstliche Blicke in den dunklen Korridor. Wenn wir nicht durch diese Tür kommen, sind wir verloren. Sie könnten uns jede Minute erwischen.

»Wir kommen niemals raus, oder?« Eve schaut zu mir auf, und ihre Augen sind tränenüberströmt.

Ich muss ruhig bleiben, auch wenn ich innerlich zusammenbrechen werde. »Das werden wir. Wir müssen nur …«

»Was macht ihr da?« Chastity erscheint aus dem dunklen Flur, und ihre Brauen sind zusammengekniffen.

Ich erstarre. Angst zieht sich über meine Haut, wie giftige Ranken, die mich in Richtung Tod streicheln.

Susannah sprintet an mir vorbei zur Oberin. Chastity ist zu überrascht, um zu reagieren. Als Susannah ihren Arm um sie schlingt und das blutige Messer an ihren Hals drückt, hat Chastity keine Chance mehr.

»Mach einen Laut, und ich steche zu.«

Chastity nickt, und ihre Augen sind weit aufgerissen, als Susannah sie zu uns führt.

»Tu ihr nicht weh.« Ich kann nichts für meine zitternden Worte. Chastity ist gut zu mir gewesen.

»Ich werde tun, was ich tun muss.« Susannah drückt das scharfe Ende weiter gegen Chastitys Hals.

»Kennst du den Code für diese Tür?«

Sie nickt wieder.

»Die Tastatur ist kaputt, Sarah.« Ich zeige auf das zerbrochene Plastik auf dem Boden. »Kannst du sie wieder zusammensetzen?«

»Verdammt.« Sie steht auf.

»Also nein.« Ich will schreien. Stattdessen wende ich mich an Chastity: »Da ist noch eine andere Tür. Die, durch die wir in der ersten Nacht gekommen sind. Kennst du den Code dafür?«

Sie antwortet nicht, und Susannah schiebt ihr die Klinge in die Haut, bis eine purpurne Schlange Chastitys blassen Hals hinunterläuft. Sie zuckt zusammen und nickt dann.

»Gehen wir.« Ich übernehme die Führung, eile zurück in den Hauptkorridor und wende mich nach rechts. Wir gehen, so schnell wir können, aber kontrollieren trotzdem jeden der kreuzenden Gänge. Als wir in den Raum kommen, in dem die Oberinnen unsere Füße gewaschen haben, beginnt ein schwaches rosiges Licht durch die Fenster zu scheinen.

»Gib den Code ein.« Susannah bringt Chastity zur Tür.

Chastity gibt vier Ziffern ein.

Ich hüpfe praktisch von einem Fuß auf den anderen, da Adrenalin jede Zelle in meinem Körper entzündet. Wie ein wildes Tier, das vor dem Jäger flieht, kann ich nicht aufhören. Der Drang, mich zu bewegen und zu bewegen und zu bewegen, vibriert unter meiner Haut.

Die Tastatur piepst, aber die Tür öffnet sich nicht.

Hannah bedeckt ihr Gesicht mit ihren Händen. »Wir werden erwischt werden.«

Susannah schüttelt Chastity. »Willst du uns verarschen?«

»Nein. Ich habe ihn einfach falsch eingegeben.«

»Ihre Hände zittern. Gib ihr eine Sekunde Zeit.« Ich beobachte die Stange zwischen den beiden Türen.

»Wir haben keine Sekunde.« Sarah richtet ihr Messer auf Chastitys Gesicht. »Mach es richtig, oder du verlierst ein Auge.«

Chastity gibt den Code ein, und mit einem pneumatischen Geräusch hebt sich die Stange.

»Was machen wir mit ihr?«, fragt Eve.

Sarah sieht mich an, und ich mag die Dunkelheit, die ich in ihren Augen sehe, nicht.

»Wir nehmen sie mit.« Ich ergreife Chastitys Arm und schleife sie nach draußen. »Schließt die Türen.«

Die kalte Luft schlägt mir ins Gesicht, und ich habe noch nie etwas Wunderbareres gefühlt. »Wir müssen uns beeilen.« Ich halte Chastity an meiner Seite, während wir den Weg dort hinaufeilen, wo das Lagerfeuer in der ersten Nacht gewesen war. »Jenseits dieser Lichtung ist eine weitere Lichtung, und danach noch ein paar Hektare Wald, bevor es einen Zaun gibt.« Ich erinnere mich an den Grundriss, den ich auswendig gelernt hatte, bevor ich hierherkam. »Auf dem Zaun ist Stacheldraht, aber wir können unsere Kleider an einer Stelle daraufstapeln und hinüberklettern, um uns nicht zu verletzen.«

Das Laub knistert unter uns, als wir die Bäume erreichen. Die Äste und Stämme geben mir ein Gefühl der Sicherheit. Wenigstens sind wir nicht in der Öffentlichkeit.

»Sie werden euch erwischen.« Chastity bleibt bei der Gruppe, aber wie wir ist sie außer Atem.

»Nein.« Sarah schüttelt den Kopf. »Keine Chance.«

»Wir werden von hier weg sein, bevor sie es bemerken.« Hannah eilt voraus.

»Sie werden euch erwischen.« Chastity braucht mich nicht einmal mehr, um ihren Ellenbogen zu halten. Sie hält Schritt. »Das tun sie immer.«

Eve wirft ihr einen scharfen Blick zu. »Und woher willst du das wissen?«

»Weil sie mich erwischt haben.«

KAPITEL ZWEIUNDDREISSIG

Adam

»HÖHER.« Ich bleibe zurück, während der kleine Baukran einen Satz Paletten auf die Spitze der Lagerfeuerstruktur schwenkt. Sobald sie an Ort und Stelle ist, gebe ich Tony ein Zeichen, die Maschine auszuschalten.

Er geht hinüber und pfeift beim Anblick der Struktur, die wir fast über Nacht gebaut haben. Sie ist drei Stockwerke hoch, trocken wie eine Wüste, und bereit, in Flammen aufzugehen.

»Der Himmel wird es nicht mehr übersehen können, wenn es einmal angezündet ist.« Tony schwingt sich sein Baseballcap wieder auf den Kopf.

»Das ist der Plan.« Ich klopfe ihm auf den Rücken. »Du kannst jetzt bei der Entwicklung weitermachen. Ich glaube, wir sind fertig. Reich die Überstunden ein, und ich sorge dafür, dass du bezahlt wirst.«

»Nein, Sir.« Er betrachtet sein Werk. »Dies ist zur Ehre unseres Propheten. Das habe ich gerne gemacht. Molly war nicht allzu glücklich, als ich ihr von dem Nachtjob erzählte, aber sie bekam sich sehr schnell wieder ein.« Er zwinkert. »Wir sind große Gläubige des vollkommenen Gehorsams bei uns zu Hause.«

Ich frage mich, welcher Teil von Molly gequetscht oder gebrochen ist, bevor ich den Gedanken wie Staub von einem Mantel aus meinem Kopf streiche. »Also gut. Ich bleibe und räume auf der Rückseite etwas auf. Ich denke, wir werden dort drüben einen der Pavillons aufstellen.«

»Ja, das wäre ein guter Platz. Ich werde Gene anrufen und sehen, ob er herauskommen und anfangen kann, ihn aufzubauen. Als ich das letzte Mal nachsah, hatte er eine LKW-Ladefläche voller rohem Holz, das dafür geeignet war. Wie auch immer, bis später, Mann.« Er schüttelt mir die Hand und geht dann zu seinem weißen Arbeitswagen. Sobald er die Straße zum hinteren Teil des Grundstücks hinuntergefahren ist, bin ich allein.

Ich gehe zum hinteren Teil der Lichtung, um meine Schaufel und Arbeitshandschuhe einzusammeln. Die Sonne ist noch nicht aufgegangen, aber die ersten Strahlen erhellen bereits die Wipfel der kahlen Bäume. Es ist kalt und einsam, und ich bin mehr als glücklich, ein paar Minuten Einsamkeit zu haben. Wie immer in diesen Tagen schweifen meine Gedanken zu Delilah ab. Ich wollte sie gestern Abend sehen, aber mein Vater hatte andere Pläne. Er hat mir noch mehr Arbeit gegeben, um mich zu beschäftigen, während sie zusätzliche Überwachungsgeräte in Delilahs Zimmer installierten. Vielleicht hat er sogar für Audio gesorgt. Ich lasse mich neben ein Stück eines Baumstammes fallen und lege mich zurück.

Die Kälte stört mich nicht. Ich lasse meinen Kopf auf der Rinde ruhen. Sie ist grün und denkt wahrscheinlich, dass sie noch lebt, aber ich habe den Baum vor Tagen gefällt. Wind lässt die Äste knarren und knacken, und ich beobachte den Hügel zu meiner Linken. Jede Sekunde wird die Sonne ihr Gesicht zeigen, leuchtendes Orange den schäbigen Winterwäldern Farbe verleihen.

Hat Delilah sich Sorgen um mich gemacht? Ich kann nicht aufhören, an sie zu denken, an das, was Grace gesagt hat, dass sie versuchte, Antworten von ihr zu bekommen. *Grace*. Ich würde diese Schlampe gerne vernichten, aber aus irgendeinem Grund hat sie mir einen guten Dienst erwiesen. Als sie ihre kleine Durchsicht vor meinem Vater machte, hat sie gelogen. Ich hatte nicht geduscht, seit ich mit Delilah zusammen war, ein Fehler meinerseits. Und eine Hexe wie Grace würde das merken, aber sie hat mich nicht verraten. Warum nicht? Ich weiß, es war nicht für Delilah. Sie will sie verderben, um sie so schnell wie möglich in die Kapelle zu schicken. Andererseits hätte sie sie schon längst vernarben können, ihren Lauf als eine Jungfrau von Wert beenden können, die an den Meistbietenden verschachert wird. Jede Jungfrau, die vernarbt oder *defekt* ist, wie mein Vater es nennt, darf niemals heiraten.

Ich werde Delilah heute Abend sehen. Der Prophet wird das Gleichgewicht unter den Protektoren nicht durcheinanderbringen. Das hat er schon beim Showdown im Büro versucht. Ich muss mich nur bedeckt halten. Und mehr als alles andere muss ich *sie* sehen. Sie bat mich, ihr zu vertrauen, und das tue ich. Das ist ein Teil meines Problems, denn jetzt ist sie in mein ganzes Wesen eingedrungen. Vertrauen ist wie eine Kette, die uns aneinander bindet, und ich möchte, dass sie noch fester wird.

Ihr Vertrauen ist das Einzige, was mich im Moment zusammenhält. Ich hatte keine Ahnung, wie nahe ich der Leere, dem Rand, der Verzweiflung war, bis ich sie fand. Jetzt habe ich die Hoffnung, dass wir uns vielleicht aus diesem Ort herausarbeiten können. Vielleicht können wir eine Zukunft haben. Ihr Glaube an mich kann all das möglich machen. Meinen Plan in Gang zu setzen war noch nie so greifbar, so real. Aber mit ihr an meiner Seite kann ich diesen Ort endlich in Ordnung bringen.

»Adam?«, ruft ein Mann von der anderen Seite des Scheiterhaufens.

Ich stehe auf und wische mich ab, die Einsamkeit ist gebrochen. Als ich um das Bauwerk herumgehe, finde ich Gene dort zusammen mit dem versprochenen Pick-up voller Bauholz. »Du bist schnell hergekommen.«

»Tony funkte mich an, als ich schon oben auf der

Hauptstraße war. Er sagte, ein paar Sachen sollen gebaut werden.« Gene ist älter, mit einer schiefen Brille und einem freundlichen Lächeln. »Meine Crew ist direkt hinter mir. Wir können uns an die Arbeit machen, bevor wir mit den Arbeiten an den Terrassen der Familienhäuser beginnen.«

»Ja, klingt gut. Ich kann dir die Stellen zeigen.« Ich führe ihn zurück um die Seite und nehme Bewegung im Wald wahr.

»Hast du das gesehen?« Er bleibt neben mir stehen.

»Ich bin mir nicht sicher.« Ich ändere die Richtung und gehe mit Gene auf den Fersen zu den Bäumen.

KAPITEL DREIUNDDREISSIG

Delilah

»ICH HABE DEFINITIV STIMMEN GEHÖRT«, flüstert Sarah und streckt eine Hand aus.

Jeder von uns duckt sich hinter den Bäumen. Nach ein paar Augenblicken ertönen knackende Schritte von vorne. Jemand kommt. Haben sie schon Alarm geschlagen? Sicherlich nicht. Es würden mehr Männer im Wald sein und auf das Gestrüpp schlagen, um zu versuchen, uns zu finden. Dies ist ein Zufall. Es muss einer sein. Wer auch immer es ist, wird verschwinden. Sie werden das Interesse verlieren und einfach zu dem zurückkehren, was auch immer sie getan haben.

Ich versuche, langsam und gleichmäßig zu atmen, aber mein Herz rast wie das eines gejagten Kaninchens. Wir haben nur noch eine Handvoll Hektare zwischen uns und der Freiheit. Wir sind so nah dran.

Susannah bewacht Chastity hinter einer breiten

Kiefer, das Messer wieder an ihrem Hals. Aber Chastity starrt mich mit trübseligen Augen an, als ob sie dieses Drama schon gesehen hätte und das Ende kennt. Sie hat schon einmal versucht zu fliehen. Kommt daher die Narbe auf ihrer Stirn? Eine Strafe?

Die Schritte kommen immer näher, und ich kann es nicht mit Sicherheit sagen, aber es klingt nach zwei Beinpaaren. Wir müssen ruhig bleiben, versteckt. Vielleicht gehen sie zurück, vielleicht ist es ein Hirsch, vielleicht ist es überhaupt nichts und wir sind einfach nur paranoid. Ich hoffe, es ist Letzteres, aber ich weiß, dass es das nicht ist. Jemand kommt, und es wird nicht gut ausgehen, wenn man uns erwischt.

Ich berühre den Baum und zügele mein Verlangen, um den Stamm herumzuschauen und zu sehen, was oder wer es ist. Das ist unsere einzige Chance, und wir müssen es schaffen. *Geht weg, geht weg, geht weg.*

»Ich glaube, ich habe eine Frau gesehen.« Die Stimme eines Mannes, und er ist ganz nah.

Scheiße. Ich schaue Sarah an. Sie zeigt auf die Rückseite des Grundstücks, auf unsere Fluchtrichtung.

Fliehen?, forme ich mit dem Mund. Das ist eine schlechte Idee. Aber die Männer gehen nicht wieder weg. Sie haben uns fast erwischt.

Sarah nickt heftig und formt es für uns alle mit dem Mund. Sie hält einen Finger hoch, dann zwei, dann drei. Wir laufen alle los, fliehen aus der Deckung und rasen mit halsbrecherischer Geschwindigkeit über das unebene Gelände.

»Stopp!«, schreit der Mann, aber wir halten nicht an. Wir laufen weiter.

Chastity rennt vor mir, ihr schwarzer Rock fliegt hinter ihr, als sie an Hannah vorbeizieht. Sie ist eine von uns, die verzweifelt versucht, jenseits der Grenzen des Propheten zu leben.

Als ich sehe, wie sie in die Freiheit rast, gibt mir das neuen Antrieb, ich springe über einen kleinen umgefallenen Baum, und meine Füße rutschen auf dem Laub, als ich aufkomme. Ich falle beinahe, fange mich aber und rase einen Hügel hinunter. Meine Füße platschen im kalten Wasser am Boden der Mulde, während ich nach vorne rase und meine Nägel in die Erde auf der anderen Seite grabe und mich hoch- und herausziehe.

Eve schreit hinter mir, und als ich mich umdrehe, sehe ich, dass sie fällt. Ihr Knöchel ist zwischen zwei Wurzeln eingeklemmt, und sie kämpft wie ein wildes Tier, um sich zu befreien.

»Lauf!«, schreit sie und reißt ihren Fuß los.

Ich klettere die Seite der Senke hinauf, bis sie sich so weit ebnet, dass ich an Geschwindigkeit gewinne.

»Runter von mir!« Eves Schrei lässt mich viel mehr erschaudern als das eiskalte Wasser, und ich muss nicht zurückblicken, um zu wissen, dass sie gefangen wurde.

Sarah ist vor mir, Chastity ist außer Sichtweite, und Hannah kämpft sich vom Boden der Senke empor.

Ich mache immer weiter, schiebe mich an, auch wenn meine Muskeln brennen und Schösslinge an mir kratzen und ziehen. Ein Fuß nach dem anderen, obwohl meine dünnen Sohlen nichts tun, um meine Schritte gegen die kalte, harte Erde abzufedern.

Hinter mir brechen Schreie aus, mehr Männer folgen uns. Ich muss es schaffen. Ich laufe die andere Seite des Hügels hinunter, und der Boden fällt in einem harten Winkel ab. Ich rutsche auf dem Kiefernnadelteppich, rolle mich dann ab und schlage mit einem Knall auf den Boden. Der Zaun kann nicht weit sein.

»Wirf es rüber!«, schreit Sarah von irgendwo zu meiner Linken.

Ich sprinte auf das Geräusch zu, meine Lungen brennen, mein Verstand fängt an zu schwirren und meine Muskeln schreien aus Protest. Ich erklimme die nächste Anhöhe und sehe, wie Sarah ihr Kleid über den Stacheldraht wirft. Susannah klettert bereits hoch. Als ich zum Zaun komme, steckt sie fest, die Widerhaken klammern sich an ihr Kleid und graben sich in ihre Haut. Sie heult wie ein verwundetes Tier, versucht aber trotzdem, sich über das Metall zu werfen, um es zum Boden zu schaffen.

Chastity lässt ihren Rock fallen und wirft ihn dann auf Sarahs Kleid.

»Ich gehe.« Sarah springt auf den Zaun und klettert hinauf. Sie schafft es über die Spitze, dann beugt sie sich vor und versucht, Susannah zu helfen, sich von den Widerhaken zu befreien.

Chastity beginnt den Aufstieg. »Beeil dich, wir werden es schaffen!«

Sobald sie hoch genug ist, bin ich an der Reihe. Ich

haue hier ab, weg vom Propheten. Weg von Adam. Ich kann nicht zurückblicken, nicht einmal für ihn.

Ich mache einen Schritt auf den Zaun zu, dann schlingen sich die Arme wie Eisenstangen um mich und reißen mich gegen eine harte Brust zurück. »Was glaubst du, wohin du gehst, kleines Lamm?«

LESEPROBEN

Die Geschichte von Delilah und Adam geht in *Der Prophet* weiter. Wenn Ihnen ihre verbotene Liebesgeschichte gefällt, dann hinterlassen Sie bitte eine Rezension.

Wollen Sie mehr Dark Romance von Celia Aaron? Hier finden Sie alle ihre Bücher: www.greyeaglepublications.com/de/book-author/celia-aaron.

Wenn Ihnen dieses Buch gefallen hat, werden Sie auch diese beiden dunklen Liebesromane lieben: *The Bad Guy – Durch und durch böse* von Celia Aaron und *Schöne Geisel* von Julia Sykes. Blättern Sie um, um einen spannenden Auszug aus jedem Buch zu entdecken!

AUSZUG AUS THE BAD GUY – DURCH UND DURCH BÖSE VON CELIA AARON

Mein Name ist Sebastian Lindstrom, und ich bin der Bad Guy in dieser Geschichte.

Ich habe beschlossen, meine Geschichte offenzulegen, einmal in meinem hohlen Leben die Wahrheit zu sagen, egal wie dunkel sie ist. Und ich kann Ihnen versichern, dass sie so dunkel ist, dass Sie die schwarzen Ränder meines Kopfes nach einem Türgriff absuchen werden, der nicht da ist.

Das soll kein Geständnis sein. Ich suche weder nach Vergebung noch würde ich sie annehmen. Meine Sünden gehören mir. Sie leisten mir Gesellschaft. Stattdessen ist dies die wahre Geschichte darüber, wie ich sie gefunden, gestohlen und verloren habe.

Sie war eine Jungfrau, die ihren Märchenprinzen bereits gefunden hatte. Aber jedes Märchen hat einen bösen Gegenspieler, jemanden, der in den Startlöchern steht, um alles zu zerstören. Einen Schurken, der die Welt in Brand stecken wird, wenn das bedeutet, dass er bekommt, was er will. Das bin ich.

Ich bin der Bad Guy.

»Würde es Ihnen etwas ausmachen, wenn ich abklatsche?«

Link wollte protestieren, und sein Körper spannte sich an, als ich mich Camille näherte. Aber es gab einige Vorteile, wenn man der CEO von Lindstrom Corp. war. Ich starrte ihn an und wartete auf seine unvermeidliche Zustimmung.

»Gerne.« Sein Ton war nicht so einladend wie seine Worte, aber das war mir egal. Er könnte für den Rest der Nacht in der Ecke schmollen, und das wäre für mich vollkommen in Ordnung. Ich musste näher an Camille herankommen, und dafür nutzte ich auch gerne meine Position als Links Chef, wenn es sein musste.

»Danke.« Ich entließ ihn und konzentrierte mich auf seine Begleitung. »Wenn es für Sie in Ordnung ist, natürlich nur.«

Sie sah mich über ihre Schulter an, und ihre Augen waren von dunklen Wimpern umrandet. »Ähm, sicher.«

Sie hatte mich von dem Moment an angezogen, als

ich sie neben ihm stehen sah. Ihre verhaltenen Versuche, ihr Kleid nach unten zu ziehen, die himmlische Linie ihres Halses, die pure Intelligenz, die in ihren Augen funkelte. Ich musste wissen, wer sie war, auch wenn es bedeutete, aus meiner kalten Hülle auszubrechen, um sie anzusprechen. Es war impulsiv, aber notwendig.

»Wollen wir?« Ich streckte meine Hände aus und bemerkte, dass sie leicht zitterten.

So nah an etwas zu sein, was ich wollte, überschwemmte mein Gehirn mit einem Adrenalinschub, den ich nicht verhindern konnte. *Nimm sie.* Das Gefühl war ebenso seltsam wie eindringlich. Was passierte mit mir? Das Bedürfnis, sie zu nehmen, sie zu stehlen, überwältigte mich fast, aber ich hielt es in Schach.

Meine wahren Absichten zu verbergen war die wichtigste Facette der Persönlichkeit, die ich der Welt zeigte. Wenn die Leute wüssten, was ich wirklich bin, wäre ich ein Geächteter. Stattdessen war ich Geschäftsführer eines großen Forstunternehmens, das seit drei Generationen im Besitz meiner Familie war.

Sie warf einen unsicheren Blick auf Link, der ihr zustimmend zunickte. Sie schien sich aufrechter hinzustellen und bewegte sich nach vorne in meine Arme. Das Gefühl ihres seidigen Kleides unter meinen Fingern, das Gleiten ihrer warmen Handfläche in meine – ich war gierig nach allem. Ich behielt einen desinteressierten Blick auf meinem Gesicht, die am häufigsten verwendeten Maske in meinem Repertoire, obwohl sich jedes Zahnrad des Getriebes in mir drehte und schnurrte, als wäre ich eine Maschine, die nach einem langen, dunklen Schlaf aufwachte. Ihre Energie war wie Benzin in meinen Adern und trieb mich für einen mysteriösen Zweck an.

Wir bewegten uns zu dem langsamen Lied und verschmolzen mit den anderen Tänzern. Sie spannte sich in meinen Armen an, da sie sich nicht mehr so wohlfühlte wie mit *ihm*. Sie musste sich bei mir wohlfühlen, sich öffnen, damit ich alles sehen konnte, was in ihr vor sich ging. Ihre Augen versteckten sich vor meinen, als sie überall hinschaute außer zu mir. Ich wollte sie zwingen, mir jeden Gedanken zu erzählen, der ihr durch den Kopf ging. Aber das würde nicht funktionieren. Mein Vater hatte jahrelang an meiner Finesse, wie er sie nannte, gearbeitet, bis zu dem Punkt, dass ich die Marionette der perfekten Manieren war, eine Marionette an einer feinen Schnur. Zug hier, ich lächelte. Zug dort, ich sprach mein Beileid aus. Keine Schnur führte zu einer Entführung. Aber ich hatte auch ein paar eigene Tricks.

Die Musik wechselte zu einem anderen langsamen Tanz, als der Sänger begann, einen alten Song von Smoky Robinson zu singen. Obwohl sie in meinen Armen lag, hielt ihr Schweigen uns auf Abstand, den ich überwinden wollte. Ich wägte kurz ab und versuchte zu entscheiden, was ein normaler Mann in dieser Situation sagen würde, welche Schnur gezogen werden musste. Es war eine Gleichung, die ich von Anfang an zu lösen gelernt hatte – herauszufinden, was die Leute erwarteten, so dass niemand merken würde, dass mit mir etwas nicht stimmte.

Sie hatte ihren Job erwähnt und schien ihn zu mögen, also setzte ich dort an. »Wie viele Schüler haben Sie?«

Sie zog ihre Augenbrauen nach oben und blickte mich endlich an. »Jede Klasse besteht aus etwa zehn Schülern, und ich habe fünf Klassen pro Tag.«

»Das scheint eine kleine Klassengröße zu sein.« Ich wusste es nicht, da ich nach der ersten Stunde zu Hause unterrichtet wurde. Anscheinend wurde der Vorfall, dass ich einem anderen Erstklässler mitgeteilt hatte, dass ich beabsichtige, ihn beim nächsten Mal auszuweiden, weil er mich auf dem Weg zum Unterricht angerempelt hatte, von meinen Eltern und meiner Privatschule missbilligt.

»Das ist es. Trenton hat eine ganze Abteilung, die sich mit Fundraising beschäftigt, um die Bildungsstandards auf höchstem Niveau zu halten. Wir haben viele Schüler, deren Eltern zu den oberen Zehntausend gehören und in der Stadt leben. Ich sitze im Förderkreis und stelle sicher, dass wir Kinder aus benachteiligten Gebieten mit Stipendien unterstützen, auch wenn einige unserer Alumni anderer Meinung sind.«

»Also sind Sie eine Lehrerin und eine Kreuzritterin für soziale Gerechtigkeit?«

Sie versteifte sich. Ich mochte das nicht.

»Ich sorge mich nur darum, dass jedes Kind eine

gute Ausbildung bekommt.« Ihr defensiver Ton sagte mir, dass ich einen Fehler gemacht hatte.

»Ich wollte Sie nicht beleidigen.« Ich versuchte, ihr Rätsel zu lösen und die richtige Antwort zu wählen, um ihren Redefluss nicht zu unterbrechen. »Ich bin wirklich beeindruckt.«

»Oh.« Sie errötete in diesem köstlichen Rosaton. »Tut mir leid. Ich schätze, ich bin es einfach gewohnt, von den Eltern wegen der bedarfsorientierten Stipendien Gegenwind zu bekommen.«

»Es muss Ihnen nicht leidtun.« Ich beugte mich nach vorne und tat so, als müsste ich in ihr Ohr sprechen, um über die Musik gehört zu werden. »Was gefällt Ihnen am besten am Unterrichten?« Als ich ihren Duft nach Zitrusfrüchten und Blumen einatmete, verstärkte sich das Summen in mir. Wie Bienen, die einen Bienenstock in meinem Gehirn bauten, wobei jede von ihnen summte, dass ich meine Königin nehmen sollte.

»Die Schüler. Einige von ihnen sind … sagen wir einfach anwesend. Aber es gibt andere, die das Lernen so sehr lieben wie ich, was etwas heißen will. Und es gibt einige wenige, die meiner Meinung nach eines Tages erstklassige Wissenschaftler sein könnten, oder zumindest wirklich erfolgreich in den MINT-Berufen. Sie machen mich stolz.« Die Anspannung in ihrem Körper ließ etwas nach, und sie lächelte mich an. »Was gefällt Ihnen am besten an Ihrem Job?«

Ihr Lächeln löste den schwarzen Draht, der um mein Herz gewickelt war. Das Gefühl des Fallens und des Aufsteigens verschmolz zu einem Ganzen. Wie konnte das leichte Lächeln auf ihren Lippen so viel Chaos verursachen? Ich wollte mehr.

»Kontrolle.« Ich festigte meinen Griff an ihrer Taille und spürte, wie sie sich unter dem Stoff bewegte. Ihre Haut würde noch weicher sein, und meine Finger würden rote Flecken auf ihrem hellen Fleisch hinterlassen. Meine Zähne würden Abdrücke auf ihr hinterlassen, und meine Spuren würden tagelang auf ihr bleiben, bis ich frische machte. Aber ich dachte zu weit im Voraus, was mir nicht ähnlich war. Und ich dachte daran, eine Frau zu besitzen, was mir auch nicht ähnlich sah. Ich war mit Frauen zusammen gewesen, hatte sie genossen und dann weitergemacht, aber ich hatte nie eine gesucht. Sie kamen immer zu mir, und wenn ich interessiert war, ließ ich sie ein paar Stunden meiner Zeit haben.

»Sebastian?« Zwei Linien erschienen zwischen ihren Augenbrauen. Hatte sie gesprochen, und ich hatte es verpasst? *Fuck.*

»Entschuldigung. Was haben Sie gesagt?«

Die Falten wurden schwächer. »Ich habe nur gesagt, dass Sie als CEO einiges an Kontrolle haben müssen.«

»Ja. Es ist ein Familienunternehmen, und mein Vater hat mich mit der Leitung beauftragt. Ich behalte alle Abteilungen im Auge und stelle sicher, dass sie sich an den Plan halten.« Vater musste mich irgendwie beschäftigen, um sicherzustellen, dass ich nicht in einer geschlossenen Anstalt landete. Er wusste damals noch nicht, dass Psychopathen die besten CEOs waren.

»Link hat erwähnt, wie sehr Sie in jede Kleinigkeit involviert sind.« Sie blieb stehen und runzelte die Stirn. »Oh, das hätte ich wahrscheinlich nicht sagen sollen.«

Du hast recht. Du solltest nie wieder seinen Namen sagen. »Es ist alles in Ordnung.« Ich zog die Schnur, die ein geübtes Lächeln auf meine Lippen brachte. »Ich bin mir sicher, dass meine Methoden eine häufige Beschwerde unter den VPs sind. Die Leute denken, dass ich allein wegen meines Vaters CEO wurde, aber ich arbeitete dafür, verbrachte Zeit mit den rauen Burschen, die für uns Bäume fällen, dann in den Sägewerken und schließlich in den Verkaufsstellen.«

»Sie waren also ein Holzfäller?« Ihre Augen funkelten vor Interesse.

»Ich trug karierte Hemden und all das.«

Sie lachte, begann wieder, sich zu bewegen, und ihr Körper schmolz an meinem, als ihre Ängste nachließen. »Das wäre ein interessanter Anblick.«

»Es hat mir Spaß gemacht. Bei Tagesanbruch schnappte ich mir meine Motorsäge und ging mit der Crew los. Wir haben nicht viel geredet, sondern nur gearbeitet.« Ich sagte ihr die Wahrheit, eine Seltenheit für mich. Ich war ein Geschöpf der Einsamkeit, das die Einschränkungen der Gesellschaft weder brauchte noch sich dafür interessierte. CEO zu sein war eine eigene Art von Gefängnis, aber ich schuldete es meinem Vater, den Schein zu wahren. »Ich glaube, ich habe in diesen zwei Monaten mehr erreicht als in den fünf Jahren, in denen ich CEO war.«

Camille bemerkte nicht, dass wir uns von der Bühne in den dunkleren Bereich an der Seite des Ballsaals bewegt hatten. »Ich weiß nicht. Es scheint so, als hätten Sie viel getan. Link versucht immer, mir klarzumachen, wie sehr das Unternehmen gewachsen ist und welche Ideen er hat, um das Marketing noch erfolgreicher zu machen.«

Ich beugte mich nach vorne, bis meine Lippen nahe an ihrem Ohr waren. »Ich nehme an, das langweilt Sie alles?«

Sie hielt für einen Moment ihre Luft an, aber dann beruhigte sie sich. »Ich würde nicht sagen, dass es mich langweilt, es ist einfach nicht mein Ding.«

Ich drückte meine Lippen gegen den Rand ihres Ohres und ich genoss den Schauer, der durch ihren kurvenreichen Körper schoss. »Was ist dann Ihr Ding?«

»Pflanzen.« Ihre Stimme zitterte und setzte das Tier in mir in Flammen. Ich wollte sie verschlingen.

»Ah, die Amazonasreise.«

»Ja.« Sie zog sich nicht zurück, als sie ihre Worte hauchte. »Das ist ein Traum von mir.«

Du bist ein Traum von mir.

Sie atmete tief durch und legte ihren Kopf zurück, um mich anzuschauen. »Ich glaube, Sie haben mich ganz benommen getanzt. Schwerfällig im Sitzungssaal, aber leichtfüßig im Festsaal.« Dieses Lächeln wieder, die Wärme, die in ihren Augen erblühte und auf mich überging. Wusste sie überhaupt, welche Macht sie hatte?

»Testen wir diese Theorie.« Ich schwang sie herum, und sie hielt sich an mir fest, während ihre Brüste gegen meine Brust drückten und sich ihr Kopf unter meinem Kinn befand. Ich hob sie mit einem Arm an und drehte mich. Ihr Lachen an meinem Hals weckte jedes Nervenende in meinem Körper, bis ich nur noch sie fühlen konnte. Eine Euphorie überflutete mich, und ich hatte mich dem Gefühl des Glücks noch nie so nahe gefühlt. Alles, was dafür nötig gewesen war, war sie – ein Vorgeschmack auf die Magie, die sie ausübte.

Das Lied endete langsam, und ich stellte sie widerwillig wieder hin. Ihre Wangen waren errötet, und ich konnte den Glanz in ihren Augen nicht übersehen. Sie war exquisit, ein Schatz, der in aller Öffentlichkeit vor allen Augen versteckt war. Einer, den ich für mich selbst wollte.

»Danke für den Tanz.« Sie fuhr mit der Hand über meinen Bizeps und legte ihre Handfläche auf meine Brust.

»Es war mir ein Vergnügen.« Das war es. Und ich wollte nicht, dass es vorbei war. Ich hielt ihre kleine Hand in meiner und legte meine Handfläche tief auf ihren Rücken.

Ihre flachen Atemzüge stockten, während die Haut entlang ihrer Brust und ihres Halses den Rotton ihrer Wangen annahm. Erregung. Sie fand mich attraktiv, genoss meine Berührung.

»Da bist du ja.« Link trat auf uns zu, als ein schnellerer Song zu spielen begann. Er hatte die ganze Zeit zugeschaut. Ich konnte spüren, wie seine besitzergreifenden Tentakeln durch die Menge streiften und versuchten, sich um meine Camille zu wickeln. Er war dumm genug, zu denken, dass er immer noch einen Anspruch auf sie hatte. Seit dem Moment, als ich sie gesehen hatte, hatte sie begonnen, seinem schwachen Griff zu entgleiten. Ich hatte vor, sie komplett von ihm zu lösen, koste es was es wolle. Ich hatte von der Liebe auf den ersten Blick gehört, obwohl ich dieses Gefühl nicht kannte. Das Bedürfnis, sie zu *besitzen*, war es, das durch meine Adern floss, nicht der sentimentale Unsinn von Herzen und Blumen.

Sie ließ ihre Hand fallen, und ich musste sie gehen lassen, obwohl Link zu ermorden und sie über meine Schulter zu werfen wie die zweckmäßigere Option erschien. Mein Vater und der Rest der Anwesenden würden mein Verhalten wahrscheinlich missbilligen. Camille wich zurück, und der Verlust ihrer Wärme ließ mein Inneres wieder in dem üblichen Zustand der Leere zurück.

Link legte einen Arm um ihre Taille. Ein Knurren ertönte aus meiner Kehle, verlor sich aber in der Musik. Sie wechselte nervös von einem Fuß auf den anderen. Sie fühlte sich meinetwegen unwohl. Sie hatte keine Ahnung.

»Tolle Party«, begann er wieder und zeigte dann durch die Menge auf den Tisch mit den Horsd'œuvres. »Ich denke, wir werden schauen gehen, was es alles gibt.« Er nahm ihren Ellenbogen und führte sie weg.

Ein unbehagliches Gefühl setzte sich in meiner

Brust fest. Säure-Reflux vielleicht, oder eine andere Form von Verdauungsstörung.

Link legte seine Hand auf ihren unteren Rücken, und meine Hände ballten sich zu Fäusten, als ich gegen den Drang ankämpfte, ihnen zu folgen. Ihr kastanienbraunes Haar fiel in weichen Locken über ihren Rücken, und das Schwingen ihrer Hüften zog mich magnetisch an. Aber sie war bei *ihm,* obwohl sie bei mir hätte sein sollen.

Die Schmerzen in meiner Brust verstärkten sich. Ich müsste auf dem Heimweg bei der Apotheke halten.

Kurz bevor ich sie aus den Augen verlor, drehte sie sich um und lächelte mich an, als ob sie mir einen Funken Hoffnung sendete.

Der Funke entzündete ein Inferno. Das Feuer loderte hell und versprach Zerstörung für alles, was zwischen uns stand.

Sie gehörte mir. Selbst, wenn ich sie stehlen müsste.

AUSZUG AUS SCHÖNE GEISEL VON JULIA SYKES

»Sie gehört jetzt dir.«

Mit diesen vier Worten macht mir mein Chef ein Geschenk: Die Erlaubnis, die Frau zu entführen und zu behalten, die ich seit Jahren begehrte.

Seit wir Teenager waren, habe ich mein Verlangen nach Sofia verleugnet. Obwohl ihr Vater an der Leitung unseres Kokainimperiums beteiligt ist, hat Caesar Hernandez sie sorgfältig vor den brutalen Realitäten unserer Welt abgeschottet. Sie war immer viel zu unschuldig und rein gewesen, als dass ich sie aus ihrem verzauberten Leben in mein verdorbenes hätte ziehen wollen.

Caesar hat sich jedoch entschieden, meinen skrupellosen Chef Adrian Rodriguez zu verraten. Will er nicht, dass seine geliebte Tochter zu Schaden kommt, wird er seine Loyalität erneut unter Beweis stellen müssen. Jetzt habe ich sie, und er ist sich meiner sadistischen Neigungen sehr wohl bewusst.

Ich habe versucht, sie davor zu bewahren, kann aber meine wilde Natur nicht bekämpfen, wenn sich Sofia in meinem Haus und in meiner Gewalt befindet. Sie wird lernen, mir bedingungslos zu gehorchen, wenn sie sich etwas ihrer Freiheit zurückerobern will. Sofia wird mein braves Mädchen sein und mir all die finsteren Fantasien erfüllen, die ich jahrelang unterdrückt habe.

Ich werde alles tun, was nötig ist, um meine schöne Geisel zu behalten. Sollte jemand versuchen, sie mir zu stehlen, werde ich einen Krieg anzetteln, um meinen wertvollsten Besitz zu schützen.

Sofia ist mein, und ich werde sie niemals gehen lassen.

Sofia war gefesselt. Völlig verletzlich. Meiner Gnade ausgeliefert.

Und mein Schwanz wurde hart.

Als ich das Seil straff zog, flatterten ihre Augenlider, und sie stieß ein heiseres Stöhnen aus, das fast wie verlangend klang.

Ich unterdrückte ein Brummen und kämpfte darum, meine eigene Begierde unter Kontrolle zu bekommen. Ich verknotete das Seil hinter ihrem Rücken und stellte mit den Fesseln ihre Brüste unzüchtig zur Schau. Jetzt entkam mir ein hungriges Knurren, und ich streichelte völlig verzückt erneut ihre Wange.

Als der Rufton laut aus dem Lautsprecher klang, wurde mir nur am Rande bewusst, dass Adrian versuchte, ein Videogespräch zu führen.

Der Konflikt zwischen den beiden Drogenbaronen war in meinem Bewusstsein in den Hintergrund gerückt. Ich konnte nicht aufhören, Sofia zu berühren. Ich krallte die Finger in ihr Haar und prüfte zum ersten Mal das Gewicht ihrer voluminösen, perfekten Locken. Sie wogten über meine Finger, und ihre seidige Textur zog mich in ihren Bann.

»*Princesa*«, krächzte Caesar. Er sprach den Kosenamen mit einem entsetzten Tonfall aus. »Lass die Finger von meiner Tochter!« Sein Schrei hallte durch das Esszimmer, drang aber kaum in mein Bewusstsein vor. Meine ganze Konzentration galt Sofia.

Sie blinzelte langsam, und ihre funkelnden smaragdfarbenen schönen Augen wurden durch ihre dichten, dunklen Wimpern sichtbar. »Papa?«, lallte sie.

Besitzergreifende Wut durchströmte mich wie eine heiße Flut. *Ich* berührte sie. Sie sollte an niemanden sonst denken, nicht einmal an ihren panischen Vater.

Meine Finger verkrampften sich in ihrem Haar,

und sie richtete ihre Aufmerksamkeit auf mich. Sie hob den Blick, sah mich an und konzentrierte sich auf mein Gesicht. Ein leiser schockierter Schrei entkam ihren Schmolllippen, und sie versuchte, vor mir zurückzuschrecken.

Das würde ich nicht erlauben. Das konnte ich nicht.

Ich ballte die Hand in den Locken an ihrem Nacken und zog ihr rücksichtslos den Kopf nach hinten, so dass sie meinem starren Blick nicht ausweichen konnte. Sie zitterte, ihre Atemzüge kamen schneller und ihre Pupillen weiteten sich. Das rasche Auf und Ab ihres Brustkorbes sorgte dafür, dass sich ihre Brüste unter meinen Seilen spannten. Wilder Hunger durchbohrte meinen Bauch, und meine Erregung wurde fast schmerzhaft.

»Was tust du?«, fragte sie atemlos. Sie versuchte, sich wegzudrehen. Als sie bemerkte, dass ich sie gefesselt hatte, weiteten sich ihre Augen erneut. Ihr Kampf, um sich zu befreien, heizte meine Begierde weiter an. Als sie meinen Namen aussprach, verlor ich fast die Kontrolle.

»Mateo.«

Verdammt. Diese ängstliche Note in ihrer Stimme sorgte beinahe dafür, dass mir das Blut in den Adern gefror. Das war alles, was ich mir je von ihr gewünscht hatte. Die Erfüllung meiner finstersten Fantasien weckte ein so starkes Verlangen in mir, dass ich nervös wurde.

Ein leiser, tierischer Laut kam aus meiner Brust.

Das urweltliche Bedürfnis, zu erobern und zu beanspruchen, übermannte meinen Verstand. Ich löste die Hand von ihrer Wange und strich über ihre Kehle. Mit der Handfläche drückte ich gegen ihren Hals, und meine Finger kamen auf ihrer Halsschlagader zum Ruhen. Sie pulsierte unter meiner Berührung und war so anfällig für den geringsten Druck.

Ihre Lippen teilten sich, als sie scharf einatmete, aber der Blick aus ihren wunderschönen Augen blieb weiter auf mich gerichtet. Sie konnte nirgendwohin fliehen. Es gab keinen Weg, mir zu entkommen. Sie war unter meinen Händen und in meinen Seilen völlig machtlos.

Trotz meines tobenden Verlangens kam ein seltsames Gefühl der Ruhe über mich. Nach Jahren der selbstauferlegten, qualvollen Abstinenz hatte ich sie endlich völlig unter meiner Kontrolle. Ein halbes Jahrzehnt aufgestauter Frustration schmolz dahin, und ich frönte dem ersten körperlichen Kontakt mit Sofia, den ich mir je erlaubt hatte.

»Wie du sehen kannst, haben wir deine Tochter«, schwebte Adrians kalte Stimme über meine Schulter.

Er sprach mit Caesar. Ihr Gespräch ging mich nichts an, und ich machte mir nicht die Mühe, dem Austausch zuzuhören. Alles, was zählte, war die Frau, die gefesselt vor mir saß. Ihr Atem kam in scharfen, kleinen, keuchenden Atemzügen, und ihr geschmeidiger Körper zitterte für mich.

»Lasst sie gehen«, forderte Caesar.

Das wird verdammt nochmal nicht passieren. Ich ballte die Faust noch fester in ihr Haar und zog ihren Kopf noch weiter nach hinten. Ihre Lippen waren mir dargeboten. Ich hatte mich immer gefragt, wie üppig und prall sie sich anfühlen würden.

Ich zögerte nicht, sie weiter zu erforschen, indem ich mit dem Daumen über ihren hübschen Mund strich und das weiche *O* ihrer gespreizten Lippen nachzeichnete. Der Gedanke, meinen Schwanz über ihre Zunge zu schieben, quälte mich. Ich begnügte mich aber damit, ihren Körper zuerst mit meinen Händen zu erkunden. Ich wollte mir Zeit mit ihr nehmen, sie auskosten. Sie anbeten, obwohl ich mich danach sehnte, sie zu meinen Füßen knien zu sehen, wie sie *mich* anbetete.

»Tut Sofia nichts«, bettelte Caesar. »Sie ist unschuldig.«

Unschuldig. Das Wort ging mir durch den Kopf und durchdrang den lustvollen Dunst, der meinen Verstand einnebelte.

Ja, Sofia war unschuldig. Ich hatte gewollt, dass sie so blieb. Ich hatte sie begehrt, mich aber immer auf Distanz gehalten.

Meine Hand hielt auf ihrem Gesicht inne.

»Valentina auch«, erwiderte Adrian sofort. »Wenn du willst, dass deine Tochter lebt, wirst du mich in deinem Haus willkommen heißen und mir erlauben, Hugo zu töten. Du hast einen Fehler gemacht, aber ich bin bereit, dir diesen Fehler zu verzeihen. Ab jetzt wirst du mir treu ergeben sein, oder Sofia wird unter den Konsequenzen zu leiden haben.«

Oh, es gab so viele Möglichkeiten, wie ich sie leiden lassen wollte, und keine davon beinhaltete meine üblichen blutigen Formen der Folter. Sie immer wieder zum Orgasmus zu zwingen, bis sie um Gnade bettelte, wäre ein guter Anfang.

»Was immer du willst«, stimmte Caesar verzweifelt zu. »Gib sie mir nur zurück. Tu meinem kleinen Mädchen nicht weh.«

»Ich werde in zwanzig Minuten bei dir zu Hause sein«, sagte Adrian zu ihm. »Öffne dein Tor für mich. Solltest du noch einmal versuchen, mich zu verraten, wird Mateo sich mit Sofia befassen. Sag Hugo nicht, was vor sich geht. Ich werde nicht riskieren, dass er zurück nach Bogotá verschwindet. Er stirbt heute.«

»Ja«, stimmte Caesar schnell zu. »Sorg nur dafür, dass dieses Tier Sofia nicht anrührt.«

Tier. Innerlich fühlte ich mich eher wie eine Bestie als wie ein Mensch. Mein Verlangen nach Sofia war wild und ursprünglich.

»Ich bin auf dem Weg.« Adrian beendete den Anruf. »Bleib bei ihr«, befahl er mir.

Erneut streichelte ich ihren zitternden Körper. »Was soll ich mit ihr machen?«, fragte ich abwesend. Ich hatte viele Ideen, aber die tief verwurzelte Loyalität gegenüber meinem Boss sorgte dafür, dass diese Frage über meine Lippen kam.

»Behalt sie«, antwortete er. Seine Schritte

entfernten sich, als er sich aufmachte, Valentina zu retten. »Sie gehört jetzt dir.«

Sie war mein.

Möchten Sie mehr erfahren? Besuchen Sie www.greyeaglepublications.com/de/ um Ihr Exemplar noch heute zu bestellen!

ÜBER DIE AUTORIN

Celia Aaron ist eine USA-Today-Bestsellerautorin und ehemalige Anwältin, die Liebesromane liebt. Von Dark bis Light Romance, von gruselig bis lustig, von real bis Fantasy – wenn es heiß ist und es ihr gefällt, schreibt sie es. Danke, dass Sie dieses Buch gelesen haben.

Für weitere Informationen über Celia und ihre Bücher besuchen Sie bitte www.celiaaaron.com.

Printed in Germany
by Amazon Distribution
GmbH, Leipzig

25377154R00222